Anne Bandel

Das Böse unter Palmen

Theophil Kornmaier ist genervt. Nach der grauenhaften Alpenüberquerung, die er fast mit dem Leben bezahlen musste, will er nur eins: seine Ruhe. Auf Mallorca in einer abgeschiedenen Finca müsste das doch gehen. Aber Theophil hat leider weder mit seiner anhänglichen Bekannten Angelika gerechnet noch mit der ganzen Aufregung, die plötzlich über ihn hereinbricht. Denn ein skrupelloser Killer scheint auf der sonnig-beschaulichen Trauminsel sein Unwesen zu treiben …

Anne Bandel arbeitet seit vielen Jahren als Zahnärztin und singt konzertant Jazz und Chanson. Doch ein Teil ihres Herzens schlägt für ihren eigenwilligen Protagonisten Theophil Kornmaier, der nun bereits zum zweiten Mal völlig unfreiwillig in eine Mordermittlung verstrickt wird.

ANNE BANDEL

Das Böse unter Palmen

EIN MALLORCA-KRIMI

dtv

Von Anne Bandel
ist bei dtv außerdem erschienen:
Von oben fällt man tiefer

MIX
Papier aus verantwortungsvollen Quellen
FSC® C019821

Originalausgabe 2023

Umschlaggestaltung: buxdesign I München
unter Verwendung einer Illustration von Lisa Höfner
und Bildmotiven von Adobe Stock
Satz: Uhl + Massopust, Aalen
Gesetzt aus der Minion
Druck und Bindung: Druckerei C.H.Beck, Nördlingen
Printed in Germany · ISBN 978-3-423-21881-8

Unheil droht.

Kannst du nicht wissen. Passiert ja auch nicht so oft.

Deine Beinchen stemmen sich in den Sand. Beharrlich. Du willst nicht wegrutschen, willst weiter. Dorthin, wo du überleben kannst.

Also stemmst du dich, ziehst dich hoch, arbeitest dich voran, gegen diese immerwährende Zumutung, die du aber so gar nicht benennen kannst, dafür fehlt dir dann doch der Verstand, der ist, mit Verlaub, mickrig. Aber deine Instinkte: tadellos. Und von dem Unheil von oben, davon weißt du ja nichts, ist auch besser so.

Und so steigst du weiter, befühlst den Weg, tastest dich voran, mit dem Bauch schabst du über scharfe Erdkanten. Sand rieselt. Ganz schwarz bist du, jeder, der es sehen wollen würde, könnte es sehen, bei dem Mondlicht heute. Strahlt runter wie Flutlicht, das auf eine Eisbahn knallt.

Bist ja bald da, keiner stört dich, keiner hält dich auf, kann nicht mehr weit sein.

Achtung, ach, ist ja sinnlos, du hast nichts bemerkt, dein Gemüt möchte ich mal haben, für eine Stunde.

Ein paar Schrittchen weiter zittert ein anderer im Todeskampf, zertreten von irgendwas.

Und dann bist du da, endlich.

Warm ist die Leiche nicht mehr, aber von angenehmer Frische, lass es dir schmecken, Totengräberchen.

ZUVOR

Das Reh auf der Lichtung. Zum Abschuss bereit.

Still war es, dunkel war es. Nur das schwache Leuchten eines Bildschirms gab dem Raum Konturen. Vielleicht könnte man mehr erkennen, wenn der Mann aufstehen würde. Könnte das zerwühlte Bett sehen, das mit der Bayern-München-Bettwäsche, die vier Coladosen daneben, das Plakat von Madonna, die Hanteln und Socken auf dem Laminatboden.

Aber er stand nicht auf, er war auf der Jagd, seine Silhouette verdeckte die Lichtquelle seines Computers, die der Abglanz des Zentrums seiner Welt war, so lange, bis es wieder so weit war. Bis er wieder hinauskonnte, hinausmusste.

Im Dachgeschoss eines Vorstadthauses saß er, irgendwo zwischen Hessen und Franken, in den Zimmerecken lagerte Dunkelheit und für einen Moment hob er den Kopf. Ein Geräusch hatte ihn aufmerken lassen. Er war wachsam, war es immer gewesen, das hatte sich bewährt, sonst würde er hier nicht mehr sitzen und Unfug treiben können. Seine Mutter würde das so bezeichnen, wenn sie wüsste, was er hier machte. Sie würde ihm eine runterhauen und dann in die Arme schließen. Ihr guter Junge.

Er lauschte. Es hatte begonnen zu regnen, Tropfen fielen auf das Dachfenster, wurden mehr, ein Rauschen setzte ein.

Der Mann richtete sich kurz auf, seufzte, sank dann in sich zusammen und klickte auf sein Profil: *DeinFels.*

Hallöchen, du schöne, wie geht es dir?

Es war 23:26 Uhr, als dieser Satz auf ihrem Computer auftauchte.

Sie saß im Blaulicht des Bildschirms und griff routiniert nach den Gummibärchen. Ein kleines Gefühl von Aufregung tauchte auf. Jemand schrieb ihr. Endlich passierte etwas, da war einer, saß irgendwo, wollte sie kennenlernen.

Seit vier Tagen war sie online, unzählige *likes* hatte sie erhalten, aber keiner hatte ihr geschrieben.

»Nicht selber schreiben!« Das hatte Nicole gesagt, da hielt sie sich dran. All die Profile mit den *likes* hatte sie sich angeschaut.

Männer auf Motorrädern, Männer vor Wohnzimmerschränken, Männer mit Bauch in engen Rennanzügen auf Fahrrädern. Männer vor einer Sehenswürdigkeit, Männer mit einem Bier in der Hand, dem Betrachter zuprostend, Männer am Steuer eines Segelschiffes. Männer mit Sonnenbrillen im Gesicht, Männer mit Baseballkappen, Männer, auf deren Foto eine Dame abgeschnitten worden war, nur ein paar blonde Haare waren noch zu erahnen, manchmal lag da auch noch eine Frauenhand auf der Schulter. Männer vor ihrem Badezimmerspiegel, ein Selfie machend, Männer in gefliesten Wohnungsfluren, Männer neben Grünpflanzen kniend (warum?). Männer vor Springbrunnen, Männer in einem Weihnachtsmannkostüm, Männer, die durch ein Astloch guckten, Männer ohne Ende.

Die Betrachtung der Fotos hatte sie unerklärlicherweise traurig gestimmt. So viel Einsamkeit, die ihr aus dieser anonymen Welt entgegenströmte wie eine zweifelhafte Chemikalie, ungesund. Und: So viele Männer, die ihr nicht gefielen.

Nun hatte ihr also wirklich einer geschrieben. Das Foto: sympathisch, die Haare verwegen in der Stirn, im Hintergrund ein paar Flugzeuge, vielleicht hatte er sogar Geld.

Alter: passend, nur zwei Jahre älter als sie. Sonst suchten die 40-Jährigen ja bis maximal dreißig, aber der hier …

Hallöchen, na ja, vielleicht war das so auf diesen Plattformen, noch hatte sie nicht viel Erfahrung.

Hallöchen, du schöne.

Kein Foto von ihr drin und doch hielt er sie für schön. Das sprach doch für ihn, wirklich, das tat es. Er wollte einen guten Charakter und den hatte sie, das hatte er bestimmt beim Lesen ihres Profils herausgefunden.

Hallöchen, du schöne. Hallo hätte ihr besser gefallen, aber vielleicht sprach man jetzt so und sie hatte es verpasst.

Katrin beugte sich über ihren PC, studierte das Profil: 1,84, athletisch, Geschäftsführer. Nein, der war eine Nummer zu groß für sie. Andererseits, es gab doch diese Fälle: sehr attraktive Männer mit einer unscheinbaren, übergewichtigen Frau, die gab es doch, wenn sie sich nicht gerade doll irrte, das konnte doch sein.

Ihm wäre es vielleicht egal, dass sie nur bei einer kleinen Firma im Büro saß und der Sekretärin zuarbeitete. Ein stilles, zurückgezogenes Leben führte.

Als Fremde war sie in das Städtchen gekommen und fremd war sie geblieben. Eigentlich kannte sie nur die Leute aus dem Kirchenchor. Ein wundervoller Chor, und singen, das konnte sie. Sopran.

Sachte klickte Katrin in das offene Chat-Fenster, zögerte, tippte dann: »Hallöchen«.

Zack. Die Antwort war so schnell da, dass sie einen kleinen Schreck bekam.

Das ist schön, dass du antwortest, meine schöne. wie geht es dir?

Er wollte immer noch wissen, wie es ihr ging. Ein scheues Lächeln wanderte über Katrins Gesicht.

Es geht ganz gut und dir? Was schrieb man denn da, sie hatte keine Ahnung.

Ganz gut klingt aber nicht so richtig gut. was fehlt dir denn?

Diesen Satz, den hatte ihr Chat-Partner aus einer Aufreißerfibel. Kapitel drei: »10 Sprüche, bei denen Frauen weich werden«. Und hier der vierte Spruch: »Was fehlt dir denn?« Begleithandlung: Tief in die Augen gucken.

Ja, was fehlte ihr denn, das konnte sie doch jetzt nicht einfach so schreiben. Seit acht Jahren war sie Single und davor nichts, woran sie sich erinnern wollte.

Ihre Finger schwebten über der Tastatur.

Authentisch sein, offen, ganz man selbst.

»Ich suche nach der Liebe, der richtigen.« Das war bestimmt voreilig, aber alles war ja ganz anonym, ganz im Verborgenen. Ihre Finger bebten beim Tippen, nervös war sie, jetzt grub sich ihre Rechte in das Glas mit den Gummibärchen, ihr weicher Mund öffnete sich und nahm die süße Fracht auf, mechanisch begann sie zu kauen.

Die kanns du bei mir findn, meine schöne.

Hingeschludert, er hatte es wohl eilig. Oder: Er konnte es nicht besser?

Katrin richtete sich wieder auf, ihre Füße mit den Hummelhausschuhen zog sie unter den Stuhl, die Hummelfühler wippten sachte.

»Aber du kennst mich doch noch gar nicht.«

Das können wir leicht ändern. hast du kinder?

Komische Frage, einen Moment stutzte Katrin. Konnte man nicht erst mal über so Allgemeines reden? Also Reiseziele und so?

»Nein. Verreist du gerne?«

Mit dir bis ans ende der welt.

Katrin musste aufstehen.

War das Schicksal? Hatte sie ihn gefunden? So schnell?

Bist du noch da?

Ja, Katrin war noch da, fühlte sie aufsteigen, die, die sie sonst niederdrückte, mit Gummibärchen zum Schweigen brachte, die ganze Wucht ihrer Jungmädchenträume. Ein Mann mit Geld und eigenem Flugzeug, mit dem sie durch die Welt reiste und alles gezeigt bekam, was sie bisher nicht gesehen hatte. Vor ihrem inneren Auge lag ihr die Landschaft Cornwalls zu Füßen, Pilcher-Land.

Ja, ich bin noch da.

Der Mann im Dachgeschoss des kleinen Vororthauses lächelte. Er las diese Worte und konnte nicht anders.
Er rückte noch ein bisschen näher an den Bildschirm heran, tippte mit dem Zeigefinger auf ihr Profil, strich zart über den Profilnamen *Sonnenschein38* und murmelte: »Nicht mehr lange, meine Süße, nicht mehr lange.«

DER ERSTE TAG

Kornmaier war mit den Gedanken woanders.

Immer dann, wenn er sich langweilte, also z. B. unter Leuten, da langweilte er sich schnell mal, immer dann war er mit den Gedanken woanders. Und so dachte er gerade an die Ratte, die musste aus seinem Haus raus. Hatte auf dem Esstisch gesessen und Obst geklaut und nur verschlagen geguckt, als er auftauchte. Wirklich mal. Wo war die Katze?

Er hatte einen breiten Streifen Mehl vor die Terrassentüren gestäubt zur Spurenkontrolle. Auf kleine Rattenspuren hatte er gehofft, die aus dem Haus herausführen würden, aber: nichts …

»Das Bild hat ein herrliches Blau, was meinen Sie?«

Eine Frau war neben Theophil Kornmaier aufgetaucht, hatte ihn aus seinen Gedanken gerissen, wollte mit ihm über das Bild reden, vor dem er stand. Oder schlimmer noch: wollte ihn kennenlernen. Das passierte ihm ja öfter mal, dass er angesprochen wurde, es musste einen Grund geben, irgendeinen, aber wollte er den wissen?

Nicht wirklich. Missgünstige hätten es ihm als Arroganz auslegen können. Doch tatsächlich interessierte es ihn einfach nicht.

Er neigte den Kopf ein wenig zur Seite und deutete mit seinem Weinglas auf das Bild:

»Diese Transzendenz des Absoluten erinnert mich an

einen Satz Hegels: *Nur das Seiende ist.*« Dann schielte er ein bisschen nach rechts. Mal gucken, was kam.

Da stand so eine. Eine, mit der er auf keinen Fall reden wollte. Eine, die auf Vernissagen ging, um Männer in ihr Leben zu zerren. Eine, die sich langweilte, oder der das Geld ausgegangen war, oder beides. Eine der deutschen Auswanderinnen auf Mallorca.

Und immer hoffte er auf die Frau, die antworten würde: »Aber der Satz stammt doch von Heidegger.« Und er fürchtete sich davor. Was wusste er schon von Philosophie.

Er hatte die Trauben so hoch gehängt, dass er nie die Richtige finden würde und wenn dann doch die Heidegger-Kennerin auftauchen würde, wäre es auch wieder nicht recht. Und so suchte er mit sechsundvierzig Jahren immer noch nach diesem Phantom.

Was, zum Teufel, stimmte nicht mit ihm?

Er schaute auf die langen Fingernägel der Frau neben ihm, die ihr leeres Weinglas umkrallte, als wollte sie es gleich zermalmen, Glasstaub würde zurückbleiben, sonst nichts. Orange waren diese Krallen und mit türkisfarbenen Steinchen beklebt. Noch schwieg sie. Würde er jetzt kommen, der magische Satz? Wären ihm die Fingernägel dann egal?

»Oh, ich sehe dort hinten einen Freund, entschuldigen Sie mich bitte.« Weg war sie.

Nur Angelikas wegen stand er hier herum, in Pollença, in ihrer Galerie zwischen dem Plaça Mayor und dem Kalvarienberg. War einfach zu höflich gewesen, um Nein zu sagen, eine unausrottbare Angewohnheit, ein genetischer Defekt, irgendwas in der Art. Gelegentlich bäumte er sich mit Erfolg auf. Trotz oder Dank seiner Therapie bei Frau

Sollenhauer, das galt es zu würdigen. *Weniger Höflichkeiten, mein lieber Theo, einfach mal ausprobieren.*

Auf dem Pollençer Wochenmarkt hatten sie sich getroffen, nein, Angelika hatte ihn getroffen, hatte ihn erkannt, obwohl bald achtundzwanzig Jahre vergangen waren seit der gemeinsamen Schulzeit.

Und jetzt stand er in diesem sonst stillen Sträßchen, stand ein wenig abseits, trank kühlen Weißwein, den Angelika spendierte, besah sich die Vernissage-Besucher, und registrierte mal wieder, dass nur wenige sich die Bilder ansahen, man traf sich, um in Kontakt zu bleiben, das Setting war nicht so wichtig.

Je mehr Alkohol floss, desto öfter wurde ein Bild verkauft. *Ach, Micha, das Rot passt so schön über unser neues Sofa.* Das reichte, die Preise mussten exorbitant sein, Angelika lebte auf großem Fuß.

Die Abenddämmerung hatte sich über das Städtchen gesenkt, es war Anfang Oktober und noch immer strahlten die Steine die Wärme des Tages ab, der Wein und das Murmeln der Menschen stimmten Kornmaier milde, ließen ihn großzügig auf Männer in kurzen Hosen und Frauen mit langen Fingernägeln blicken und für einen Moment legte er den Kopf in den Nacken und bewunderte den Anblick des Vollmondes, der stetig und kugelrund über den Hausdächern aufstieg.

Friedvoll war es und Kornmaier wünschte sich, dass dieses Gefühl der Milde bleiben möge, eine Art von Versöhnung mit der Welt.

Angelika hatte sich neben ihn gestellt und blickte abwechselnd auf den Mann, den sie immer noch nicht durchschaute und auf die honigfarbene Himmelsscheibe.

»Es sind bestimmt deine Unterarme, Theo.«

»Wie?«

»Ach, nichts.« Auch sie hatte den Kopf in den Nacken gelegt. »Und, hast du wieder deinen Hegel-Satz angebracht?«

»Heidegger, Angelika, Heidegger.«

»Weiß ich doch inzwischen, nett ist das nicht, sag ich dir mal.« Und wieder sah sie Kornmaier an, taxierte ihn, einen Mann in Leinenhose und einem sandfarbenen Hemd mit hochgekrempelten Ärmeln, so, als müsste er nun ein wenig Holz hacken gehen und fragte sich, was seine Anziehung ausmachte.

»Ach, Angelika, sei friedlich. Schau, wie schön der Mond …«

»Jaja, schön. Ich geh jetzt mal ein Bild verkaufen.«

Hätte Kornmaier die Ohren eines Luchses gehabt, hätte er ihn gehört, den Todeskampf einer Frau, die für die große Liebe nach Mallorca geflogen war.

Nur zweihundert Meter entfernt schlug diese Frau um sich, verstand nichts und begriff doch, dass das hier existenziell war. Der Seidenschal um ihren Hals wurde enger und enger gezogen und ihr letzter Gedanke war: *Mama, hilf mir.*

Mama war ihr schon lange vorausgegangen, und während ihr Körper langsam kalt wurde, trank die *große Liebe* zwei Schnäpse.

Dann öffnete der tödliche Irrtum ihren Koffer.

Kramte ein wenig herum und hielt schließlich ein paar Hausschuhe in die Luft, die wie dicke Hummeln aussahen, darüber würde sich vielleicht die Mutter freuen.

Der Rest war diesmal ein Reinfall. Abhaken, abreisen, und zwar umgehend.

Von alledem ahnte Kornmaier nichts, Grillen zirpten das Lied des Südens, der Mond stieg höher, wurde heller und strahlender, flutete die Nacht mit seinem Licht, eine Katze strich an seinen Beinen vorbei und verschwand in einem Hauseingang.

Kornmaiers Welt lag in friedvollem Glanz.

Noch.

Der Asphalt unter Kornmaiers Füßen war warm und angenehm.

Nicht ganz freiwillig durfte er diese Erfahrung machen, er hatte einfach vergessen, wo er geparkt hatte, möglicherweise hatte das mit Angelikas Wein zu tun. Ganz vielleicht. Schwankte er? Höchstens ein bisschen.

Das würde eine lange Wanderung zu seiner Finca geben, aber das kümmerte ihn nicht. Drei Kilometer. Gerade erst hatte er die Alpen überquert, da würde das jetzt ein Witz sein.

Wo die wohl abgeblieben waren, die Schuhe?

Hin und wieder musste er die Arme heben, dann, wenn es über spitze Steinchen ging, so, als könnte er sich auf diese Weise leichter machen.

Der Mond stand jetzt weiter im Süden und malte dicke schwarze Schatten auf das Sträßchen. Ab und an wurde die Luft süß und schwer vom Duft eines Affenbrotbaums, Grillen zirpten immer noch unermüdlich und mal nah, mal fern klingelte eines der Glöckchen, die hier die Schafe um den Hals trugen.

Ansonsten herrschte Stille.

Es zog sich, vielleicht auch, weil Kornmaier ein wenig in Schlangenlinien lief und weil er öfter mal stehen bleiben musste, um die Affenbrotbaumluft zu würdigen oder das Flutlicht zu bewundern, dass da großzügig vom Himmel strahlte und die Schafe weiß, wie kleine Geister, leuchten ließ.

Und dann war er am richtigen Abzweig vorbeigewankt, blieb stehen und mit einem *mann, mann, mann* drehte er um, mäanderte zurück, bog nach links ab, rein in den Cami de Can Musquaroles, fühlte eine Müdigkeit in sich, der er folgen wollte, eigentlich gleich, war doch schön hier, eine wunderherrliche Nacht und da lagen doch ein paar Säcke für die Olivenernte, ganz und gar gemütlich. Und so legte sich Kornmaier ganz zufrieden nach zwei Stunden Fußweg auf ein Feld in den Schatten eines Baumes, wurde selbst Teil des Schattens und fiel in einen merkwürdigen Schlaf mit merkwürdigen Träumen.

Er träumte vom zischenden Geräusch eines Spatens, der in die Erde gestoßen wurde, immer wieder, und von einem sehr großen Rollmops, der in dieser Erde versenkt wurde. Und er träumte, dass ein Leuchtturm Zeichen sendete, wobei es sich viel später herausstellen würde, dass es wohl nur das Metall des Spatens im Mondlicht gewesen war, das Morsezeichen sendend, immer wieder aufleuchtete.

Und immer noch hatte Theophil Kornmaier keine Ahnung, dass es nun vorbei war mit den wohlig-ereignisarmen Ferien.

DER ZWEITE TAG

»Was hast du denn da wieder veranstaltet.« Das würde seine Mutter wohl sagen, wenn sie es wüsste.

DeinFels saß wieder auf dem heimatlichen Dachboden, das lächerlich wenige Geld hatte er in einem Loch hinter der Tapete versteckt.

Vor langer Zeit schon hatte er diese Tapete abgefriemelt, darunter den Putz weggekratzt, einen Ziegelstein entfernt, das alles war mühsam gewesen. Am Anfang hatte er dort kleine Ritterfiguren versteckt, später waren es Heftchen mit nackten Frauen gewesen und jetzt, jetzt war es Geld. Vor seiner Mutter war sonst nichts sicher.

»Vor deiner Mutter ist ja nichts sicher«, das hatte Kevin mal zu ihm gesagt, damals, als er schon keinen Besuch mehr bekommen durfte.

Er hatte beschlossen, dass er ein eigenes Haus brauchte. Ein schönes Haus mit einem hohen Zaun und einer großen Garage für ein großes Auto. Und das war teuer. Ganz einfach.

Seine Mutter durfte nichts davon erfahren. Weder von seiner Geldquelle, noch von dem, was der gute Junge auf Mallorca so *veranstaltete*. Und erst recht nicht, und das auf keinen Fall, dass er ausziehen wollte.

Das wäre dann eine … ihm fiel kein Wort dafür ein, *Überraschung?*

Kurz tauchte vor seinen Augen ein Bild auf, wie er seiner

Mutter einen Seidenschal um den Hals legte, *ein Geschenk für dich, schön, nich?* und aus Versehen ein bisschen zu fest daran zog.

Vielleicht aus reiner Gewohnheit.

Vielleicht auch nicht.

Julia kämmte ihre Haare.

Lang, braun und am Ende mit einem kleinen Schwung nach innen. Stetig und langsam zog die Bürste ihre Bahn. Am Scheitel ansetzen, dann langsam runterziehen. Als Kind hatte sie Locken gehabt, das war nun der kümmerliche Rest. Als Kind hatte sie auch an den Weihnachtsmann geglaubt. Hatte keine Ahnung gehabt, wie sich die Welt noch so entwickeln würde.

Hier nur sitzen und die Haare kämmen, das reichte doch eigentlich.

Julia richtete sich auf. Irgendwann mal, da würde das reichen. Jetzt lag ja noch ein halbes Leben vor ihr.

Sein Bein wurde auf eine heiße Herdplatte gedrückt und er konnte nichts dagegen tun, war der Hitze ausgeliefert, wollte weg, er begann zwischen den Welten zu wandern, der des Traums und der des Wachseins. Versuchte sich zu orientieren.

Wo war er?

Für eine kleine Sekunde hatte Kornmaier das Gefühl,

sein Gedächtnis verloren zu haben. Auf einem Sack lag er, vor seiner Nase rote Erde, und immer noch diese unangenehme Wärme am Bein. Vielleicht war er angeschossen worden, und während er hier untätig herumlag, floss in aller Seelenruhe und unwiederbringlich das Blut aus seinem Körper.

Langsam richtete er sich auf, langsam begann sein Verstand wieder zu arbeiten.

In was für ein Besäufnis war er denn da hineingeraten. Genau auf dem Feld vor seinem Haus hatte er die Nacht verbracht. Vorsichtig zog er sein Bein weg, schüttelte den Kopf, ließ das gleich wieder, der Schmerz.

Nanita lag da. Hatte es offenbar sehr angenehm gefunden, da an seinem Bein, je wärmer, je lieber.

»Katze, du hast einen Knall.« Er streichelte sie ein wenig, stand, Körper und Geist prüfend, auf und ging nackten Fußes und behutsamen Schrittes, wieder die Arme zur Seite haltend, zur Finca.

Nur fünfzig Meter weiter lag das alte Bauernhaus am Fuße eines rundbuckligen Berges. Döste dort, von Dattelpalmen behütet, in der Morgensonne.

Nie wieder Alkohol. Und noch während er das dachte, sagte eine zweite innere Stimme: *Ja, Theo, quatsch du mal.*

Und kurz musste er an seine erlesene Whiskysammlung in München denken.

Im Haus stand noch dick wie Erbsensuppe die stickige Wärme des Vortages.

Nanita war ihm gefolgt, strich um seine Beine. Er öffnete Türen und Fenster, holte dann eine Packung Luxus-Katzenfutter, betrachtete einen Moment die schnurrende

Katze, deren Kopf beim Fressen immer ein bisschen nach links kippte, nahm eine Dusche, zog die zweite seiner drei hellen Leinenhosen an, spaltete eine Wassermelone, lauschte auf das krachende Geräusch, das auf den perfekten Reifezustand schließen ließ und setzte sich, angeschlagen, in den Schatten vor die Haustür.

Die ganze Zeit und unendlich nervig geisterte da etwas in seinem Kopf herum, ließ sich nicht abstellen, zog ihn runter: der Traum.

Der riesige Rollmops, der in der Erde verschwand, aber, er war sich sicher, nicht von allein. Eine Gestalt war da, routiniert hatte die vor sich hin geschaufelt und dann waren da die Morsezeichen des Leuchtturms, oder nein, dieser Schaufel. SOS, vielleicht war es ein SOS-Signal und ihm wurde klar, er musste nachsehen, sonst würden diese absurden Gedanken ihm den ganzen Tag versauen.

Die Katze hatte sich wieder zu ihm gesellt, streckte sich neben ihm auf den Terrakottafliesen aus, war zufrieden und schlief ein.

Beneidenswert.

Von diesem Zustand war er gerade meilenweit entfernt.

Er blickte auf die Steineiche vor dem Haus, sah den gepflasterten Weg, sandsteinfarben, die alten Steinmauern, den Swimmingpool dahinter mit dem unvermeidlich poolblauen Wasser.

Es musste ein Traum gewesen sein, mehr nicht.

Und doch, es würde ihm keine Ruhe lassen. Er würde das Feld inspizieren müssen.

Kornmaier erhob sich. Wo waren eigentlich seine Schuhe? Wieder war der Kopf für einen Moment komplett leer.

Und wieder gab es ein *mann, mann, mann.* Kornmaier ging ins Haus und zog das zweite Paar seiner drei hellen Leinenschuhe an.

In diesen Sommerklamotten sah man in null Komma nichts aus, wie aus dem Müll gezogen. Ein weiterer Seufzer.

Panamahut aufsetzen und ab aufs Feld und nach etwas suchen, das es hoffentlich nicht gab.

Er war gekommen. Nein, *er* war immer noch da.

Oder eigentlich, wenn sie es genau nahm, war er wieder da.

Angelikas Zeigefinger fuhr mit kühler Sachlichkeit über eine Nasolabialfalte. Jetzt war's genug, jetzt würde es eine Unterspritzung geben, Theophil Kornmaier war aufgetaucht.

Routiniert griff sie nach ihren Ketten, eine in Rosa, eine Türkisfarbene, eine, sie zögerte, ja, eine Rote.

Schon damals war er so merkwürdig gewesen, so spröde, immer gegen den Strom.

Angelika unterbrach ihren Fluss der Erinnerung, konnte kaum auseinanderhalten, ob das wohl tatsächlich so gewesen war oder ob alles nur eine Nostalgiewelle war, von der sie trostvoll getragen wurde. Wenn sie lächelte, war das gar nicht so schlimm mit den Falten, dann gehörten die ja dahin.

Aber da machte sie sich ein bisschen was vor. Gleich mal die Frau Sabowsky anrufen und fragen, wo die das immer machen ließ. Sie würde jetzt auch mal was machen lassen.

Kornmaier, ihr alter Jugendschwarm, war aufgetaucht, Kornmaier, das Rätsel.

Das Reh in spe hatte ein Profilbild eingestellt. Blonde Haare, dunkler Ansatz, irgendwie struppig. Sonnenbrille, an den Busen gepresst: ein kleiner Hund mit Spange im Haar.

DeinFels hieß jetzt *MillionDollar*.

Routiniert suchte er das Bild nach Hinweisen ab und wurde fündig. Ein richtig großer Klunker strahlte an ihrem Ringfinger, vielleicht unecht, vielleicht auch nicht. 42, kinderlos, 1,68. Hildesheim. Beruf: Immobilienmaklerin.

Wenn es stimmte. Er hatte schon mitgekriegt, dass die Weiber logen, dass es krachte. Jugendbilder, dann doch irgendwelche Blagen, doch nicht geschieden, ein Lügenpack, eine wie die andere.

»Stefan? Schatz?«, seine Mutter trat ins Zimmer, hatte sich wie immer lautlos angeschlichen, die blöde Hexe.

Aber er war im Vorteil. Sein breiter Rücken verdeckte zuverlässig den Bildschirm, einfach nur zum Computerspiel wechseln.

»Hilf der Mutti mal, ja?«

»Gleich.«

»Sofort. Sofort hilfst du der Mutti.« Manchmal wechselte ihr Tonfall so schnell wie in einem Horrorfilm. Das dachte er und wusste, es half ja nichts.

Aber lange würde das nicht mehr so gehen.

Das Telefon hatte geklingelt. Angelika.

Nein, er würde *Nein* sagen. Nicht noch eine Veranstaltung mit einem Haufen von Leuten, die über die lästerten, die das Pech hatten, gerade nicht dabei zu sein.

Während er den Hörer des altmodischen Apparats abhob, betrachtete er seine Schuhe. Eingesaut, was sonst. Roter Staub hatte seinen Schuhen eine rosafarbene Anmutung verliehen.

Es war ein Reinfall gewesen, nein, es war ja besser so. Er hatte nichts gefunden, die rote Erde des Feldes hatte unberührt dagelegen. Sein Traum war ein Albtraum gewesen, dem Suff geschuldet.

»Angelika, alles gut überstanden?« Ihm fiel seine Mehlfalle wieder ein, die Ratte war wahrscheinlich noch im Haus.

»Theo-Schatz«, Kornmaiers Gesicht zog sich zusammen, als habe er in eine Zitrone gebissen, »wärst du so lieb«, *nein,* er würde *Nein* sagen. »Du kennst dich doch aus.« Womit, womit kannte er sich aus? Damit, seine Kleidung jeden Tag einzusauen?

»Ja, womit kenn ich mich denn aus, Angelika?«

»Es ist ein Notfall.«

»Ein Notfall?« Kornmaier wanderte durch die Halle im Erdgeschoss von der aus eine gemauerte Treppe in den ersten Stock führte.

Er hielt den Apparat in der Linken, den Hörer in der rechten Hand, bloß nicht über die Strippe stürzen.

»Julia.«

»Julia?« Kornmaier hockte jetzt mal wieder vor seiner Mehllinie, zehn Zentimeter breit, in der er hoffte die winzigen Spuren von Rattenfüßen zu finden. Aus dem Haus raus. Aber immer noch nichts.

»Sie will dich treffen.«

»Wer zum Henker ist Julia?« Kornmaier war wieder aufgestanden, beguckte sich den kleinen Gecko, der wie von Zauberhand an der Wand klebte und ihn anschielte.

»Du hast gestern mit ihr, also, getrunken. Bitte sag ihr, dass du kein Interesse hast, mir glaubt sie nicht. Sag deinen Hegel-Satz und gut is.«

»Angelika, Heidegger. Und: wirklich nicht.«

Hatte er das mit dem nötigen Nachdruck gesagt?

Nachher kannte Julia, wer immer das auch war, doch den Heidegger?

»Danke, du bist ein Schatz. Ich hab ihr schon deine Telefonnummer …«

Kornmaier legte auf. Manche Leute kapierten es sonst nicht.

Aber der Satz hallte nach: *Ich hab ihr schon deine Telefonnummer …*

Ruhe, er wollte doch nur seine Ruhe haben, nun, er würde einfach das Telefon stummschalten.

Dr. Mabuse blickte gen Westen. Dahin, wo die Palmen im Wind raschelten, zwei Katzen auf den Steinmauern herumlagen und zwei winzige rosa Wolken am Abendhimmel standen.

Saß auf seiner Terrasse, trank ein wenig Rotwein und trommelte mit den Fingern auf dem Tisch herum.

Entspannen, ja er entspannte sich ganz großartig, ganz wundervoll, diese Luft, diese Wärme, herrlich. Das würde er nachher noch auf Facebook mitteilen.

Eine kleine Weile blickte er durch sein Smartphone auf die Idylle, um den besten Winkel, die beste Perspektive hinzukriegen, den besten Filter zu aktivieren, verlor sich in der zweidimensionalen Welt, um sich dann zu ermahnen. Digitales Detoxen, das war doch angesagt.

Er ließ das Handy sinken und da stieg sie ganz an die Oberfläche seines Seins, diese Unruhe, das Warten, irgendetwas sollte passieren, sollte ihn glücklich machen, aus seinem Leben reißen, aber er war weit davon entfernt, irgendwohin gerissen zu werden.

Wieder hob er das Smartphone, machte ein paar Fotos, *Weinglas vor Sonnenuntergang,* und stand dann mit einem Ruck auf.

Warum tauchten sie hier auf, diese Erinnerungen, ätzend. *Dr. Mabuse*, würde er das nie loswerden? Immer kam das hoch, wenn er mal Ruhe hatte. Stieg auf, einer Wasserleiche gleich, von ihrem Betonklotz befreit, schwebend, treibend, Grauen verbreitend.

Ja, er hatte sich durchs Studium gemogelt, aber du meine Güte, das war doch eher kreativ gewesen, was sollte das Theater.

»Mitschke, wollten Sie jetzt hier wirklich mit Superkleber einen Kontaktpunkt zum Nachbarzahn hinpfuschen? Was?«

Ja, das hatte er gewollt.

Aber auf seltsame Art hatte ihn seine Kreativität einsam gemacht und so dachte er nur: Das ist alles nicht gerecht.

Und das stand ihm zu, Gerechtigkeit. Längst schon.

Hallöchen, meine schöne, wie geht es dir?

Die Schnepfe brauchte ein wenig Zeit. Stefan wartete, wurde unruhig, das mochte er gar nicht. Warten. Wahrscheinlich bekam der dämliche Hund gerad ein neues Jäckchen angezogen.

Hi, mir geht es gut und Dir?

Wenn ich dich sehe geht es mir super.

Wo wohnst Du denn?

Auf Mallorca und was macht so eine schöne Frau wie du hier?

Ach, in deinem Profil steht München?

Ja, da bin ich manchmal auch, du könntest doch alle männer haben! (Aufreißerfibel Seite 48)

Und was machst du dann auf Mallorca?

Blöde Kuh.

Ich muss nicht mehr arbeiten, ich lebe hier.

Ach, Du bist Frührentner?

Wie war denn die drauf!

mir geht es sehr gut hier, ich würde gern eine Frau an meiner Seite haben, die ich verwöhnen kann. (Aufreißerfibel Seite 29)

Also mit Sex ist bei mir erst mal nicht. Frühestens nach drei Monaten, wenn man sich mag.

Er konnte sich mit dem Gedanken an einen Seidenschal etwas beruhigen. Kein Wunder, dass die keinen abkriegte.

das hast du falsch verstanden, meine schöne, ich möchte mein haus und mein geld mit einer frau teilen. allein ist das nicht so toll.

Das hier artete mal wieder in Arbeit aus. Er sah sich genötigt noch ein: *Ich bin gern sehr großzügig* hinzuzusetzen. (Aufreißerfibel Seite 33).

Geld hab ich selber.

Jetzt Vorsicht, jetzt langsam, jetzt keinen Fehler machen. Die war schwierig, die Alte, aber vielleicht hatte sie wirklich Schotter.

das ist toll. viele frauen sind nur auf mein geld aus. (Aufreißerfibel Seite 54)

warum hast du diesen komischen nick?

Komischer Nick? Für einen Moment fiel ihm nicht ein, welchen er gerade verwendete.

ach, nur so. Wieso hat so eine schöne frau wie du keinen mann? (Aufreißerfibel Seite 12)

du bist doch fake, schönes Leben noch.

Und zack, hatte die Kuh sein Profil gesperrt.

Stefan stand auf und brüllte.

Aus dem Erdgeschoss kam ein: »Schatz, nicht schreien.«

Zur Antwort brüllte er ein »Ja!« und ihm war danach, die ganze Bude zu zerlegen. Er riss sein Geheimfach im Schrank auf und nahm einen Seidenschal heraus, schlang ihn um seine Hände und erwürgte mit einem teuflischen Grinsen erst die Schlampe mit der Töle und dann seine Mutter.

Dass seine Hände dabei erst ganz weiß und dann blau wurden, erfüllte ihn mit Genugtuung.

Er war mit den roséfarbenen Schuhen nach Pollença gelaufen. Man konnte ja auch mal Prinzipien über Bord werfen. Suboptimal gekleidet unter Leute, war ja auch mal eine Herausforderung.

Die Uhrzeit war schlecht gewählt. 14 Uhr. Mittagshitze. Kaum Schatten. Heute brauchte er nur fünfundvierzig Minuten, die Stadt lag ausgestorben, alles saß in den Häusern. Siesta.

Sein Wagen stand in der prallen Sonne und er öffnete erst mal alle Türen und wartete. Vor der Fahrertür standen ordentlich nebeneinander seine Schuhe, die er gestern auf seinem nächtlichen Heimweg vermisst hatte. Und wieder ein *mann, mann, mann* und für einen Moment fasste er sich an den Kopf und aus irgendeinem Grund fiel ihm Columbo ein.

Dann kaufte er zwei Wassermelonen, Katzenfutter und Waschpulver, kurvte nach Hause, parkte in der Garage und beschloss, den Nachmittag am Pool zu verbringen. Ein bisschen im Wasser rumliegen, der gelegentlich anspringenden Pool-Pumpe lauschen und sonst nichts tun. Herrlich.

Und dann, dann geschah das, was sich irgendwie schon angekündigt hatte, was gewissermaßen in der flirrenden Luft der Insel gelegen und ihn dazu auserkoren hatte, ihm den Urlaub zu vermurksen.

Kornmaier lag auf dem Rücken im Wasser, bewegte ein bisschen die Füße, ein bisschen die Hände, blickte nach oben in die unendliche Durchsichtigkeit des blauen Himmels, der sich dehnte und dehnte, roch den Duft des Affenbrotbaumes, der mit einer sanften Brise an ihm vorbeigetragen wurde, sah die Steinfassade der Finca, an der Bougainvilleas und Wein emporrankten und dann, dann hörte er in all der friedvollen Stille ein Geräusch.

Jemand öffnete das Gartentor und schloss es wieder.

Eisen schepperte auf Eisen.

Vielleicht der Gärtner? Der Pooljunge? Aber: um die Uhrzeit?

Kornmaier fixierte das Haus, den kleinen Weg rechts davon, gleich müsste dort jemand auftauchen.

Mal nachgucken, also zur Leiter hin, den Widerstand des Wassers durchpflügen, zum Weg blicken, ein wenig alarmiert sein und dann:

»Hallo?« Eine Frau.

Doch nicht etwa … eine kleine Wutwelle kam und ebbte ab.

Ruhig Theo, jemand will nach dem Weg fragen. Wahrscheinlich nur das.

Er hatte ein Handtuch um seine Hüften geschlungen und tappte, eine nasse Spur hinterlassend, am Haus vorbei.

Da stand eine. Kam ihm bekannt vor. Vage.

»Hallo Theo, tut mir leid, dass ich dich hier so überfalle.«

Wer, zum Teufel, war das?

»Wir haben uns ja gestern kennengelernt und du hast erzählt, dass du Rechtsanwalt bist und mir fällt hier sonst keiner ein.«

Kornmaier guckte und wartete auf ein Licht, das ihm aufging. Lange braune Haare, nettes Gesicht, Sommerkleid und, kurzer Check, keine Gelnägel. Julia?

Sie hatte wohl Kornmaiers fragendes Gesicht bemerkt.

»Angelika hat mir deine Adresse …« Julia verstummte.

»Ah ja, Angelika.« Kornmaier stand immer noch etwas belämmert da. Dass er diese Julia dermaßen vergessen hatte? Hatte er gestern von Wein zu Wodka gewechselt?

»Setz dich doch«, er wies auf die Terrasse vorm Haus, »ich zieh mir mal was an.«

Sie blickte ihm nach. Angelika hatte erzählt, dass er mal geboxt hatte, sah man noch.

Attraktiv, anziehend, interessant, durchaus.

Drei Glöckchen an roten Wollfäden verrieten den Besucher.

Klingelten zart, als die Tür geöffnet wurde und der Mann die Galerie betrat.

In Windeseile scannte Angelika den Kunden in spe.

Knielange Shorts, gebügelt. Poloshirt, gebügelt. Seglerschuhe, ohne Socken. Fette Uhr, Basecap mit BOSS-Logo. Könnte was werden.

»Buenas tardes. Echa un vistazo a tu alrededor.« Angelika hoffte auf einen Engländer oder Deutschen. Spanisch war jetzt nicht so ihrs.

»Duh juh spieck englisch?«

Ein Deutscher, Gott sei Dank.

»Ach, Sie kommen aus Deutschland, woher denn?«

Missgelaunt guckte der mit einem Mal so, als habe sie etwas Ungehöriges gesagt.

»Ach, auch Deutsche? Aus Lübeck bin ich.« Was nicht stimmte, das nur am Rande.

»Ach, Lübeck! Herrlich! Die Weihnachtsmärkte, die Altstadt, die Schiffergesellschaft, Sie sind ein gesegneter Mensch.«

Immer dem Kunden schmeicheln.

»Mmh. Und was gibt's hier so für Kunst?« Der Fremde hatte sich in Bewegung gesetzt. Kein Small Talk also, nicht empfänglich für Schmeichelei. Auch gut.

»Sehen Sie sich ganz in Ruhe um. Wenn Sie Fragen haben …«

»… meld ich mich.«

Dr. Mitschke streunte durch die Galerie, einige Bilder waren schon mit einem roten Punkt versehen, das Zeug verkaufte sich also. Er wanderte weiter, blieb hier stehen, beugte sich dort zu einer kleinen Info herab: »Frühling« 2017, Öl und Sand, 2.50 x 1,40, 2.300 Euro und schnaubte durch die Nase.

»Frühling«… stand immer noch gebückt, drehte sich zu Angelika, grinste freudlos: »Dann gibt's auch eins mit *Herbst*?«

Unangenehm war der, für einen Moment tauchte das Wort *Schutzgeld* in ihrem Universum auf und sie dachte an ihre Pistole im Hinterzimmer.

Der talentlose Zahnarzt Dr. Mitschke hatte sich wieder aufgerichtet.

»2.300 Euro, ich beabsichtige eine Wertanlage zu erwerben, High-class-Kunst eben.« Wieder dieses Lächeln, das die Augen nicht erreichte.

»High-class-Kunst.« Angelikas Augenbrauen suchten Kontakt zu ihrem Haaransatz. Hatte sie jemals etwas Blöderes … nein, sie konnte sich nicht erinnern. Der hatte doch keine Ahnung, der war doch nicht ganz dicht.

»Ich verkaufe hier eher Kunst für Menschen mit Herz, tut mir leid.«

Angelika sagte das mit so einer Überzeugung, dass sie

sich selbst für einen Moment glaubte, und das war irritierend angenehm.

Hallöchen, meine schöne, wie geht es dir?

Wo blieb das Reh auf der Lichtung, musste doch mal wieder eines dabei sein.

Stefan kicherte. »Bambi-Baby, wo steckst Du denn?«

liebeHexe28: 25, 1.72, blond, keine Kinder, geschieden, Kauffrau.

Sein Nick war immer noch *MillionDollar*.

Frau mit Sonnenbrille und rotem Kleid in einem Cabrio, hatte er mit seinem geübten Blick gleich erkannt, man sah den Anschnitt einer Kopfstütze. Konnte natürlich auch einem Freund gehören oder gemietet sein.

Seine Finger trommelten auf den Tisch. Warum antwortete die Kuh nicht.

Hallöchen, schöner Mann, willst du mich kennenlernen?

Aber klar will ich das, schöne frau.

Was kannst du mir denn bieten?

Wie bitte? Was war denn das jetzt für ein Scheiß.

meine schöne, ganz viel. Pause. *ich bin sehr großzügig.*

hast du eine webcam? skype?

nein, bist du wirklich kauffrau?

natürlich, mein Schatz. magst du schöne frauen?

ja. was verkaufst du denn?

viel, mein Schatz, alles, was du willst, willst du mich?

blöde drecksschlampe!

Stefan hatte sich beim letzten Mal so verausgabt, dass er keine Energie hatte, einen Seidenschal aus dem Schrank zu fummeln.

Profil sperren, aufstehen, rumtigern, eine Coladose an die Wand werfen. Für heute war's genug.

Von unten wieder seine Mutter: »Schatz, nichts an die Wand werfen!« Er brauchte dringend wieder einen großen Fisch. Einen mit Geld.

Aus dem Fenster im ersten Stock linste Kornmaier nach unten. Da saß sie, die mit der er sich offensichtlich am letzten Abend so was von zugeschüttet hatte. Warum? War ihm das letzte Mal mit achtzehn passiert. Dezenter Filmriss. Mysteriös.

Er blickte kurz in den Spiegel. Sauberes Leinenhemd, Ärmel bis zum Ellenbogen hochgekrempelt, saubere weite Leinenhose, saubere Leinenschuhe, nur: wie lange noch?

Und kurz freute er sich auf den Herbst in München, wenn endlich wieder Tweed und Kord aus dem Schrank kämen. Einfach praktischer.

Etwas zu trinken anbieten, ließ sich wohl nicht verhindern.

Nachher blieb sie länger als notwendig. Kornmaier holte Eis aus dem Kühlschrank, zerteilte eiskalte Wassermelone, warum machte er das, bescheuert, ließ ein paar Minzblätter in den Wasserkrug fallen, noch bescheuerter. Wollte er gefallen?

Das bestimmt nicht, oder doch? Auf keinen Fall.

»Ein bisschen was Frisches.« Er hasste das Wort *Erfrischung*, immer musste er da an Erfrischungstücher denken, die nach Raststättenseife stanken. Eigentlich mochte er auch das Wort *frisch* nicht, aber jetzt war nicht die Zeit, sich mit Wortvorlieben zu befassen.

Was wollte sie von ihm?

»Oh danke, ja, ich weiß gar nicht, wie ich anfangen soll«, Julia griff nach ihrem Glas. »Also, die Katrin ist verschwunden.«

Kornmaier war ein bisschen schockiert.

Nicht vom Umstand, dass Katrin verschwunden war – wer war Katrin überhaupt –, sondern mehr davon, dass er Julias Fingernägel noch mal betrachtet hatte. Abgekaut, ein Viertel der normalen Nagellänge fehlte.

»Katrin kenn ich aus dem Kirchenchor, also in Deutschland.« Julia hatte nichts von Kornmaiers Irritation bemerkt.

»Wir haben uns zufällig im Flieger getroffen.«

Flieger, auch so ein Unwort. Ein *Erfrischungs-Flieger*, wie wäre es damit?

»Und wir wohnen hier verrückterweise im gleichen Hotel, und jetzt war Katrin heute Morgen nicht beim Frühstück. Sie wollte gestern den Mann ihres Lebens treffen und jetzt ist sie weg.«

Kornmaier versuchte parallel zu funktionieren. Dort eine banale Info, hier Julia, deren abgekaute Fingernägel ihm gestern nicht aufgefallen waren. Warum?

»Dann wird sie wohl bei dem Mann ihres Lebens sein?« Kornmaier versuchte sich an den gestrigen Abend zu erinnern.

»Sie wollte sich auf alle Fälle vormittags bei mir melden,

ihr Apartment ist leer und sie hat nicht bezahlt. Und so ist sie gar nicht, sie ist irre zuverlässig.«

Julias Fußnägel waren recht hübsch, mit Lack drauf, auf Fußnägeln durfte der sein, Kornmaier rollte in Gedanken die Augen zu einer imaginären Decke, bald würde er eine Nägel-Macke kriegen. Schluss damit. Und: Wie lange wollte Julia ihn noch zutexten?

»Also, Julia, ich weiß jetzt nicht, was ich da machen soll?«

»Der Polizei sagen, dass das nicht normal ist. Also für Katrin. Einem Anwalt glauben die vielleicht …« Julia brach ab, musste an Kornmaiers Gesichtsausdruck liegen.

Schweigen breitete sich aus.

Konnte das sein, ja, ganz sicher sogar: Er war unhöflich. Warum ließ man ihn auch nicht einfach in Ruhe.

Julia drehte ihr Glas zwischen den Händen, blickte ihn kurz an. Sah aus nach: was für ein arroganter Affe.

Und Kornmaier: *Konzentration, Theo, Konzentration. Sie ist ja nett. Sie kann ja nichts dafür. Im Grunde.*

Ein bisschen tat sie ihm jetzt leid.

Kornmaier hatte die ganze Zeit auf sein Wasserglas geguckt, beobachtet, wie sich dort ein Minzblättchen sachte drehte, registriert, wie er an dies und das dachte und Julias Worte an ihm vorbeizogen.

Dann hatte er hochgesehen. Ein wenig verloren saß sie jetzt da, in ihrem hellen Sommerkleid vor einem wundervoll blühenden Hibiskus im warmen Licht der Abendsonne.

Kornmaiers innere Warnsysteme sprangen ungefragt und zuverlässig an. *Rama-Reklame, mehr nicht, Theo.*

»Julia«, Kornmaier blickte sie an, registrierte, dass sie grüne Augen hatte, Sommersprossen und eine kleine Narbe über der rechten Augenbraue: »Kennst du Heidegger?«

»Heidegger?«, kurz runzelte sie die Stirn. »Meinst du Hilfiger?«

Gut, dachte sich Kornmaier, *das hätten wir geklärt.*

Aber ob alles so klar war, sollte sich noch erweisen.

Wieder flutete Mondlicht die Insel, Kornmaier saß auf dem Balkon im ersten Stock und bewegte sich nicht.

Wie gestern lagen kleine Geister auf dem Feld herum, ab und an war ein zartes Glöckchen zu hören, wenn eines den Kopf hob. Wie gestern duftete der Affenbrotbaum und die Grillen zirpten und wie gestern lagen dicke schwarze Schatten unter den Bäumen.

Über dem nächtlichen Himmel war die Milchstraße hingesprenkelt, wie ein genialer erster Wurf von Jackson Pollock.

Er musste an den Nachthimmel in den Bergen denken, da war es ähnlich gewesen, aber er fühlte sich hier ein wenig mit der Unendlichkeit versöhnt, vielleicht weil es so warm war. Immer noch 24 Grad.

Links von ihm, auf dem Dach des leer stehenden Seitenflügels klapperte ein Dachziegel. Ratten lebten dort ihr Rattenleben und störten nicht weiter. Gerne, bitte sehr, aber nicht im Wohnhaus. Vielleicht gab es ja noch einen anderen Zugang zur Küche und …

Kornmaier hatte ein wenig den Kopf gedreht, nach

rechts, meinte eine kleine Bewegung wahrgenommen zu haben. Blickte auf den langen Zufahrtsweg von der Straße her. Ein Feldweg. Konnte ja nicht sein. War auch nicht.

Ganz kurz hatte er den Eindruck gehabt, dort würde jemand stehen und auf das Haus starren.

Kornmaier hatte sich nicht gerührt, kniff die Augen zusammen, versuchte die Nacht mit Infrarot-Augen zu durchleuchten, wartete, guckte, bewegte sich nicht.

Der Weg lag mondlichthell und gut überschaubar. Und genauso gut war auch er zu sehen, gewissermaßen auf dem Präsentierteller saß er hier …

War wohl eine Einbildung gewesen. Wer sollte da stehen und gucken?

Und wieder musste er an seinen Traum denken, was für ein wirrer Unsinn und der Besuch von Julia fiel ihm ein, Julia mit den Sommersprossen, die Hilfiger kannte, aber Heidegger nicht. Und, war das so schlimm?

Das war schlimm. Kornmaier focht einen kleinen Kampf mit seinen inneren Werte- und Warn-Systemen aus und kam zu keinem Ergebnis, *das war schlimm.* Er strandete bei diesen Überlegungen, stand auf, tappte im Dunkeln die Steintreppe hinunter ins Erdgeschoss, schloss alle Fensterläden, ließ aber Türen und Fenster offen, um die Tageshitze von der Nachtkühle vertreiben zu lassen und lauschte dann in die Stille des Hauses.

So weit war es jetzt also gekommen mit ihm.

Er sah Gespenster.

hallöchen, meine schöne, wie geht es dir?

NurDieLiebe, 45, 1,72, keine Kinder, ledig, Geschäftsführerin. Foto: Sonnenbrille, Cocktailglas, Frau mit schwarzen Haaren.

hallo.

wie geht es dir?

ach, na ja

Der scheue Typ, perfekt.

Na ja ist Trallala (das hatte er mal in einem Comic gelesen).

was fehlt dir denn?

na ja, wie heißt du denn?

ich bin der frank

hallo Frank

und wie heißt du?

ich bin die Mari

Der musste man alles aus der Nase ziehen, das kannte er schon, aber das lohnte sich meist.

Mari, du bist eine schöne, warum hast du warum hast du eigentlich keinen mann?

danke, das ist ja nicht so leicht, einen guten Mann zu finden, wonach suchst du denn?

ich suche eine frau, die ich verwöhnen kann, ich bin gern großzügig.

was meinst du denn damit?

ich lebe auf mallorca und ich möchte mein haus mit einer frau teilen und mein geld auch

Eine Pause trat ein. Stefan war aufgestanden, jetzt galt es, jetzt musste sie anbeißen, er nahm seine Hanteln und stemmte sie ein paarmal in die Höhe, ging wieder zum Computer. Was hatte sie geantwortet?

und warum schreibst du mir? Ich bin doch nichts besonderes

du bist schön und hast einen guten charakter

aber, du kennst mich doch noch gar nicht

Jetzt langsam, jetzt nichts überstürzen.

mari, ich kann doch lesen, dass du einen guten charakter hast, ich lege dir die welt zu füßen und hole dir die stehrne vom himmel, das möchte ich, das weiss ich, das ist bestimmung (Aufreißerfibel Seite 61)

Pause. Aufstehen, Hanteln heben.

das geht ja ein bisschen schnell

Hinsetzen, tippen.

wo die liebe hinfällt, glaub mir, ich fühle das (Aufreißerfibel Seite 53)

was machst du denn beruflich?

So. Okay. Jetzt würde es laufen.

Gut gehendes Nagelstudio, 12-Stunden-Tage, kaum Freunde, perfekt.

Stefan begann mit einem Finger über das Profilbild zu streichen, da war es, das neue Reh, das gerade die Lichtung betrat, seine Lichtung.

Rot würde ihr stehen, ein rotes Tuch zu schwarzen Haaren.

DER DRITTE TAG

Am nächsten Morgen war Kornmaier erst mal eine Runde gejoggt, die Fitness der Alpenüberquerung ein bisschen konservieren. Er wog zu viel, immer noch. Er wirkte breiter, als er eh schon war, die Eleganz seiner aktiven Boxertage war dahin.

Theo, jetzt doch eine Midlife-Crisis, oder was?

Das hätte sein Freund Otto in München gesagt.

Kornmaier hatte Otto ein *ja, quatsch du mal* gewidmet und war schicksalsergeben losgetrabt. Vorbei ging es am Grundstück mit dem gebügelten Typen, in dessen Auffahrt ein roter Ferrari stand.

Bei der Runde um den Puig de Catlar gab es einen fiesen Anstieg, da wollte er heute nicht versagen, das würde doch wohl zu schaffen sein.

Er schaffte es, mit allerletzter Kraft.

Und gerade, als er kurz vor dem Verenden oben angekommen war, trat frisch und ausgeruht aus einer Gartentür: Julia.

Leider musste er stehen bleiben, er konnte einfach nicht mehr.

Julia würde das falsch auffassen, Schicksal. Seine Hände auf den Oberschenkeln abstützend, stieß er ein gerade so verständliches »guten Morgen« aus. Dann erst mal atmen, Kopf nach unten hängen lassen.

»Guten Morgen«, Julia stand da und haderte. Es wäre unhöflich gewesen, jetzt weiterzugehen, oder war es unhöflich, jemanden in diesem Zustand zu begrüßen?

Matt hob Kornmaier den rechten Arm: »Sekunde, geht gleich wieder.«

Er richtete sich auf, pumpte vor sich hin, jetzt ein bisschen Konversation, ließ sich gar nicht vermeiden, die Gelegenheit nutzen, das von gestern etwas wettmachen.

»Wohnst du hier?« *Höflich, Theo, höflich sein.*

»Nee, nur was abgegeben.«

»Ich war wohl gestern etwas … falls das also.«

»Nein, nein, du hast ja Urlaub, also das war ja im Grunde …« Wo sollte sie hingucken, am besten einen Fleck von den Shorts entfernen, der gar nicht da war.

Und Kornmaier guckte und dachte: *da ist doch gar kein Fleck* und *jetzt irgendwas sagen*:

»Doch, doch, ich hätte ja schon …« *Jetzt nicht übers Ziel hinausschießen vor lauter Höflichkeit, Vorsicht, Theo, tu's nicht!* »Wollen wir uns noch mal … zusammensetzen? Deswegen?« *Volltrottel.*

»Wirklich!? Das wäre natürlich …«, Julia guckte verhalten freudig. »Sie hat sich nämlich immer noch nicht gemeldet.«

Was ging ihn Katrin an. Aber vielleicht würde er so Julia … nur eine Verabredung, die das Gleichmaß der Tage, der schönen Tage ohne Frage, die also das Gleichmaß der Tage … das war doch, das ging doch, mehr würde nicht sein.

Und irritierenderweise tauchte kurz das Wort *SOS* auf und das Bild von einer Gestalt, die im Mondlicht auf der Zufahrt stand und sein Haus beobachtete.

Beides verschwand gleich wieder und doch klebte es noch ein wenig im Unterbewusstsein wie ein Kaugummi unter der Schuhsohle, beharrlich.

»Okay, 18 Uhr? Auf dem alten Marktplatz im *Club*?«

»Auf dem alten Marktplatz im *Club*.« Da stand sie, die Julia, weiße Shorts, weiße Bluse, nicht verkehrt.

Kleine Verbeugung, lostraben.

Und wieso fiel ihm das gerade jetzt auf, keine Ahnung, nämlich, dass diese zwei Wörter sich so trefflich reimten: *Freuen* und *Bereuen*.

Kornmaier hatte eine Mitgliedschaft, aber nicht weil er so gerne in einem Verein war, nein, natürlich nur zur Unterstützung. Dazu hatte er sich mal überreden lassen, nach zwei hervorragenden Whiskys mit Tomeo.

»Ja«, hatte er gesagt, »für 80 Euro im Jahr mach ich das, Mitglied werden im *Club Pollença*.«

Vor allem der Historie wegen, die liebte er, da konnte er nicht anders.

Jetzt saß er hier mit Julia vor dem *Club* auf diesen angesagten düsteren Plastik-Flechtstühlen, blickte auf den altehrwürdigen Platz, von Platanen bestanden und von der Abendsonne in warmes Licht getaucht. Sah, wie die Kirche an der Schmalseite wie eine Glucke über die spielenden Kinder wachte und prüfte den Weißwein. Für Whisky war es zu früh.

»Sie ist immer noch verschwunden.« Julia hatte Kornmaier vorsichtig von der Seite betrachtet, beobachtet, wie er über den Platz blickte, der Mann war irgendwie sperrig. Schwer einzuordnen. Anziehend, vielleicht weil er nicht zu lesen war. Höflich und unhöflich zugleich. Fast hätte sie seine Frage überhört.

»Wen wollte deine Freundin denn treffen? Gibt's einen Namen?«

»Katrin ist keine Freundin, wir kennen uns vom Chor. Irgendjemanden, den sie auf einem Datingportal kennengelernt hat. Sie war …«, Julia suchte nach dem richtigen Wort: »Sie war euphorisch.«

Interessierte ihn das? Nein. Warum saß er also hier?

Theo, trink deinen Wein und sei einfach mal im Hier und Jetzt.

»Julia, was hältst du eigentlich vom Hier und Jetzt?«

»Wie?«

»Na, wie klingt das in deinen Ohren, das mit dem Hier und Jetzt?« Kaum ausgesprochen bereute Kornmaier die Frage. Immer legte er Fallen aus, nur um sich die Liebe vom Hals zu halten. Die Liebe mit ihren Enttäuschungen, den gebrochenen Herzen und Tränen, weil es wieder nicht reichte, ihm nicht reichte. Er wollte das nicht mehr.

Am liebsten wäre er jetzt aufgestanden, hätte sich in aller Form entschuldigt und wäre gegangen.

»Was hat das denn mit Katrin …«

»Du hast völlig recht, bitte entschuldige.« Kurz blickte Kornmaier in Julias Augen.

»Ich bin jetzt für dich da«, *wie klang das denn*, »ich hör

dir zu.« *Das machte es nicht besser, schlimmer, viel schlimmer machte es das, Theo, keinen Wein mehr für dich.*

»Okay.« Julia musste sich offenbar sammeln.

»Sie nennt sich *Sonnenschein38*.«

»Das hat sie dir erzählt?«

»Euphorisch eben.«

»Was weißt du noch?«

»Clemens, reicher Geschäftsmann, 40, lebt auf Mallorca, eigenes Flugzeug, gut aussehend …«

»Und Deine Freun… deine Bekannte?« *Jetzt mal Konzentration hier, Theo.* »Passt die dazu?«

Schweigen.

»Keine Beschönigungen, nur die Wahrheit und nichts als …« Er hielt inne, was erzählte er da für einen blöden Mist, kurz hatte er Julia angesehen, die Sommersprossen in der Abendsonne: wie kleine Kaffeefleckchen, blickte jetzt wieder über den Platz, sah wie die Häuser immer längere Schatten warfen, fühlte wieder die Wärme der Steine, sah dreißig Meter entfernt Angelika den Platz queren, hoffentlich würde die jetzt nicht rüberkommen, versuchte sich zu konzentrieren und …

»Na ja. Unscheinbar, keine Freunde, kein Geld, 38.«

»Unscheinbar?«

»Unscheinbar.«

»Kein Geld?«

»Kein Geld.«

Das klang jetzt doch ein wenig alarmierend. Auch wenn er diese Katrin nicht kannte. Das war gar nicht gut. Das altmodische Wort »Lustmörder« tauchte an der Oberfläche seines Assoziationsflusses auf.

»Wo wohnst du?« Kornmaier lehnte sich zurück, fischte Geld aus seiner Hosentasche.

»Gleich hier um die Ecke.«

»Internet? Computer?« Aufstehen, dem Kellner winken, Geld auf den Tisch legen, wie geübt, aus einem Guss.

»Ja?« Julia saß noch, konnte nicht ganz folgen, was war jetzt los?

»Dann auf.« Wieso war Julia so langsam von Kapee?

»Wohin?«

Hilfiger, Flieger, abgekaute Fingernägel, begriffsstutzig. Für den Moment war das genug Strecke, die Kornmaier zwischen sich und Julia gelegt hatte, um sich wieder konzentrieren zu können.

Wie die geguckt hatte, diese Galeristin. Dr. Mitschke kicherte in sich hinein und war froh darüber, da war doch noch ein Hauch von Frohsinn in seinem Gemüt, aber gleich war der auch wieder weg, der Frohsinn.

Das Wort *Gemüt* hatte Ungutes getriggert, das Gemüt eines Metzgers habe er, ein Kurpfuscher sei er, ein richtiger Dr. Mabuse. Seine Kommilitonen hatten ihn auf dem Kieker gehabt, ein selten dämliches Volk war das gewesen und wie hatte es ihn gefreut, als der Gutsche Pleite gemacht hatte und dem Flossi die Approbation entzogen worden war. Das waren die schönsten Tage in seinem Leben gewesen.

Und wer stand gut da? Wer hatte Knete? Er, Mitschke, und wie er zu dem ganzen Geld gekommen war, das ging keinen was an.

Jetzt stand Mitschke auf dem alten Marktplatz. Abendessen, Rioja und gucken, ob was ging.

Kurz hatte er gestutzt, die kannte er doch? Und den auch?

Und gleich hatte er sie schon wieder vergessen, Julia und Kornmaier.

Vorläufig.

Männer auf Motorrädern, Männer vor Wohnzimmerschränken, Männer mit Bauch in engen Rennanzügen auf Fahrrädern. Männer vor einer Sehenswürdigkeit, Männer mit einem Bier in der Hand, dem Fotografen zuprostend, Männer am Steuer eines Segelschiffs. Männer mit Sonnenbrillen im Gesicht, Männer mit Baseballkappen, Männer auf deren Foto eine Dame abgeschnitten worden war, nur ein paar blonde Haare waren noch zu erahnen, manchmal lag da auch eine Frauenhand auf der Schulter. Männer vor ihrem Badezimmerspiegel, ein Selfie machend, Männer in gefliesten Wohnungsfluren, Männer neben Grünpflanzen kniend, Männer vor Springbrunnen, Männer vor Sehenswürdigkeiten. Männer, die durch ein Astloch guckten, Männer ohne Ende.

Sonnenschein38 suchen und finden.

Login: 1234567, *Du meine Güte, ein Hascherl.* Kornmaier flog etwas an, eine Traurigkeit. So schnell, wie die aufgetaucht war, war sie auch wieder verschwunden.

Treudoof hatte Katrin mit diesem *DeinFels* gechattet.

Sein Profil war gelöscht worden.

Mitgefühl und Wut hielten sich die Waage. Was für ein Arsch, dieser Fels, und was für ein blauäugiger Mensch, diese Katrin. Kornmaier schnaufte. Wo würde das hinführen?

Jetzt könnte er gemütlich vor seiner Finca sitzen, Nanita neben sich, nach Osten schauen, dahin, wo das Zartblau des Abendhimmels langsam verblasste, wo der Mond aufgehen würde, ein Mond, der dann rund und dick und gemütlich über die Hügelkette rollen würde, und wo das Meer lag, das tagsüber beständig eine kleine Brise durch das Tal sandte.

Also, Profil erstellen: *KleineBlume38*, 38, 1,70. Braune Haare, grüne Augen.

»Können wir nicht ein Foto aus dem Netz klauen?«

»Besser nicht.«

»Und was machen wir dann?«

Kornmaier war vielleicht nicht richtig bei der Sache, oder bei der falschen Sache? Wollte er einfach nur ein Foto von Julia? Auf keinen Fall. Nie!

»Und warum nicht draußen?«

»Da sieht man doch, dass du in Spanien bist.«

Neutraler Hintergrund, weiße Wand.

Julia seufzte, guckte angespannt in die Handykamera von Kornmaier.

»Außerdem bin ich 42.«

»Gnädige Frau, Sie sehen viel jünger aus.« Na also, das half. Ein wundervolles Lächeln, ein wundervolles Foto. Kornmaier betrachtete das Bild.

Eigentlich brauchten sie ja ein Verhuschtes, eines, das ein leichtes Opfer suggerierte.

»Guck mal verhuscht.«

»Wie?«

»Na, wie das Reh im Wald.«

»Und wie soll ich das machen?« Da wurde doch die Strecke zwischen ihm und ihr wieder größer, wunderbar.

Kornmaier brachte das Handy in Position. »Stell dir mal vor«, er blickte konzentriert auf das Display, »eine dicke schwarze Spinne seilt sich über deinem Kopf ab.«

Na, ging doch.

Foto hochladen. Und dann, in letzter Sekunde: Nein, nicht hochladen, fühlte sich sicherer an. Doch ein Foto klauen. Hatte er das mit dem Foto etwa doch nur? Bestimmt nicht!

Nun wurde ein *Statement* verlangt.

Als solle ein Politiker eine Stellungnahme abgeben.

Kornmaier schob den Laptop zu Julia rüber. »Das machst du.«

»Was soll man denn da …«, Julia guckte gequält.

»Na, ein Text, aus dem klar wird, wie einsam du bist.« Kornmaier sah es schon kommen, den Text würde er auch machen müssen.

Hilfiger, abgekaute Fingernägel, begriffsstutzig, Kreativität: Fehlanzeige. Die Liste wurde länger, ob es wirklich helfen würde?

»Unser Ziel muss sich angesprochen fühlen.« Wenn es denn überhaupt ein Ziel gab.

SOS fiel ihm ein. Der Rollmops hätte auch eine Leiche sein können, aber er hatte doch nachgesehen. Auf dem Feld nichts, was ein Grab hätte sein können.

»Ich bin nicht einsam.« Julias Stimme klang ein wenig brüchig, das Wort *einsam* war störrisch, stieß etwas an, das sie nicht preisgeben wollte.

Wortlos zog Kornmaier den Computer wieder zu sich heran, begann zu tippen. Und ignorierte den möglichen Einblick in Julias Innenwelt.

Er tippte also einen kleinen Floskelwald:

Nach großer Enttäuschung suche ich einen ehrlichen und treuen Mann, der wieder Freude in mein Leben bringt. Das Aussehen ist dabei nicht wichtig, der Charakter zählt. Nur ernst gemeinte Anfragen.

Altbacken klang das, aus der Zeit gefallen, als habe jemand den Anschluss an den Zeitgeist verpasst.

»So schreibt doch keiner mehr.« Julia hatte die Gelegenheit genutzt, sich dicht neben Kornmaier gesetzt, er spürte ihre Wärme, sie war jetzt in den Anblick seiner Unterarme versunken.

»Unser Täter!« *Theo, fängst du gerade an zu dozieren? Kann das sein?* »Unser Täter sucht bestimmt, also vermute ich nach deiner Beschreibung, also er sucht …«, Julia saß etwas dicht, *Konzentration, Theo!* »Er sucht eine Frau, die nicht viele Kontakte hat, Kitschromane liest, sich die große Liebe erhofft und nicht viel Realitätssinn besitzt.«

Geld, das mit dem Geld hatte Kornmaier noch nicht geschnallt, wie auch.

»Die große Liebe«, Julia konnte offenbar nicht anders, »die erhofft sich doch jeder?«

Stille. »Du bestimmt auch?« Stille.

Theophil Kornmaier hatte den Kopf gehoben, blickte

zum Fenster hinaus, sah auf den kleinen Innenhof mit Palme, Tontöpfen und mit, schon wieder, Hibiskus und Bougainvillea.

»Die große Liebe ist eine Schimäre.«

Leider hatte er mit diesem Satz, ganz unbeabsichtigt, den Jagdinstinkt von Julia geweckt.

Es war schiefgelaufen. *NurDieLiebe* war abgesprungen.

Er war einfach zu ungeduldig gewesen.

In der Küche tickte die Wanduhr, so wie sie das seit 38 Jahren tat. Informierte ihn ungerührt darüber, wie seine Lebenszeit verrann.

Eine Fliege hatte sich in der Gardine verheddert und summte in einem ungesunden Dauerton.

Im Radio liefen leise die Verkehrsnachrichten.

»Nimm doch noch eine Roulade, Schatz.«

Seine Mutter hatte Lockenwickler auf dem Kopf, er hasste das. Aber es war vertraut, alles war vertraut. In dieser Küche, in dieser Wohnung, änderte sich nichts.

Der schwimmbeckengrüne Fliesenspiegel, die Resopalschränke mit Schiebetüren. Über der Spüle verblassten Prilblumen.

Er hatte keinen Hunger mehr, aber es war nicht gut, seine Mutter zu verärgern. War es noch nie gewesen.

Eine helle und eine dunkle Mutter gab es, eigentlich zwei Mütter.

Er hätte ihre grobknochige Gestalt mit einem Schlag töten können und tat es nicht.

Er hätte das Haus verlassen können und tat es nicht.

Er war in der Schraubzwinge ihrer Macht. In ihrer Anwesenheit wurde er kraftlos, als würde es einen Stromabfall geben.

Eines Tages würde es gelingen, dann würde er von Mallorca nicht zurückkehren, ihren Bannkreis verlassen, vielleicht aus Chile eine Karte schicken, den Text hatte er schon.

Böse Mutter, schönes Sterben.

Dein Schatz.

»Schmecken gut, Mutti, die Rouladen.«

Er sah, wie sich ihre Stirn entspannte, hörte, wie sie aufhörte, mit dem Fuß zu tippen.

Gleich nach dem Essen würde er wieder auf die Jagd gehen.

»Na, ihr zwei Hübschen?« Angelika.

Stand im Höfchen des Apartment-Hotels, vier lange Ketten über der Tunika und guckte zum Fenster herein.

Kornmaier war sofort auf Krawall gebürstet. In einer Millisekunde.

Schon dieser Satz, diese Formulierung, diese mitschwingende Unterstellung. Fehlte nur noch, dass sie nachsichtig-wissend grinsen würde.

Angelika begann nachsichtig-wissend zu grinsen.

»Hallo Angelika! Wir versuchen gerade …«, Julias Mitteilungsfreude währte nur kurz.

»Angelika, das ist jetzt gerade ganz schlecht …«

Da gab es doch so einen Film: *Männer, die auf Ziegen starren*. Jetzt starrten Frauen auf Kornmaier.

»Oh, dann will ich nicht stören.« Angelika verschwand etwas abrupt aus dem Bildausschnitt des Fensterrahmens.

»Aber …« Julia guckte betroffen.

»Julia«, Kornmaier drehte sich zu ihr um, ihre grünen Augen waren viel zu nah, es war Zeit für eine Warnung: »Julia, ich hasse die Worte *Klacks*, genauso wie *Erfrischung* oder *Flieger*, auch *Portion* klingt scheußlich, ich möchte Männern in kurzen Hosen Schippe und Eimerchen für den Sandkasten reichen, es ist nicht einfach mit mir!« *Warum so ausführlich Theo, fasse dich kurz*. Er hielt inne, ein Schweigen trat ein und dann: »Ich weiß nicht, warum ich dir das sage.« Lüge! Er wusste es: »Jedenfalls: Es geht keinen etwas an, was wir hier machen, keinen. Je weniger etwas wissen, desto besser.«

Vielleicht machte er einen Fehler, vielleicht war es besser, ganz viele wussten davon, aber manchmal siegte der Impuls über den Verstand. So schlecht war er damit bisher nicht gefahren.

Er würde sich morgen bei Angelika entschuldigen müssen. Und schon das Wort *müssen* passte ganz und gar nicht zu dem Urlaub, den er sich erhofft hatte.

Sie hatten noch zwei Stunden Männer-Profile studiert, dann hatte sich Kornmaier zurückgelehnt und gesagt: »Ich verabschiede mich mal in den Urlaub.«

Eigentlich wunderte er sich gerade permanent über sich.

Seine Grundhöflichkeit ließ ihn im Stich. Gerade schon wieder. Was sollte das? »Also für heute.«

Dass Julia immer mehr den Eindruck gewonnen hatte, diesen Mann retten zu müssen, ahnte Kornmaier zum Glück nicht, gerade bog er in seinem Mietwagen in den schmalen Cami de Can Musquaroles ein, die Autoscheinwerfer beleuchteten verstaubte Sträucher am Wegesrand, es hatte lange nicht geregnet und weiter vorne zickzackte ein Hase davon. Chet Baker sang *Angel Eyes,* unnachahmlich unaufgeregt. Kornmaier verlangsamte das Tempo, blieb vor dem Abzweig zum Haus stehen, dort, wo eine kleine Brücke über das ausgetrocknete Flussbett führte, stellte den Motor ab und stieg aus.

In der plötzlichen Stille das übliche Zirpen und zartes Glöckchenbimmeln. Sonst nichts. Kornmaier legte seine Arme auf das Autodach.

Da lag das Haus. Unbeleuchtet wirkte es abweisend und kalt, so als habe es zwei Gesichter, Dr. Jekyll und Mr. Hyde. Scharf gezeichnet stand es im Mondlicht und Kornmaier erwartete fast, dass im ersten Stock eine Gestalt auf den Balkon treten, sich in seinen Stuhl setzen und langsam den Kopf zu ihm drehen würde.

Mann, mann, mann. Kornmaier stieg wieder ein, startete den Motor und holperte auf dem Feldweg dem Haus entgegen.

DER VIERTE TAG

Eso-Glöckchen kündigten ihn an und dann, neu angeschafft, ein Dreiklang, der an Flughafen erinnerte, gleich würde eine Durchsage erfolgen.

Der Bewegungsmelder an der Galerietür hatte ihn erfasst und Kornmaier atmete die klimagekühlte Luft ein, die wie immer künstlich schmeckte.

Aus den hinteren Räumen tauchte Angelika auf. Tunika, Ketten, Ohrringe, Sandalen, ein dicker Schal um die Schultern.

»Ach, sieh an.« Angelika nahm es ihm noch übel.

»Angelika, es tut mir wirklich leid.« Kornmaier blickte in ihr Gesicht, erlittene Kränkung und Gebeten-werden-wollen hielten sich die Waage.

»Du kennst mich doch. Eigentlich will ich nur meine Ruhe.« Treuherzig gucken, das konnte er. Er hatte es einmal vor dem Spiegel ausprobiert, herzlich lachen müssen und es in sein Überlebensrepertoire aufgenommen.

»Theo, echt, du bist unmöglich.« Einen Moment noch guckte Angelika sauer, aber dann gab sie auf, ja, sie kannte ihn.

»Und? Gut verkauft vorgestern?« Kornmaier hatte sich einem der Bilder zugewandt, riesengroß, mit hellblauen Geraden, nach unten ausfransend, horizontal durch das Bild ziehend, sich sanft kreuzend, Kondensstreifen nicht unähnlich.

Nachmittag hieß das Ding.

»Ich kann nicht klagen, Kunst schmückt eben.« Angelika war neben ihn getreten und blickte auf das Gemälde.

»Aha.«

»Du hast dich überhaupt nicht verändert, Theo. Wie zur Schulzeit, immer dieser Unterton.«

Hatte er sich nicht verändert? Das wäre jetzt auch nicht so toll.

Hatte Angelika sich verändert? Zu viele Sonnenbäder hatten harte Linien in ihrem Gesicht hinterlassen, Kornmaier hätte sie nicht wiedererkannt, sie ihn schon.

Auf dem Wochenmarkt hatte sie ihn am Hemd gezogen.

»Theophil Kornmaier, ich glaub's nicht!« Sie hatte den Kopf schief gelegt und auf Begeisterung gewartet.

Und er, er war nur irritiert gewesen, hatte etwas verzweifelt in seinem Gedächtnis gekramt und nichts gefunden.

»Ich bin's, die Angelika!« Immer noch strahlte sie, nun musste der Groschen doch fallen.

»Angelika!« Freudige Überraschung, perfekt gespielt. »Was machst du denn hier?« *Wer, zum Teufel, war diese Frau?*

»Josy! Komm mal, guck mal, wen ich hier entdeckt habe.« Gütiger Himmel, hoffentlich musste er die nicht auch noch kennen.

»Einen alten Schulfreund hab ich entdeckt: Den Theo, und das ist die Josy.«

Vor lauter Erleichterung war Theophil Kornmaier ein freundlich-fröhliches »Hallo, Josy« gelungen, ab jetzt konnte er den Abgang einleiten.

Noch ein dringender Termin und ja, er würde, natürlich, auf alle Fälle, zur Vernissage kommen, *so ein Zufall, verrückt, ganz verrückt, bis später.*

Dann war er, eine Wassermelone schleppend, entflohen.

»Und die Julia so? Die ist nett, oder?« Da war es wieder, das Nachsichtig-Lächelnde. Und vielleicht noch etwas anderes. Da schwang etwas mit.

Kornmaier wollte nicht wissen, was.

»Hmm.«

»Und was habt ihr nun gestern …«

»Reden ist Silber, Schweigen ist Gold.«

»Theo! Furchtbar ist das mit dir!«

»Ist mir bekannt.«

Angelika trat einen Schritt vor und wischte unter dem Bild eine feine Spinnwebe fort.

Sie würde es, was immer es war, noch rauskriegen.

KleineBlume38.

Stefan zögerte. Das würde wieder so eine mit Hummelhausschuhen sein, er brauchte eine mit Geld.

Er klickte das Profil weg, streckte den Rücken, sank in sich zusammen.

Diesmal musste er liefern, sonst gäbe es wieder Ärger.

Er war aufgestanden und blickte auf sein Versteck hinter der Tapete, bald würde es zu klein werden, er brauchte einen anderen Platz, vielleicht im Keller oder in der Garage oder im Gartenhäuschen, nee, eine Geldkassette, die brauchte er, eine große mit Schlüssel und die dann verstecken, vielleicht doch im Keller zwischen dem ganzen Gerümpel …

»Schatz?« Angeschlichen hatte sie sich, die Hexe, wie immer.

»Was starrst du die Wand an?« Seine Mutter füllte den ganzen Türrahmen aus.

»Ich glaub, ich streich mal.« Er streckte die Hand aus, wies auf die Tapete. »Würde nicht schaden.«

»Das hat dich doch die letzten 38 Jahre nicht gestört?« Mutters Lockenwickler berührten fast den Türrahmen.

»Stimmt auch wieder.«

»Siehst du, Schatz, nicht vertrotzt sein, das mag die Mutti nicht, weißt du doch.«

»Weiß ich, Mutti.«

»Gut.« Sie stand immer noch da. Beobachtete ihn.

Er kannte das, also setzte er sich, öffnete die Seite mit dem Computerspiel und begann zu zocken. Gewann, verlor, gewann, verlor und wagte es dann. Drehte sich um.

Der Türrahmen war leer, sie war lautlos verschwunden.

Er musste ganz unbedingt das Geld woanders verstecken. Während sie schlief, aber wann, wann schlief sie denn mal?

DER FÜNFTE TAG

Kornmaier hatte eine unruhige Nacht verbracht.

Etwas stimmte nicht.

Am Abend zuvor hatte er den Wagen in der Garage abgestellt, war von Nanita begrüßt worden, hatte mit ihr noch ein bisschen vor der Zisterne gesessen und in die Nacht gelauscht. Er versuchte, es der Wachsamkeit der Katze gleichzutun. Lauschte, ließ die Blicke wandern. Auf dem Dach klapperten die Ratten, im Maulbeerbaum waren Wiesel unterwegs. Alles Geräusche, die er kannte.

Er war aufgestanden, hatte die Haustür aufgeschlossen und in die Stille des Hauses gelauscht. Nichts.

Er war ins Haus gegangen und hatte im oberen Stockwerk die Fenster und Fensterläden geöffnet, war auf den Balkon getreten, hatte den Feldweg betrachtet, die Schatten unter den Bäumen mit Blicken durchbohrt, was nicht wirklich gelang, und gelauscht. Nichts.

Dann war er zu Bett gegangen und: nichts. Nur das feine leise Flügelschlagen der Fledermäuse, die jetzt in der oberen Halle Mücken jagten.

Er war in einen wenig erholsamen Schlaf gefallen und hatte wieder von Leuchttürmen geträumt, leider auch ein bisschen von Julia. Julia mit einem Feldblumenstrauß in der Hand und wie er dachte: *Rama-Reklame* und wie ihm das dann egal war.

Alarmierend im Grunde.

Stefan war leise auf den oberen Treppenabsatz getreten und hatte dort still gewartet. Das Display seiner Uhr zeigte 02:32. Im Erdgeschoss summte der Kühlschrank, summte bis zu ihm herauf und er hatte Sorge, das Gesumme könne wichtige Geräusche übertönen.

Das Knarren der Treppe unter den Tritten der Mutter, ihren Atem, der immer ein wenig fiepte, so wie ein Dampfkessel, kurz bevor er ernst machte.

Das trockene Rascheln ihres Morgenmantels, dem mit den Sonnenblumen, die mit den Jahren verblasst waren, aber sie kam nicht. Keiner kam.

Auf Zehenspitzen ging er in sein Zimmer, löste die Tapete, fingerte die Scheine hervor und steckte sie zwischen Hemd und Bauch. Insgesamt 4.800 Euro. Mickrig, nur für den Notfall, der Rest war auf der Insel.

Dann legte er sachte vier Ziegelsteine in das Loch, klebte –sachte – die Tapete mit Superkleber fest.

Das Versteck war verbrannt. Morgen würde sie dort herumtasten und ihn den ganzen Tag aus schmalen Augen beobachten.

Wohin hatte der Junge gestarrt, da stimmte doch was nicht, sie würde die Ziegelsteine finden, aber was konnte sie schon sagen, das Haus bröckelte an allen Ecken vor sich hin.

Er verharrte, lauschte wieder. Schlich die Treppe hinunter, blieb stehen, schlich weiter, kam ungehindert aus dem Haus, ging ungehindert durch den Garten und grub hinter dem Schuppen ein neues Versteck.

Die Nacht lag still und klar über dem Vorort und nur das Graben war zu hören. Ein vertrautes Geräusch, dieser zischende Spaten. Weiße Frauenhälse tauchten auf, weiße Frauenhälse mit Tüchern geschmückt. Er hatte schon gehört, mit einer Gitarrensaite würde es schneller gehen, aber das wäre ja schade, so war es doch viel schöner. Vorfreude kam auf, und als er zum Haus zurückging, wagte er einen Blick hinauf zum ersten Stock, wo das Schlafzimmer seiner Mutter lag. Im Mondlicht hing sie, die Gardine, die vor langer Zeit mal weiß gewesen war. Sie hatte sich nicht bewegt, oder doch, ein winziges bisschen?

Nein, die Hexe schlief, tief und fest.

Wie es wohl sein würde, einen Schal um so einen alten faltigen Mutterhals zu legen? Einen Moment überkam ihn so etwas wie eine kleine Angst.

Stefan wandte sich zum Hintereingang, dorthin, wo im Mondlicht der Morgenmantel seiner Mutter leuchtete.

Kornmaier hatte es versucht.

Kein WLAN, und für das Vorhaben war der persönliche Hotspot seines Handys zu mickrig, es half nichts, er musste in die Stadt, nach Pollença.

Morgens war er auf den Balkon getreten, hatte in die Sonne geblinzelt, den munter über das Feld eilenden und leise bimmelnden Schafen hinterhergeschaut, den Duft all der Blüten eingeatmet und beschlossen, heute nicht zu joggen.

Unten hatte er flüchtig die Mehlfalle kontrolliert, nichts, bestimmt war die Ratte nachts über die geöffneten Fenster im oberen Stockwerk entkommen.

Jetzt stand er unentschlossen da, blickte durch die Haustür auf das Blau des Swimmingpools und die flirrenden Sonnenflecken unter der Steineiche.

Im Club gab es bestimmt WLAN. Er wollte nicht noch mal zu Julia, warum auch.

Vielleicht doch joggen? Im Grunde war es ja schon zu warm. *Ja, Theo, um Ausreden biste nie verlegen,* aber sich den Tag in einem Dating-Portal versauen, auch blöd. Das würde er auf den Abend verschieben, das mit dem Versauen.

Es war Zeit, die Fensterläden zu schließen, um die Hitze auszusperren. Er stockte. Kniete sich hin. In dem Mehlstreifen vor der Terrassentür war eine Spur zu sehen, so als sei dort ein langer Mantel drübergestreift, eine lange feine Linie, an den Rändern unscharf.

Offenbar sah er nicht nur Geister, nein, sie hinterließen jetzt auch Spuren.

Lange kniete Kornmaier dort so und guckte auf diesen Hauch einer Linie, dann stand er auf, drehte sich um und hörte sich in die Stille des Hauses sprechen.

»Haus, was willst du von mir?«

Und so stand er eine Weile, wartete auf eine Antwort, gegen jedes bessere Wissen, stand dort, blickte auf das Spiel der Sonnenflecken unter der Eiche, blickte auf den groben Putz an den Zimmerwänden, wartete. Nichts.

Lauschte, wartete weiter, wartete auf irgendetwas, und hörte dann tatsächlich etwas. Etwas, das er gar nicht brauchen konnte, Eisen auf Eisen: Das Gartentor schepperte.

Es hatte sie geärgert. Sie hatte das auf keinen Fall gewollt und dann war sie doch hervorgekrochen: diese dämliche, unvernünftige, sinnlose Eifersucht.

Sein Besuch in ihrer Galerie und dass die beiden, Theo und Julia, dass die ein Geheimnis hatten, das ging gar nicht. Und wie die da zusammengesessen hatten, die heckten etwas aus, ohne sie. *Reden ist Silber, Schweigen ist Gold*, bescheuert.

Jetzt war sie mal dran, oder Theo war dran, ganz wie man wollte.

Vorsichtig tastete sie ihre Lippen ab.

Sie hatte was machen lassen. In Palma. Die kleinen blauen Flecke hatte sie überschminkt. Jetzt würde er sie ganz neu entdecken.

Anscheinend hatte er sein Festnetz lahmgelegt, ans Handy ging er eh nicht. Nun war sie zu seinem Haus gefahren.

Gartentor öffnen und schließen. Ein Blick in die Garage, das Auto war jedenfalls da. Alle Fensterläden zu.

Angelika umkreiste das Haus wie ein Hund, der etwas Merkwürdiges riecht, es nicht einordnen kann, misstrauisch ist.

»Hallo?« Die steinerne Hausfassade mit den Augen abtasten. »Theo?«

Auf die Rückseite des Hauses gehen, Eingangstür checken, abgeschlossen. Den Pool checken, kein Theo weit und breit.

»Theooo!« Nichts, er war nicht da.

Und doch fühlte sie sich beobachtet, irgendjemand, irgendwas …

Angelika wandte sich zum Gehen und konnte den unangenehmen Gedanken nicht loswerden, dass Theo hinter irgendeinem Fenster stand und sich tot stellte.

Erst mal wieder nach Hause fahren, die Einstichstellen mit Eis kühlen und Julia ausschalten.

Eins nach dem anderen.

Am nächsten Morgen hatte Julia lange am offenen Fenster gestanden. Ihre Haare gekämmt und den Orangenbaum vor ihrem Fenster betrachtet, dessen Zweige schon das Mauerwerk befühlten.

Hatte an den gestrigen Abend gedacht und an Kornmaier, daran, wie er sie fotografiert hatte und daran, wie effektiv er gewesen war.

Und für einen kleinen Moment tauchte da noch einer auf, ein Mann, der sie beobachtet hatte, gestern, im Café. So ein Typ mit einem Basecap mit BOSS-Logo, der sie angelächelt hatte, wie ein Frankenstein'sches Experiment. Zwei Gesichtshälften hatte der, eine untere, die grinste, und eine obere, die tot war.

Mit ihrer Rechten griff Julia nach einem Zweig, Blüten und grüne Orangen gleichzeitig an einem Baum, erstaunlich, und sog den Duft ein. Schloss die Augen und versuchte im Hier und Jetzt zu sein, das lag dem Theo doch am Herzen, aber leider tauchte der andere Typ wieder vor ihrem inneren Auge auf, und sie hatte auch schon einen Namen für ihn: *Die toten Augen von Mallorca.*

Mitschke flanierte, hatte am Morgen lange vor seiner Uhrenkollektion gestanden, mit dem Zeigefinger sanft die Uhrenarmbänder berührt und dann gewählt. Eine schöne *Lange & Söhne*, die Gefahr bestand zwar, dass Frauen das nicht erkannten, vielleicht doch die Rolex, aber irgendwie musste das doch eine Blinde sehen und so war er bei seiner Wahl geblieben.

Jetzt also flanierte er. Durch die Gässchen Pollenças, flanierte und taxierte. Suchte, wählte und verwarf wieder. Blieb vor Schaufenstern stehen, saß in Cafés herum und googelte dann *Juwelier*.

Dr. Mabuse. Manchmal hatte er Sorge, er würde sich mit dem Namen jemandem vorstellen, so hatte sich das eingefressen in sein Bewusstsein und ins Unterbewusstsein gleich mit. Und das nur, weil er kreativ war und improvisieren konnte. Neider, wohin er sah. Schon immer.

Da, er hatte ein Schmuckgeschäft gefunden, gleich um die Ecke. Wo es Schmuck gab, waren Frauen ja nicht weit. Er zahlte, erhob sich und ging los.

Dr. Michael Mitschke, alias Dr. Mabuse, alias *Die toten Augen von Mallorca* (von diesem Namen zu erfahren, blieb ihm erspart), bog in die Carrer del Temple ein und bekam einen freudigen Schreck: Vor dem Juwelier stand die hübsche Brünette von gestern.

Schultern straffen, Käppi richten und dann ganz en passant vors Schaufenster stellen und die Auslagen studieren.

Er hatte das deutliche Gefühl in Höchstform zu sein.

Kornmaier hatte gewartet bis Angelika samt Staubwolke verschwunden war, aufgeatmet und sich seinem Urlaub gewidmet.

Nach einem stillen Tag am Pool, im Pool und auf einer Liege neben dem Pool hatte sich Kornmaier dann am späten Nachmittag auf den Weg gemacht. Es half ja nichts.

Er, der Anwalt und ehemalige Boxer, würde jetzt als *kleineBlume38* auf Jagd gehen. Wenn es überhaupt etwas zu jagen gab. Wahrscheinlich würde sich demnächst alles aufklären und er, er würde sich ärgern, seine kostbare Zeit mit einem solchen Stuss verbracht zu haben.

Er hatte sich im Café ganz hinten niedergelassen und wollte weder von Julia noch von Angelika aufgestöbert werden.

Einen kühlen Rioja, Brot, etwas Käse und dann los.

»Wo bist du«, murmelte er und befürchtete, dass da draußen doch einer war, einer, der genauso wenig greifbar war wie das seltsame Gefühl, das ihn nachts hellhörig werden ließ, auf etwas warten ließ, etwas, das entweder noch nicht gekommen, oder aber schon geschehen war.

Kurz richtete sich Kornmaier auf, versuchte das zu lassen, dieses irrationale Rumgedenke und öffnete seinen Laptop.

Der Morgenmantel begann sich im Mondlicht in Bewegung zu setzen. Sonnenblumen in Schwarz-Weiß, Mutters Gesicht aus Kalk. Sie hatte ihn entdeckt.

»Was machst du …?« Sie kam auf ihn zu.

»Leute, es waren Leute im Garten.«

»Leute …«

»Leute.« Und schon war Stefan zu einem Fünfjährigen geschrumpft.

»Leute also.« Stefans Mutter griff sich routiniert das rechte Ohr ihres *guten Jungen* und schleppte ihn an selbigem durch den Garten.

»Wo denn, wo?«

»Am Schuppen, aua!« Während Stefan gebückt neben seiner Mutter herstolperte, dachte er an seine Schalsammlung und dass er doch jetzt den Spaten nehmen könnte, damit kannte er sich doch aus, das war doch ein Leichtes und gerade als in ihm eine angenehme Wut aufsteigen wollte, gerade in dem Moment ließ sie ihn los. Enttäuschung und Erleichterung lähmten ihn, es würde jetzt nur dazu reichen, dafür zu sorgen, dass die Hexe sein Versteck nicht fand.

Angelika saß mit Josy im Hinterzimmer ihrer Galerie.

Durch das zum Innenhof geöffnete Fenster kroch warme Luft in das klimagekühlte Zimmerchen, ließ Kondenswasserperlen an den Weingläsern herablaufen und Angelika konnte ihren Schal ablegen.

Zum Wein gab es Zitronensorbet. Eine kühne Mischung, aber gerade genau richtig.

»Was jetzt, du findest den gut, oder wie?« Josy ließ ein bisschen Sorbet in ihren Wein fallen und versuchte es gleich wieder herauszufischen.

»Ja. Doch, eigentlich schon.« Angelika guckte schuldbewusst und angestrengt und ein bisschen euphorisch, alles gleichzeitig.

Das Sorbet wollte sich nicht fangen lassen, schmolz im Wein vor sich hin, entkam Josys Löffel. »Und? Gibt es einen Plan?«

»Na ja. Erst mal muss die Konkurrenz weg.«

Kurz tauchte vor Angelikas innerem Auge das Bild auf, wie Julia bei Cap Formentor von den Felsen ins Meer stürzte. So ein Pech.

»Konkurrenz?« Josy nahm einen Schluck und hing ein wenig dem neuen Geschmackserlebnis nach.

»Julia. Eine entfernte Bekannte hat mal ein winziges Bild bei mir gekauft.«

»Und die findet den auch gut?« Dass Josy »den« sagte, störte Angelika, sie fand es fast gemein.

»*Theo* heißt er.« Das mit dem Theophil verschwieg sie besser.

»Ja, *Theo*, und was willst du jetzt machen?«

Angelika blickte durch den großen Galerieraum, bis hin zur Straße, blickte also durch diesen Raum und sah, wie der Spinner von gestern, der mit der High-Class-Kunst, wie der mit Julia an der Schaufensterscheibe vorbeispazierte.

Den Kopf schief gelegt, auf etwas lauschend, ließ Angelika das auf sich wirken, das, was sie da gerade beobachtet hatte und antwortete: »Ich warte erst mal ab.«

Vielleicht erledigte sich ihr Problem von ganz allein.

Sie hatte ihn nicht gleich bemerkt.

Da stand einer, aber sie, sie war damit beschäftigt zu gucken: Der Goldring mit dem Mondstein, wundervoll. Ihr Gesicht näherte sich der Schaufensterscheibe, so als nähme sie Witterung auf, Augen ein bisschen zusammenkneifen: 1.195 Euro, ganz schön teuer, aber sie sollte ihn doch wenigstens mal …

»Schön, der Ring, nicht wahr?« Eine sonore Stimme von links.

»Ja, schon schön.« Julia drehte sich nicht zur Seite, blickte nur auf die Spiegelung im Fensterglas und bekam tatsächlich einen mächtigen Schreck: *Die toten Augen von Mallorca*.

Die standen da und betrachteten sie von der Seite, so wie Mann eine Prostituierte in der Herbertstraße betrachtete. Mit so einem abstoßenden Lächeln, so einem … ihr fehlten die Worte.

»Darf ich Ihnen den schenken?« *Die toten Augen* waren also nicht nur tot, nein, auch noch irre. Ein Psychopath, ein Serienkiller, ein Wahnsinniger. Wo war Kornmaier?

»Oh, also wirklich …«, besänftigen musste sie den, der brachte es fertig, sie mitten unter all den Leuten mit einem Messer abzumurksen, so, dass es keiner merkte.

»Und vorher gehen wir einen Kaffee trinken, was meinen Sie, den Gefallen können Sie mir doch tun?« Der Typ stand zu dicht neben ihr, roch nach Rasierwasser, wippte. Stellte sich auf die Zehenspitzen, sank wieder herunter, langsam, so als würde er an einer Bushaltestelle stehen und warten, geduldig. Wie jemand der Zeit hatte.

»Nein, wirklich, das geht doch nicht.« Julia spähte an

ihm vorbei, wo waren die Leute hin? Eben hatte es hier doch noch gewimmelt.

»Gnädige Frau, bitte, enttäuschen Sie einen einsamen Herrn nicht. Machen Sie mir doch die Freude.« Seine Stimme hatte etwas Gepresstes, so, als würde er auf eine innere Bremse treten.

Ganz entfernt hatte er Ähnlichkeit mit diesem Irren aus *Falling Down*, der, der mitten im Stau aus dem Auto steigt und dann alles niedermäht, was ihm in den Weg kommt.

Was tun?

»Na gut, wenn es Ihnen …« Jedes Café hatte doch einen Hinterausgang, hatte es doch, oder?

Die toten Augen von Mallorca drohten lustig mit dem Zeigefinger: »Aber nicht durch den Hinterausgang entwischen!«

Kornmaier war jetzt schon genervt. Wonach suchte er denn überhaupt? Einen um die vierzig, der ein schickes Foto drinhatte, einen schicken Beruf zu haben vorgab, einen der, ja was denn für einen. Unschlüssig klickte er herum.

Quatsch, Zeitverschwendung, wenn nun aber doch … ein Kellner tauchte auf, deutete fragend auf sein Weinglas und Kornmaier nickte.

Wieder wurden die Schatten der Häuser länger und länger, wieder rannten Kinder in großen Bögen über den Platz, wieder nahm das Gemurmel der Menschen zu, klirrten Gläser und stieg der Mond über dem Städtchen höher und höher.

Kornmaier stockte. »MillionDollar.« Das war doch mal ein Nick. Welcher Idiot, Kornmaier klickte auf das Foto, welcher Idiot dachte sich denn so was aus?

Ein gut aussehender Mann aus München, schwarze Haare, hinter dem Steuer eines recht großen Segelbootes, ruppige See im Hintergrund, Heldenblick in die Ferne.

Kornmaier scrollte zum Statement: *Gross zügiger Mann sucht Frau zum verwöhnen.*

Bei der Rechtschreibung war jedenfalls Fehlanzeige. Was noch: Haarfarbe: Braun, nee, der hier hatte schwarze, Augenfarbe: Blau und, Kornmaier vergrößerte das Foto, beugte sich nach vorne, kippte den Bildschirm in alle Himmelsrichtungen, und der hier auf dem Foto hatte braune. *Jetzt schlägt's doch dreizehn.*

Das Tageslicht war verschwunden, ein leichter Wind raschelte in den Baumkronen der Platanen und Kornmaier hatte für einen kleinen Moment so etwas wie, er wollte es gar nicht glauben, ja, er hatte so etwas wie eine Freude.

Den jetzt mal zur Strecke bringen, so oder so, ein Hochstapler auf alle Fälle, da konnte er schon mal für den Ernstfall üben.

Kornmaier trank einen Schluck, blickte auf die Platanen, in denen der Wind wisperte, den vertrauten Platz, den Kellner, der mit elegantem Schwung zwischen den Tischen umhereilte und begann zu schreiben.

Was hatte sie abgehalten? Julia hätte lange überlegen müssen, um das sagen zu können, erklären zu können. Aus der

Welt war sie gefallen, unter Menschen und doch allein. Keiner würde helfen, keiner würde etwas tun, man würde den Kopf wegdrehen und woanders hinschauen, fertig.

Es würde so sein wie in ihren Albträumen, wenn ihr etwas Grausiges geschah und der Helfer, der nahte, sich auch als Feind entpuppte.

Nur lächerlich würde sie sich machen, wenn sie plötzlich wie wahnsinnig losrannte und ihr *Die toten Augen von Mallorca* mit federnden Schritten folgen würden und ihr sang- und klanglos mitten auf der Straße die Kehle durchschneiden würde.

Mütter würden ihren Kindern die Augen zuhalten und fragen, was der kleine Liebling denn wohl zu Mittag essen wollen würde. Mehr würde nicht geschehen.

Sie hatte sich in eine Parallelwelt katapultiert und saß jetzt mit einem Irren in einem Café. Nicht in dem, in das sie gerne gegangen wäre, das, wo sie Kornmaier erhofft hatte.

»Ach, nein«, hatten die *toten Augen* gesagt, »ach, nein, ich kenne hier etwas viel Entzückenderes.«

Jetzt also saßen sie da, sie im Grunde paralysiert, was er aber nicht merken konnte, da er ja selbst recht tot war, nichtsdestotrotz war er ganz zufrieden. Eine schnelle Eroberung war das!

So saßen sie jetzt also und tranken Kaffee. Sie einen Cappuccino, er einen Espresso. Er wartete auf etwas, sie wartete auf etwas. Und in dem Warten schwiegen sie.

Ein klein wenig begann ihn dieses Schweigen zu erbosen. Er würde ihr doch einen Ring schenken, da konnte sie sich doch ein bisschen Mühe geben, das sollte doch wohl möglich sein.

»Gesprächig sind Sie aber nicht, werte Dame.«

Julia schreckte hoch.

»Wie?«

»Na, gesprächig. Sie könnten ja mal was sagen.« *Die toten Augen* hatten die Fingerspitzen beider Hände aneinandergelegt, die Zeigefinger stützten das Kinn, mit kritischem Blick über das schwarze Brillengestell hinweg musterte er seinen Fang. Hübsch, aber ein bisschen eine Landpomeranze.

»Was sagen …« Mit zitterndem Löffel kippte Julia zu viel Zucker auf ihren Cappuccino-Schaum.

»Wie heißen Sie eigentlich?« Ihr fiel nichts anderes ein.

»Dr. Mitschke, Michael. Sie können gerne Michael sagen.« Na also, ging doch, die Dame hatte ihre Sprache wiedergefunden.

»Und Sie, meine Liebe?« Dr. Mitschke, Michael, hatte sich zurückgelehnt, das Tässchen in der Hand, die Augen ein klein wenig geschlossen, so, als könne er so besser fokussieren, abschätzen, einordnen.

»Ich …«, Julia zögerte, jetzt schnell einen Namen ausdenken, »Angelika. Angelika Kaspers.«

Dr. Mitschkes Gesicht blieb unlesbar, die Augen tot wie zuvor, nur ein Kenner hätte ihn gesehen, diesen flüchtigen Glanz, der da kurz aufgetaucht war. Man hätte meinen können: Wut.

KleineBlume38 war auf seinem Profil aufgetaucht, schon wieder. Der grüne Punkt neben ihrem Profilbild nervte Stefan, verfolgt fühlte er sich, die würde er gleich mal sperren.

Er brauchte jetzt einen Erfolg, eine Tusse mit Geld und er brauchte eine Auszeit von seiner Mutter. Nicht, dass seine Tante auf Malle besser war, aber die tauchte wenigstens nicht zu allen möglichen Tages- und Nachtzeiten in seinem Zimmer auf.

Er rieb sich über sein Ohr und guckte angewidert auf den Text von *KleineBlume38*.

»Hallo, du hast ja ein tolles Boot!«

Stefan verzog den Mund, verharrte, antworten oder nicht antworten, da konnte er sich jetzt ein paar Komplimente abholen, das würde ihm guttun, doch … Der Cursor lauerte über dem Wort »Sperren« wie der Falke über der Mäusefamilie. Gleich würde er zuschlagen, das Profil vernichten, mega. Verharrte also und überlegte es sich dann anders.

'ne Hübsche war's, wenn das Foto echt war. Hier im Internet wurde ja gelogen und betrogen … aber vor lauter Trägheit beendete er den Gedanken nicht.

»Hallo, danke, war auch teuer.« Er war ein Mann von Welt mit Geld.

Gut fühlte sich das an.

»Das kann ich mir vorstellen, was machst du denn beruflich?«

Na, das war typisch, Weiber. Gleich würde die noch fragen, was für ein Auto er fuhr. Kennste eine, kennste alle.

»Ich arbeite nicht mehr … ich hab meine Firma verkauft und lebe von den Zinsen.«

Pause. Offensichtlich hatte es der Maus die Sprache verschlagen. Stefan machte ein Geräusch, das ein Kichern hätte sein können, so eines, das hinter der Nase saß und nicht herauswollte.

»Das ist toll, du musst sehr glücklich sein.«

Was war denn das für eine Scheiße, *sehr glücklich, sehr glücklich*, das machte die doch mit Absicht, ärgern wollte die ihn, *sehr glücklich*, so einen Dreck hatte er ja noch nie …

»Du bist bestimmt ein wunderbarer Mensch.«

Pause.

Stefans Hände hingen über der Tastatur, er wusste nicht, wie ihm geschah.

Aufstehen, ein paar Gewichte heben, prüfen, ob die Dachluke auch zu war, ein paar Kekskrümel von der FC-Bayern-Bettwäsche fegen, wieder zur Tastatur zurück.

»Kann man so sagen.« Stefan begann mit dem Fuß auf den Boden zu tippen, tat das, was er bei seiner Mutter so hasste. Ein guter Mensch war er, das war doch mal was, warum auch nicht? Stimmte doch … nur wegen seiner Mutter war er ja so … bestimmt tief im Kern … ein wunderbarer Mensch, überhaupt: Ein Mensch …

Stefan betrachtete das Profil von *KleineBlume38* näher. Beugte sich nach vorne, scannte jede Information, sog sie auf, bewegte den Kopf hin und her, auf und ab, ruckartig, wie ein Insekt, wäre am liebsten in den Bildschirm gekrochen, schielte zum Chat, warum antwortete die nicht gleich? Was gab es da zu überlegen?

Und wieder verdeckten seine breiten Schultern den Bildschirm, lagerten Schatten in den Ecken seines Zimmers, das er nun schon seit 38 Jahren bewohnte und einmal zu oft berührten die Lockenwickler seiner Mutter den Türrahmen seines Zimmers.

Der leichte Abendwind war abgeflaut, die Platanen standen jetzt stumm da, das Gemurmel der Club-Besucher hatte noch zugenommen und Kornmaier hatte einen Heidenspaß.

MillionDollar, was für ein Hohlkopf. Für einen Moment war ihm danach, diesen Spaß mit jemandem zu teilen, aber, keiner da, den er kannte. Julia, ihr würde er das … nein, wozu, jetzt hier mal bei der Sache bleiben, später konnte er ihr das immer noch zeigen.

Der lebte also von den Zinsen. Welchen Zinsen!?

Da war bei Kornmaier Begeisterung aufgekommen, Begeisterung, die er sich sofort ein bisschen übel nahm, wie tief konnte man denn sinken, wenn man daran Freude hatte, so eine Gestalt auseinanderzunehmen.

Mann, mann, mann … der Ballermann ist um die Ecke, das färbt ab, da bin ich jetzt mal ein bisschen gemein, ich kann im Grunde gar nichts dafür … So redete sich Kornmaier gut zu und schrieb das mit dem *wunderbaren Menschen.*

Stille am anderen Ende. Irgendwie ein Volltreffer, welcher Art war erst mal unklar. Pause.

Und dann kam: »*Kann man so sagen.*«

Kornmaier hatte sich zurückgelehnt. Der war nicht ganz dicht.

Nicht ganz dicht konnte aber auch komplett ungefährlich sein. Aber vielleicht auch nicht. Gleich am zweiten Abend ein Treffer?

Und eigentlich war das Ganze ja falsch aufgezäumt, das Profilfoto, aus der Reklame eines Modehauses: attraktiv, ganz und gar nicht unscheinbar. Und Geld, vielleicht ging es ja doch auch um Geld, zumindest diesem hier, diesem Hochstapler. Mal testen.

»Du hast ein wunderschönes Statement, aber du sollst wissen, ich habe selber Geld, ich brauche keinen Versorger.«

Pause.

Kornmaier warf sich ein paar Erdnüsse in den Mund.

Immer noch Pause. Der kleine grüne Punkt leuchtete, der Typ war also weiter online.

Nichts, Schweigen im Walde.

Kornmaier stützte seine Ellenbogen auf das Tischchen, legte die Hände übereinander, bettete sein Kinn darauf und wartete. Immer noch kurvte der Kellner namens Mateo zwischen den Tischen umher und balancierte Teller.

Immer noch juchzten Kinder auf dem Platz.

Ein milder Abend, ein schöner Ort und doch war da eine Anspannung. Eine die nicht zu dem Ort passte, und etwas, das er schon kannte, so eine kleine Signalleuchte, die pulsierend rotes Licht auf den Platz warf, alles kurz in ein schwaches warmes Licht tauchte und gleich wieder verlosch. Licht, das nur auftauchte, wenn Gefahr aufzog, so wie eine Gewitterwolke über dem Meer aufzog.

Still saß Kornmaier da, still blickte er auf dieses sachte Aufglimmen und Vergehen und wusste jetzt zumindest eines: Aus war's mit dem schönen Urlaub.

Ein Gedanke war ihm jedoch noch nicht in den Sinn gekommen: Vielleicht war das Böse schon längst auf der Insel.

Sie hatte ihn nicht bemerkt, diesen kurzen Moment der Lebendigkeit in Dr. Mitschkes Augen. Nie würde sie ihn Michael nennen wollen.

So, als könnte der *Herr Doktor* eine Distanz schaffen, die es ihm unmöglich machen würde, ihr die Kehle auf offener Straße durchzuschneiden.

»Haben Sie ein Messer?« Diese Worte waren ihrem Mund entflohen, bevor sie etwas dagegen tun konnte. Sie wollte und musste es wissen.

Dr. Mitschke schien gerade in einer anderen Welt versunken und nur schwer erreichbar zu sein.

»Mmh?« Mit irgendetwas war er beschäftigt, innerlich. Vielleicht war er doch nicht so gefährlich.

»Ach, nichts.« Julia löste ihren festen Griff um die Stuhllehne, blickte vorsichtig hinüber, auf die andere Seite des Tisches, vielleicht sollte sie es versuchen mit dem Hinterausgang. Sie würde jetzt gleich aufstehen, sich entschuldigen, lächeln, wenn es denn gelingen würde, also: lächeln, um ihn zu beruhigen, in irgendeinem Glauben lassen, von dem sie nicht wusste, welcher das eigentlich genau sein sollte, und vor allem würde sie ihn denken lassen, dass sie gerne dort saß und gleich zurückkäme.

Unter dem Tisch trafen sich Julias Hände, völlig verschwitzt rangen sie ein wenig miteinander, krampften herum, wollten los, jetzt, oder fast gleich, fast sofort, nur noch ein wenig Aufschub, so eine Flucht erforderte Mut. Julia, meine Güte, jetzt mach doch. Sind doch Leute da, überall, sei mal rational, Hände lösen, auf die Stuhllehnen legen, Füße unter den Tisch ziehen, hochstemmen, gleich, fast gleich …

Julia zuckte zusammen.

Dr. Michael Mitschke war abrupt aufgestanden, das Gesicht hummerrot. Starrte auf sie herab, sammelte sich, schloss kurz die Augen, senkte den Kopf, hob ihn wieder, legte zehn Euro auf den Tisch und sagte nur ein Wort: »Schlampe.«

Dann war er weg.

Stefan hatte das Gefühl, gleich wie eine Handgranate auseinanderzuknallen. Diese scheißige Scheiß-Mutter. Gerade jetzt.

Er hörte ihr Gefiepe, dieses Pfeifen in den Lungen oder sonst wo, irgendwo kam es ja her, sie stand in der Zimmertür und er hatte wieselflink das Computerspiel geöffnet.

Er schloss die Augen, versuchte nicht auszuticken, es fehlte doch nicht mehr viel, es war doch ein Ende in Sicht, nicht die Nerven verlieren, ruhig bleiben. Diese coole Tusse und dann noch mit Geld, bitte, mach, dass sie nicht weg war, ihn nicht gesperrt hatte, weil er nicht gleich antwortete. Aber vielleicht hatte die ja Kinder, dann würde er das nicht machen, aber wenn sie keine hatte, dann ja, dann hatte er sich das verdient, dann durfte er das. Er musste es wissen, er wollte es wissen.

»Was macht denn mein Schatz?« Hinter ihm die fiepende Mutter.

»Bist du auch brav?« Ein kleiner drohender Unterton. Sie kam näher, er hörte es, hörte ihre Schritte, so, wie er sie schon viel zu oft gehört hatte.

Und da fühlte er es in sich aufsteigen, nicht zu bremsen, seit Jahren niedergehalten: Die Handgranate explodierte.

»Raus! Raus! Raus!« Stefan war aufgesprungen, sein Stuhl kippte, rutschte scheppernd über den Boden, knallte gegen eine Wand, er hatte sich umgedreht: »Raus!« Ging auf seine Mutter zu, die vom Donner gerührte Mutter, die nicht zurückwich, gegenhalten würde, das war klar. »Raus!« Hielt nicht an vor der Mutter, rempelte sie ohne sein Tempo zu verringern aus seinem Zimmer. »Raus!« Fühlte ihren grobknochigen Körper, der ihn ekelte, stieß dagegen, stoppte nicht auf seinem Weg zur Treppe, langsam verstand die Mutter, suchte nach Halt, sagte nichts. »Raus aus meinem Leben, du böse Hexe«, löste die Mutterhand, die grobe, vom Treppengeländer und stieß ein letztes Mal zu. »Raus!«

Dumpf polterte der mütterliche Leib die Treppe herunter und blieb unten reglos liegen.

Keine Ahnung hatte er. Wie auch. Was er da gerade angerichtet hatte, ein paar Tausend Kilometer weiter nördlich.

Immer noch saß Kornmaier da, sah das kleine grüne Online-Pünktchen leuchten, immer noch Schweigen auf der anderen Seite.

Kornmaier versuchte mal ein bisschen im Hier und Jetzt zu sein, saß zurückgelehnt, lauschte, ob es wohl noch in den Platanen wisperte, nein, tat es nicht, schaute, ob noch die Kinder über den Platz fegten, nein, kein Kind mehr da, schaute und stutzte.

Den kannte er doch, diesen da, der da so merkwürdig über die Plaça Mayor stürmte, so, als wollte er einen Zug erreichen oder eine wichtige Meldung machen, steifbeinig, fast ungelenk, sonderbarer Typ, war das nicht sein Nachbar? Dieser Ferrari-Typ?

Und gleich vergaß Kornmaier diese Gestalt wieder, linste nach dem grünen Punkt, der immer noch vor sich hin leuchtete, und beschloss, es für heute ruhen zu lassen, das mit der Jagd nach dem Phantom.

Er loggte sich aus, fuhr den Laptop herunter, zahlte und ging.

Still lagen die Seitengassen, still zog der Mond seine Bahn über all diesem Menschengewusel inklusive all der Irrungen und Wirrungen, dem Wollen, Wünschen, Hassen und was da sonst noch so zur Verfügung stand.

Kornmaier musste wieder an seine Schuhe denken. Warum hatte er die damals vor seinem Auto stehen lassen? Er hatte einfach keine Erinnerung, null.

Und da stand sie also, die gesichtslose Mietkarre.

Er zog die Autoschlüssel aus der Hosentasche, öffnete die Wagentür, stieg ein und blieb einfach so sitzen. Ein wundervoller Zustand des Gar-nichts-Wollens hatte ihn erfasst.

Und so lagen alle menschlichen Emotionen mal wieder reich über dem Inselchen verteilt und keiner ahnte etwas von den anderen.

Was Kornmaier betraf, konnte man wohl von trügerischer Ruhe sprechen.

Routiniert glitten Dorotheas Hände über Wassermelonen und Pfirsiche, tasteten hier, klopften dort. Sachte drückte sie auf Tomaten herum, nickte dann dem Verkäufer zu, zahlte und ging ohne Umwege nach Hause.

Mit der Integration war es nicht weit her, sie trug immer noch ihre deutsche Kittelschürze, sprach nur wenig Spanisch oder gar Katalan. Wasser in den Beinen hatte sie schwerfällig werden lassen – das Herz.

Nun war es wieder so weit: Stefan würde anreisen.

Das war gut und das war schlecht. Eigentlich machte ihr Herz das ja nicht mehr mit.

Zu viel Verantwortung, zu viel Aufregung, aber sie war zur Abwechslung mal nicht allein, auch ganz schön.

Dorothea zog sich am Eisengeländer zu ihrer Wohnung hoch, Stufe für Stufe, schnaufte, ließ die lachsfarbenen Rascheltüten vor der Haustür zu Boden plumpsen, pumpte erst mal wieder Sauerstoff ins System, die Einkäufe könnte der Junge dann machen, darauf freute sie sich, das war gut, alles andere … war eben so, wie es war.

Mal ab und zu an sich zu denken, das war ja wohl noch möglich, das stand ihr zu.

Sie schloss ihre Wohnungstür auf und betrat den dunklen Flur.

Streifte die Schlappen ab, angenehm kühl empfing der Steinfußboden ihre nackten Füße, es roch ein bisschen nach Rheumasalbe und ein bisschen nach gebratener Paprika.

Es war Zeit, die Fenster zu öffnen, und es war Zeit, alles für den Gast vorzubereiten.

Zu viel Verstrickung war nie gut.

Angelika wusste das. In ihrem Kopf wurde ein Pappschild hochgehalten, ein großes, darauf stand: HALT – DICH – RAUS!

Nachdem Josy gegangen war, war Angelika noch durch den Ort geschlendert, langsam, sehr langsam, ganz dicht an der Grenze zum *meditativen Gehen*, nur dass sie überhaupt nicht meditierte, kein halbes bisschen. Gedanken, Befürchtungen, Hoffnungen, Horrorvorstellungen knallten wie beim Autoscooter aufeinander.

Sie ächzte. *Halt dich raus.*

Mild und weich stand die Abendluft zwischen den Hauswänden. Es dämmerte.

Ihr Leben funktionierte doch so sehr gut. Alles lief, sie war zufrieden. Eine tolle Wohnung, eine eigene Galerie, Geld, Freunde, Angelika stockte, ihre Gedanken verhedderten sich, konnten nicht zu Ende gedacht werden, Freunde … Angelika wuchtete ihre Handtasche von der rechten auf die linke Schulter. Atmete tief ein und aus.

Also: raushalten. Alles so wie immer machen. Kurz tastete sie nach ihrer aufgespritzten Oberlippe. Fast alles.

Theo, nein, auf keinen Fall, das war ja so, als würde sie … ging gar nicht. Und doch, vielleicht nur ein bisschen?

Theo durfte nichts erfahren, erledigt wäre sie und doch … Angelika richtete sich auf, und doch … sie sank wieder in sich zusammen, und doch …

Für einen kurzen Moment tauchte das Pappschild wieder auf, an den Rändern schon ramponiert, um die eigene Achse rotierend, wie eine durchdrehende Wetterfahne, einen Tornado ankündigend. Es stand nur zu befürchten, dass diese Unwetterwarnung ihre Innenwelt nicht wirklich würde erreichen können.

Dr. Mitschke alias Dr. Mabuse alias *Die toten Augen von Mallorca* balancierte innerlich am Abgrund. Mitschke versuchte dieses innere Toben, das in ihm mal wieder Unheil anrichtete, an den Boden weiterzugeben. Jeder Schritt ein Tritt.

Klaglos nahmen die gepflasterten Straßen Pollenças das hin und dieser Gleichmut der Steine machte es nicht besser.

Angelika Kaspers. In seiner verschwitzten Hand wurde sie gerade unsanft verbogen, wurde weich, begann zu zerbröseln, die Visitenkarte dieser drittklassigen Galeristin. *Angelika Kaspers.* Zwei Tussen mit demselben Namen in einer Stadt, wie wahrscheinlich war das denn. Warum hatte ihn diese Schlampe, nein, diese Oberschlampe, warum hatte die ihn angelogen? Was sollte das? Glatt ins Gesicht gelogen hatte sie ihm, diese hohle Nuss, und er hatte ihr einen Ring kaufen wollen.

Mitschkes Frauenbild wurde gerade mal wieder bestätigt. Zweigesichtige Schlangen, eine wie die andere.

Mitschke blickte auf, konnte er nicht irgendjemanden anrempeln? Keiner da, den er anschreien konnte?

Zwei Jugendliche tauchten auf, die kamen gerade recht, kamen auf ihn zu, Mitschke wich nicht aus, hielt auf die beiden zu, keinen Millimeter würde er von seinem Weg abweichen, eine Dampflok in voller Fahrt, so etwas wie

Vorfreude gesellte sich zu seiner Wut, draufhalten, Tempo erhöhen, zwei Meter vor Mitschke schwenkten die beiden nach links ab und verschwanden in einer Garage.

Ein Wutschrei wäre jetzt hilfreich gewesen, aber so weit hatte er sich doch unter Kontrolle.

Er war einfach zu anständig für diese Welt.

Totenstille.

Er wollte nicht lauschen und lauschte doch. Wollte nichts wissen und wollte es doch. Aber vor allem und an erster Stelle suchte er hektisch nach dem grünen Leuchten in den Tiefen des www.

Weg, aus, vorbei. Es leuchtete nicht mehr.

Stefan saß schnaufend vor seinem PC, nicht ruhig werden wollte der, der Atem, also schnaufte Stefan weiter, schnaufte und schnaufte, stand auf, öffnete das Dachfenster, reckte den Kopf, sah auf die dunkle Straße, auf der gerade ein paar rote Rücklichter entlangkrochen, sah in den dunklen Himmel, schnaufte, merkte, dass er schnaufte, versuchte das zu lassen, das mit dem Schnaufen, ruhig, ganz ruhig. Stehen und auf die Straße gucken, auf die Straße, die ihm vertraut war, auf der er Fahrradfahren gelernt hatte, auf der er zur Schule gegangen war, auf der er gespielt hatte, bis … er brach ab.

Er war hier oben gefangen. Jetzt schlafen, vergessen, unmöglich.

Und was, wenn die Mutter wieder in der Tür stehen würde? Als wäre nichts geschehen? Er drehte den Kopf, hin zur Tür. Nichts, der Türrahmen war leer, die Tür schon vor langer Zeit ausgehängt.

Wenn er jetzt runtergehen würde, dann, da war er sicher, dann würde sie plötzlich nach seinem Knöchel greifen und ihn zu Fall bringen, so wie in diesen zahllosen Horrorfilmen.

Die Gänsehaut an seinen Armen war ein eisiger Klammergriff, eng wie ein Neoprenanzug, den er nicht mehr abstreifen konnte.

Gefangen also stand er hier oben, erwog für einen Moment aus dem Dachfenster zu klettern und vom Dach zu springen. Wie Spiderman.

Er würde das Geld ausgraben und auf Nimmerwiedersehen verschwinden.

Es war verdammt hoch. Und verdammt nicht möglich.

So stand Stefan und blickte aus dem Dachfenster und seine Arme waren schon ganz blutleer vom Klammergriff der Gänsehaut, aber der Atem, der war ruhig geworden, und während er da so stand, hörte er es.

Und um nicht wahnsinnig zu werden, hätte er jetzt gerne geweint.

Das Weinen aber, das hatte er sich verboten, also blieb ihm nichts anderes übrig, er musste zuhören.

Sie hatte es kaum gewagt.

Kaum gewagt Mitschke hinterherzugucken, kaum gewagt aufzustehen und zu gucken, ob jemand guckte.

Und ja, die Leute guckten. Julia fühlte sich schutzlos, ausgeliefert, ein ihr unbekanntes Gefühl. So also war das, aber vielleicht ging das nur ihr so. Bestimmt ging es nur ihr so.

Ihr war danach, Theo anzurufen. Schon um den interessierten Blicken der Café-Besucher zu entgehen, tippte sie auf Theos Nummer und setzte sich in Bewegung. Dass er nicht ranging, kam ihr wie eine weitere Demütigung vor, also startete sie ein Schein-Telefonat, mit großer Gestik geführt, bis sie endlich an einer Straßenecke abbiegen konnte.

Die Grundfesten ihrer Welt, erschüttert, ganz nebenbei, der Luxus des Gefühls von Sicherheit, erschüttert, einzig und allein von so einer kleinen Begebenheit. Und wo war der jetzt, der Typ? Würde er ihr irgendwo auflauern? Und dann?

Immer noch saß Kornmaier reglos in seinem Auto. Genoss diese merkwürdig angenehme Bewegungslosigkeit in der Dunkelheit.

Vielleicht war ja doch etwas dran, an diesem *Hier und Jetzt*, diesem so viel bemühten.

Vielleicht hatte er sich da mal wieder unreflektiert über etwas erhoben, es abgetan, weil der Zeitgeist es gerade so in die Luft wirbelte, so, wie dieser Zeitgeist nur wenig später etwas anderes in die Luft wirbeln würde.

Er war doch einfach ein wirklich übel dünkelbehafteter Typ, das konnte man ja wohl ruhig mal feststellen. Nicht, dass er das jetzt zum ersten Mal feststellte … und schon war er beim schönen *Hier und Jetzt* vom Kurs abgekommen. Theo, mal eben hierbleiben, der schöne Mond, der schöne Abend, das Nichts-wollen, für eine kleine Sekunde überkam ihn die Furcht gelähmt zu sein, sich gar nicht mehr rühren zu können. Sachte drehte er den Kopf einen kleinen Millimeter. *Ging ja noch, Spinner*.

Kornmaier merkte auf. Da war jemand, kam das Sträßchen hochgewandert, würde gleich an seinem Auto vorbeikommen. Konnte man ihn im Auto sitzen sehen?

Dieser Jemand kam also näher, immer das Sträßchen hoch, immer auf Kornmaiers Auto zu. Eine Frau. Blieb unter der Straßenbeleuchtung stehen, kramte in der Handtasche, schüttelte den Kopf, das war doch: Angelika?

Schien in eine Schlägerei geraten zu sein. Irgendetwas war mit ihrem Gesicht passiert.

Kornmaier beließ es dabei, seine Stirn in Falten zu legen, ein Luxus, der Angelika gerade nicht zur Verfügung stand.

Sie suchte etwas, fand es nicht, kramte und gab schließlich auf. Legte kurz den Kopf in den Nacken, ging dann weiter und verschwand in der nächsten Gasse.

Als Kornmaier den Wagenschlüssel drehte, um den Motor zu starten, blickte er auf die Uhr: 21:23.

Vielleicht war unten das Radio angegangen.

Stefan stand und lauschte. Der Klammergriff der Kälte hatte seinen ganzen Körper erfasst. Eingefroren stand er da und konnte nicht aufhören zu lauschen. Hörte das Flüstern, die kurzen Sätze, die Pausen. Hoffte, dass er sich irrte, dass es nur das Radio war.

Einer wisperte im Erdgeschoss. Abgehackte Sätze.

Flüsterte: »Es ist wieder so weit.« Deutlich zu hören war das, bis in sein Zimmer, bis unters Dachfenster.

Pause.

Was war wieder so weit?

Unter seinen Füßen knarrte eine Diele, rüber zur Tür, in den Flur horchen. Den Atem anhalten.

Unten das Wispern. Eine Frauenstimme, wer war da ins Haus gekommen, beugte sich gerade über seine Mutter, die leblose. Legte ihr zwei Finger an den Hals, wie im Film, sah die Treppe rauf, würde gleich heraufsteigen.

Ins dunkle Haus war jemand geschlichen, dem Haus, über dem der Mond stand, der aus Licht und Schatten einen Vorort meißelte. Einen Vorort im Irgendwo, der still dalag und durch den man gehen konnte, ohne eine Ahnung zu haben, was in den Häusern geschah.

Gar keine Ahnung hatte man.

Langsam schob Stefan seinen Kopf durch die Zimmertür, ließ den Körper folgen, lautlos.

Und weiter wisperte es bis in den ersten Stock.

»So, wie beim letzten Mal.«

Pause.

Was für ein letztes Mal denn?

»Die Treppe runter.«

Pause. Stille.

Die Treppe runter, welche Treppe, wo?

Und Stefan, an den Türrahmen gelehnt, die Augen geschlossen, erkannte jetzt die Stimme.

Die Mutter lebte. Immer noch. Zäh wie Leder.

Ein Unglück, die lebende Mutter.

»Wieder, ja. Hör doch zu.«

Und was war denn *wieder*?

Und: Mit wem sprach die dämliche Mutter-Hexe?

Stefan dachte an seine Schals, jetzt lag der Mutterleib doch am Boden, da wäre es doch günstig, auf dem Servierteller.

»Zu dir soll er, ich kann nicht mehr.«

Pause.

Wer sollte zu wem?

Und nun begriff Stefan, begriff im Türrahmen stehend, die da unten, diese da, die Mutter, telefonierte. Lag auf dem Boden und telefonierte. Nicht mit der Polizei, kein Krankenwagen wurde herbeigerufen, nein, es konnte nur eine sein: Dorothea. Über seinen Kopf hinweg wurde mal wieder herumbestimmt.

Langsam löste sich die Eisklaue um seinen Körper, zu Dorothea sollte er, wieder nach Mallorca.

Das war gut, das gefiel ihm.

Im Grunde war nichts geschehen. Alles war wie zuvor.

Hungrig war er plötzlich.

So stieg er die Treppe herunter, über die Mutter hinweg, ging in die Küche und machte sich ein Brot.

Dr. Mitschke ließ den Motor seines Leih-Ferrari, Modell Portofino, im zweiten Gang die Landstraße Ma-2201 entlangheulen.

»Al-le gleich, al-le gleich.« Diese Worte unterstrich er rhythmisch mit dem intervallartigen Durchtreten des Gaspedals.

Was fiel der ein, dieser Drecks-Tusse. Und das war ja nicht die Erste. Wie viele falsche Telefonnummern hatte er schon bekommen.

Warum!? Er hatte Geld, er sah gut aus, war im besten Alter, was wollten die denn noch?

Fast hätte Mitschke den Abzweig zur Cami de Can Musquaroles verpasst. Er bremste, setzte zurück und bog mit Kavalierstart in das Sträßchen ein.

Den Schotter, den hatte er vergessen. Und so donnerte das Modell Portofino mit dem Heck gegen die nächste Grundstücksmauer.

Nun war es so weit, nun brüllte er, nun war es aus mit dem tadellosen Verhalten. Und das stand ihm zu.

Und an allem war diese Schlampe schuld.

Kornmaier hatte große Lust, die Scheinwerfer auszuschalten.

Gedacht, getan. Fuhr doch jetzt keiner mehr.

Mit offenem Fenster durch die laue Nacht rollen, ganz und gar präsent sein, das war eindeutig die angemessene Würdigung dieser mallorquinisch nächtlichen Märchenlandschaft.

Er hatte den Eindruck, dass in der Nacht mehr Wahrheit vorhanden war als tagsüber.

Wenn man nur gut genug schaute und lauschte, dann würden sich Geheimnisse enthüllen, die sich im Tageslicht nicht zeigten. Wieso war ihm das eigentlich noch nie aufgefallen?

Zeit, an den Straßenrand zu fahren und den Motor abzustellen.

Grillen, Mond, Affenbrotbaum. Und noch etwas.

Kornmaier ließ seinen Blick über die Felder schweifen.

Grillen, Mond, Affenbrotbaum. Und was?

Was immer es war, es wollte sich nicht zeigen.

Für einen Moment wanderte er noch durch diesen stillen Raum der Verheißung. Dann startete er das Auto und dachte einen Moment, dass doch die Technik des Teufels sei. Die zwängte sich mit ihrer trügerischen Nützlichkeit zwischen ihn und dieses Geheimnis.

Als die Scheinwerfer seines Wagens beim Abzweig zum Cami die Grundstücksmauer erfassten, stoppte er. Das Mäuerchen wirkte plötzlich verschoben, war ganz windschief.

Kornmaier war ausgestiegen und inspizierte im Scheinwerferlicht das Malheur. Rote Lackspuren, ein Auto also, da gab es doch bloß eins im Tal, von dem er wusste. Der Ferrari.

Also zurück zum Wagen und weiterfahren. Was sollte ihn das kümmern, er hatte ja genug eigene Baustellen und das in seinem Urlaub. Und noch während er das dachte, beschloss er einen Haltungswechsel. Kein Gejammer mehr über den vergeigten Urlaub, die fehlende Ruhe und überhaupt. Zufrieden wollte er jetzt sein, mit allem ganz und gar, so wie es war.

Es war ja alles schon schlimm genug.

Aber das jetzt. Sie hatte ihre Galerie auf den Kopf gestellt.

Nur weil dieser High-class-Kunst-Typ da gewesen war. Sonst wüsste sie es immer noch nicht. Nur deshalb hatte sie begonnen zu suchen, unheimlich war der gewesen, gruselig. Da musste man sich wehren können, das war mal klar.

Sie war nach hinten gegangen, in ihr Büro, hatte die Schublade aufgezogen, die zweite von unten, hatte die Papiere hochgehoben, und: Nichts. Nada. Die Pistole war weg.

Eine Schublade höher, eine tiefer: nichts.

Angelika hatte dagehockt, versucht ihr verwirrtes Hirn auf Kurs zu bringen, wo war das Mistding. Gerne hätte sie jetzt die Stirn zum Denken zu Hilfe genommen, vergeblich.

Wo – ihre Beine fingen an zu schmerzen, gleich würde sie nicht mehr aus der Hocke hochkommen – wo war die Pistole!? Hatte etwa dieser gebügelte Typ, hatte der die geklaut? Aber warum? Sie war nur ein paar Minuten vor die Tür gegangen, um eine Lieferung anzunehmen. Warum hätte der … war doch Quatsch.

Alle Schubläden raus, alles aus den Schubläden raus, hinter den Schubläden herumtasten, in den völlig leeren Schubläden herumfingern, unter der Kommode herumsuchen, die Ketten, die bunten, die im Weg herumhingen, auf den Rücken werfen, die Spinnweben ignorieren, genug Adrenalin war dafür da, zur Seite kippen, nicht mehr wissen, wie mit diesen schmerzenden Beinen jemals wieder aufstehen, nicht wissen, was das jetzt wieder für eine Scheiße war und am liebsten schreien oder weinen oder beides.

»Verdammte Scheiße, verdammte!« Absurd, ihr fiel der Satz der Hautärztin ein. »In den ersten Tagen nicht zu viel

Mimik. Das Material muss sich erst mal setzen.« Erst die Pistole weg, jetzt verrutschte eventuell auch noch das Hyaluron.

»Verdammt, verdammt, verdammt!«

Angelika blieb noch ein bisschen dort sitzen, während sich die Dämmerung über das Städtchen senkte, und fühlte etwas aufsteigen, das sie lange niedergehalten hatte und dieses Etwas da vom Grund ihrer Existenz, das durfte auf keinen Fall an die Oberfläche. Auf gar keinen Fall und niemals.

Sie ließ sich ganz zur Seite sinken, streckte vorsichtig die Beine, wartete ab, dass Selbige aufwachten, stand auf, nahm ihre Handtasche, schloss die Galerie ab und ging.

DER SECHSTE TAG

Mit einem bemerkenswerten Seelenfrieden hatte Kornmaier den neuen Tag begrüßt. Das Balkongeländer mit beiden Händen umfassend hatte er dagestanden, nur in seiner uralten Boxershorts, in die Sonne geblinzelt und die Umgebung betrachtet, das Nahe und das Ferne, zufrieden registriert, dass das Bewässerungssystem nachts zuverlässig gearbeitet hatte, ein bisschen darüber nachgedacht, warum er dieses leise zischende Geräusch so liebte, ein bisschen darüber nachgedacht, warum er das Geräusch der Poolpumpe ebenso liebte. War dann runter in die Halle, hatte alle Fensterläden geöffnet und endlich die ersehnte Spur gefunden, winzige Rattenfüßchen in der Mehlfalle, nach draußen, wohlbemerkt. Und da war es ihm wieder eingefallen, dieses andere da, dieser merkwürdige Hauch, so, als habe dort ein langer Mantel drüberhergefegt, sah es also wieder und runzelte die Stirn. Merkwürdig.

Beschloss, sich nicht weiter darüber zu wundern und den Tag ganz wie den Tag zuvor zu verbringen. Und gut, ja, auch das würde er tun, gucken, ob *MillionDollar* vielleicht doch noch geantwortet hatte, auch das.

Sein Handy fiel ihm ein. Drei Anrufe von Julia.

Für einen Moment schloss er die Augen. Gut oder nicht gut? Gerade, für die Sekunde, gut.

Weiß und leicht und luftig hingen die Vorhänge auf den Fliesenboden herab, sanft bewegt von einer Morgenbrise und ganz oben, eine Handbreit vielleicht, schon lichtdurchsonnt.

Julia stand vor ihrem Kleiderschrank. Ließ mit einem sachten Hin und Her ihres Kopfes die langen Haare über ihren nackten Rücken streichen. Wie Seide, selbst gemachte Seide. Julia liebte dieses Gefühl und diesen Gedanken.

Theophil Kornmaier hatte sich immer noch nicht gemeldet. Drei Mal angerufen hatte sie und: nichts. War ihr schon mal jemand begegnet, der so etwas Störrisches an sich hatte? Der Mann war der personifizierte Widerstand. Mit anderen Worten: Verlockend.

Einer, der nur lief, wenn ihm danach zumute war. Da konnte sie mit Mohrrüben winken, wie sie wollte.

Das Gelbe? Nein, machte blass, eigentlich konnte das aussortiert werden, aber der Ausschnitt war schön, also behalten. Der gehörte gerettet. Man konnte ja nicht alle retten, aber diesen einen, doch, das würde sich sicher lohnen. Man musste nur trennen können. Das Nützliche und das Schöne.

Oder dieses hier, das Weiße mit dem roten Pinselstrichmuster, vielleicht zu unruhig, Julia hielt es vor sich hin und musterte sich im Spiegel. Ja, zu unruhig.

Mitschke, Dr. Michael Mitschke, Julia nahm ihr kleines Schwarzes hoch, ja, das würde passen. Moment, der Wunsch, ihn tot zu wissen, hatte hier nichts zu suchen. Schwarz ging ja gar nicht!

Etwas Fröhliches, Leichtes, Sommerliches! Julia kam

zum vorhersehbaren, nichtsdestotrotz niederschmetternden Ergebnis: Sie hatte nichts anzuziehen.

Vielleicht machte sie gerade einen Fehler, aber eigentlich hatte ihr das Leben bisher die meisten Fehler verziehen, im Grunde konnte nichts schiefgehen.

Und so ließ Julia Kleider Kleider sein, ging ins Bad, griff nach ihrer Bürste und begann summend ihre Haare zu liebkosen.

Als der Morgen dämmerte und Nieselregen die Vorstadt in einen feinen Schleier hüllte, hatte Stefan bereits den Koffer aus dem Keller gewuchtet. Packen, so wie immer. Aus dem Augenwinkel die Mutter im Blick, prüfend, wo die inzwischen wohl hin war. Im Wohnzimmer war das Muttertier inzwischen, hatte sich dorthin verzogen. Was für ein Theater. Wenn es ihr so gefiel, na, da wollte er nicht stören.

Ich weiß ja, wenn ich fehl am Platze bin, dachte er.

Er war froh, ganz und gar froh. Die Mutter nicht wirklich tot, nur halb. Er durfte nach Mallorca und dort allen Unsinn treiben, der ihm so einfiel und Geld würde wieder reinkommen, viel Geld und dann würde er sich ein großes Haus kaufen mit einer hohen Mauer und ein großes Auto auch, und eine Gegensprechanlage mit Video, damit seine Mutter nicht ins Haus kommen konnte, kurz warf er einen Blick ins Wohnzimmer – seine Mutter saß inzwischen auf dem Boden, den Rücken gegen das Sofa gelehnt – und er hätte eine schöne Frau mit langen blonden Haaren und, er zögerte, wollte er das wirklich? Eine schöne Frau mit langen Haaren? Wieder eine, die ihm sagte, was er tun sollte? Vielleicht doch besser einen Hund, einen Kampfhund, dem würde er ein Nietenhalsband anlegen und alle Leute würden ihm auf der Straße aus dem Weg gehen, das würde ihm gefallen, alles würde so geschehen und das bald und vor allem musste er *KleineBlume38* treffen, er würde sie nach Mallorca locken, so wie er immer alle gelockt hatte. Das war jetzt das Allerwichtigste und seine Mutter, die würde zurechtkommen, so wie beim letzten Mal auch.

Mit all diesen Gedanken und recht zufrieden zog Stefan die Haustür ins Schloss und fuhr zum Flughafen.

Noch war der Morgen kühl, die tiefer stehende Herbstsonne warf lange Schatten über die Insel, und in solch einem Schatten hoher Hecken lagen auch die perfekten Rasenflächen des Anwesens.

Vorsichtig war Mitschke um den Ferrari herumgelaufen, so als wollte er es gar nicht so genau wissen. Der Kies der Auffahrt knirschte unter seinen Loafers.

Sachlich bleiben, ganz nüchtern betrachten. Eine Beule, so what? Versicherung, Haftpflicht. Eigenbeteiligung aus der Portokasse. Warum also aufregen? Gab doch gar keinen Grund, sich aufzuregen. Mitschke hatte sich die Verletzungen betrachtet, die Schürfwunden, die brutalen Schrammen, dann beide Hände auf das Autodach gelegt und dort eine Weile gestanden.

Immer von außen nach innen liefen seine Finger über das rote Blech, immer von außen nach innen, trommelten den immer gleichen Takt. Eine hypnotische Etüde hätte es sein können für irgendjemanden, der nicht Mitschke hieß oder Mabuse oder *Die toten Augen von Mallorca*. Fielen immer wieder in schneller Folge von oben auf das Autodach, die dicken Fingerchen, es half nicht, es half kein halbes bisschen. Mitschke drehte sich nach links, zielte und trennte gekonnt und zielgenau mit dem rechten Fuß und dem Ausruf »Schlampe« den Eins-A-Seitenspiegel vom Portofino ab. DAS half ein bisschen. Für den Moment.

Vergeblich hatte sie es versucht. Für den Jungen hatte sie es versucht, aber nichts zu machen. Dorothea kam nicht in ihre Kompressionsstrümpfe rein.

Das war nicht spurlos an ihr vorübergegangen, bei seinem letzten Besuch, sein Blick auf ihre Beine. Dieses Angewiderte, sein Versuch, nicht mehr hinzusehen.

Sie hätte sie öfter tragen sollen, jetzt war es zu spät, wie Hefeteig waren die Beine auseinandergeflossen, aussichtslos, unmöglich. Dorothea hatte gezogen, gezogen, gezogen, versucht mit den Haushaltshandschuhen genug Griff zu bekommen für diese bockigen Strümpfe, sinnlos.

Jetzt saß sie schnaufend auf dem Bettrand, eine kleine Verzweiflung hatte sie angeflogen, sie sah sich da sitzen, dick, verrunzelt, krank, ausgepumpt, sie gehörte auf den Sperrmüll der Gesellschaft, was war das für ein Leben, was sollte das noch.

Und das war die Frage: Was sollte das noch?

Sie brauchte nur einen winzigen Moment, bis es ihr wieder einfiel.

Kornmaier war sich unsicher, ob er sich verhört hatte, ob es ein Zufall war, oder ein ganz verrücktes Phänomen. Just in der Sekunde, in der sein großer Zeh die blaue Wasseroberfläche des Pools berührt hatte, schepperte das Gartentor. Das war so frappierend, dass er es gleich noch mal versuchte. Bein etwas anheben, großen Zeh aufsetzen. Kornmaier schloss entnervt die Augen.

Leider kein Phänomen, er bekam unangemeldeten Besuch.

Wenn er sich beeilte, konnte er abtauchen, ganz in die vorderste Poolecke schwimmen und hoffen, dass keiner so dicht …

»Theooo, guten Mooorgen!« Angelika.

Er brauchte ganz unbedingt ein Vorhängeschloss. *Kaufen, Theo, kaufen, nicht nur quatschen …*

»Hallo, Angelika.« Immer noch stand Kornmaier auf der Leiter, jetzt trotzdem ins Wasser? Schön demonstrativ herumschwimmen?

Er stand also da, die Griffe der Leiter umfassend und beschloss dann, nach einem zweiten Blick in Angelikas Gesicht, auf die Runde im Becken zu verzichten.

Irgendetwas Ernstes war passiert. Irgendetwas Schlimmes.

»Was gibt es denn?« Seltsamerweise kam er sich nackt

vor, eine irgendwie zu private Situation für seinen Geschmack. Dieses Ungleichgewicht der Bekleidung.

»Ach, nichts Besonderes«, Angelika griff in ihre Kettenarmada, »bin gerad hier in der Nähe und dachte mir«, die Ketten gerieten in Gefahr zu reißen, »und dachte mir, guck doch mal, was der gute Theo so treibt.« Schweigen.

Kornmaier dachte nicht nach, als er den nächsten Satz sagte: »Was ist denn mit deinem Gesicht passiert?« Das war so aus ihm rausgestolpert, so wie man in einen Festsaal stolpert mit hundert Leuten, und alle drehen die Köpfe und gucken und eigentlich wollte man nur in den Waschraum.

»Was?«

»Mit deinem Gesicht, was ist da passiert?« Kornmaier spürte, dass er was Falsches gesagt hatte, aber er wusste auch nicht, was er angesichts dieser Situation sonst fragen sollte. Er griff nach seinem Handtuch und legte es sich um den Hals, das fühlte sich irgendwie besser an.

»Mit meinem Gesicht? Wieso?«

Wie lange sollte das jetzt so hin und her gehen, Dialog-Pingpong ohne Sinn.

»Du siehst aus, als hätte dir einer eine reingehauen.«

Tiefschlag, Volltreffer. Und das ohne Mühe.

»Ich …« Angelika hatte ihre Ketten losgelassen, hob unwillkürlich die Hand zum Gesicht, tastete kurz über den Mund.

»Das … eine Tür.«

Ein Satz wie aus einem der üblichen Krimis, die man in Motels guckte, während Leuchtreklamen Signale von Außerirdischen in die miese Absteige sandten.

Angelika hatte sich umgedreht, stand mit dem Rücken zu Kornmaier, verharrte noch kurz, er konnte es gar nicht recht glauben. Sie wollte doch nicht etwa gehen?

»Angelika«, Kornmaier lief ihr nach, überholte sie, »wenn du Hilfe brauchst«, er blickte in ihr merkwürdig fremdes Gesicht, »du sagst mir Bescheid, ja?«

»Ja doch.« Und ja, sie brauchte Hilfe, was machte man, wenn einem eine scharfe Waffe abhandengekommen war, von der die Polizei nichts wusste und für die man keinen Waffenschein hatte, was zum Teufel machte man da? »Ich ruf dich an.«

»Anrufen, aber du bist doch jetzt da.« Kornmaier kapierte nichts, wie auch. Ernst sah er sie an.

»Kenn ich den? Soll ich mir den mal vornehmen? Hast du ihn schon angezeigt?«

»Theo, du bist so ein Arsch.« Sprach's, knallte mit dem Gartentor, so, dass es gleich wieder aufsprang, und rauschte davon.

Da stand er nun, der Theophil Kornmaier, spürte den warmen Sandstein unter seinen Füßen, hörte die Schafe über das Feld bimmeln und es war sonnenklar, alle hatten schon immer recht, er hatte schon immer recht. Das gerade, das war doch mal wieder das schönste Beispiel: *Die Frau, das unbekannte Wesen.*

Auf dem kürzesten Weg war Angelika nach Hause gefahren, im Rückspiegel war ja nichts zu erkennen, was hatte

Theo denn gemeint? Sie war die Stufen hochgejagt, wahrscheinlich war alles verrutscht, das ganze Hyaluron, und alles nur Theos wegen, war ins Bad gestürmt und hatte in den Spiegel geblickt.

Was denn jetzt?

Was war denn? War doch alles in Ordnung, waren doch schön, die vollen Lippen, wie man sie jetzt eben so hatte. *Aber nicht zu doll*, hatte sie gesagt und die Frau Dr. Pirakowskaja hatte geantwortet, *nein, nein, wirrrkt nur errste Tage ein bisschen viel*, die Schminke über den blauen Flecken hatte sie wohl aus Versehen weggewischt, aber sonst, jünger, sie sah doch jünger aus. Das Botox in der Stirn wirkte wohl links schneller als rechts, das war jetzt ein bisschen schief, und unter dem rechten Auge, auch ein Bluterguss, *die Trrränenrrrinne, Frau Kasperrrrs, die machen wir auch noch weg*, aber im Prinzip, viel jünger!

Und für einen kleinen Moment tauchte da etwas auf: *sich etwas schönreden*, schwamm für wenige Augenblicke an der Oberfläche von Angelikas Begriffswelt und soff auch gleich wieder ab.

Vielleicht hätte sie noch ein paar Tage warten sollen mit dem Besuch bei Theo. Mitleidig hatte der geguckt, mitleidig und sonst gar nichts.

Aber es eilte ja, sie würde ihn also anrufen und nein … er ging ja nie ans Telefon.

Angelika ließ sich auf ihren Wannenrand sinken. *Jünger, viel jünger sah sie doch aus …*

Und wo war die gottverdammte Scheiß-Knarre?

Als Stefan die mallorquinische, milde Herbstluft einatmete bemerkte er das nicht, das mit der milden Herbstluft. Luft war Luft. Er wartete, bis ihm ein Taxifahrer zusagte. Wartete ganz vorne, ließ vor, winkte vorbei – *ich habe Zeit* –, wartete auf den, der so aussah, wie sich Stefan einen Spanier vorstellte. Einen Schnurrbart musste der haben. Ein bisschen wie aus einem Italowestern sollte der aussehen.

So also stand Stefan und stand und stand. Winkte und winkte. Ließ vorbei, wartete.

Als es dann so weit war, rempelte er einen verdutzten Touristen zur Seite und stieg ein.

»Pollença, ohne Umwege, ich kenne die Strecke.« Alles Verbrecher, auch dieser Spanier, das war klar. Taxifahrer eben.

Er lehnte sich zurück und schaute aus dem Fenster. Verdorrte Seitenstreifen mit verstaubtem Hibiskus. Links tauchten die Berge auf. Es hätten auch Pappkulissen sein können, er würde den Unterschied nicht bemerken.

KleineBlume38, er hatte ihr noch am Morgen eine Nachricht geschickt. Sie würde antworten, er würde sie treffen, sie würde Geld haben, viel Geld, welchen Schal würde er nehmen, den dunkelgrünen? Ja, der würde gut passen, Vorfreude stieg in ihm auf, diese Macht, die er da hatte, das war einfach … Stefan stockte, der fuhr doch falsch, der Spanier, war nicht nach links abgebogen, war einfach geradeaus weitergefahren.

»Ey!« Stefan hatte sich nach vorn gebeugt. »Ey, du Pfeife, nach links hättste abbiegen müssen.«

»Passma uff, du selba Pfeife. Gleich schmeiß ick dir raus hiea.«

Der Spanier hatte in einer Staubwolke auf dem Seitenstreifen angehalten. »Watt willste, du Touri. Straßenbaustelle, kannste nich' kiecken, oder watt?« Er hatte sich zu Stefan umgedreht. »Wattn jetze, watt willssde?«

Stefan war nicht klar, was schlimmer war, dass der Spanier kein Spanier war, oder dass er so niedergemacht wurde.

»Ich …«, da fiel ihm nichts ein, gerne hätte er jetzt ein paar Gewichte gehoben.

»Jut, dann sind wa uns ja einich.« Der Spanier hatte sich wieder nach vorne gedreht. »Touri-Pfeife.«

Sprach's, startete den Motor und fuhr den verstummten Serienkiller Stefan S. nach Pollença.

Als das Taxi endlich vor dem Haus hielt, stand Dorothea schon hinter der Gardine. Stand da, umklammerte die 100 % Polyester, freute sich und freute sich nicht, so wie immer.

Aufpassen sollte sie, aber das war ja genauso, als würde man eine Katze im Hause halten, die musste doch auch mal hinaus und ein Revier haben und spazieren und springen und Katze sein und Mäuse jagen und all das. Der arme gute Junge.

Stefan war ausgestiegen, hatte das Gepäck aus dem Kofferraum gehievt und dem abfahrenden Taxi verdrossen hinterhergesehen.

Und wie immer rollten ein paar Tränen an Dorotheas Wangen herab, suchten sich ihren Weg durch die Faltenlandschaft. »Der arme gute Junge.« Es flüsterte aus ihr, und dieses Flüstern machte es nicht besser, nein, schlimmer, *der arme gute Junge*, aber was konnte sie da tun und warum war es so und eigentlich wollte sie das doch vergessen. Aber es wollte nicht vergessen werden, war spätestens dann da, wenn Stefan zu Besuch kam, der arme Junge, und sie sah dann den kleinen Buben, mit den braunen Haaren und den kurzen Hosen und wie der auf der Straße … und spätestens dann stoppte Dorothea ihre Gedanken und stieß einen Schrei aus, so, als könnte sie sich damit zur Ordnung rufen und als könnte dieser laute Ton eine Mauer errichten. Eine Mauer, die alles dahinter in Vergessenheit verdämmern ließ oder noch besser, in einem Traumreich, das es gar nicht gab und gar nie gegeben hatte.

Dorothea ließ die Gardine sinken. Kurz hatte Stefan hochgesehen.

Unlesbar war sein Gesicht, wie immer.

Zur Haustür gehen, die Klinke herunterdrücken und dann: Alles wie immer.

Nun sollte alles so geschehen, wie es immer geschah, doch diesmal würde es Hindernisse geben. Eines davon lag am Pool und verstand die Frauen mal wieder nicht.

Und dann war erst mal nichts passiert.

Die Sonne zirkelte über den Himmel, die Schatten wanderten von West nach Nord. Die Menschen lagen am Meer herum oder aber an Schwimmbecken, solchen, in denen

Haare schwammen und es neben Chlor ein wenig nach Urin roch und solchen, die einen Mosaikboden besaßen, der eine griechische Göttin darstellte.

Sie dösten im Schatten, saßen in stillen Innenhöfen, schoben Einkaufswagen durch klimagekühlte Supermärkte oder hatten schon jetzt zu viel Sangria intus, ein jeder wie er konnte.

Und gab es irgendeinen, der noch fragte? Der noch etwas wissen wollte? Nein, keinen gab es.

Schon hatte sich das Leben darüber gelegt, stetig rieselte der Alltag über diese Frage, rieselte herab wie in einer Sanduhr die Zeit herabrieselt und alles bedeckt, Erinnerungen, Hoffnungen und schließlich auch Leichen.

Wo war Katrin?

Auch Kornmaier hatte diese Frage fast wieder vergessen, er suchte nur für Julia irgendeinen Spinner, mehr nicht.

Nur das SOS saß ihm noch in den Knochen und der Rollmops, der auch. Da war was krumm.

Und so saß er heute schon relativ früh im Café. Er wollte bei Anbruch der Dunkelheit zurück sein, um auf das Feld zu schauen, sich zu erinnern und um dann der Nacht endlich eines ihrer Geheimnisse zu entlocken.

Dann tauchten für einen kleinen Moment seine Schuhe auf, die er vor seinem Auto hatte stehen lassen und der ganze Filmriss und dass mit dem Haus ja auch irgendwas nicht koscher war.

Und wenn es so weit war, dass da so eine Flut von Ungemütlichkeiten heranwollte, dann gebot Kornmaier dem Ganzen mit einem *mann, mann, mann* Einhalt und oft, so musste er inzwischen leider feststellen, oft gelang das überhaupt gar nicht, das mit dem Einhalt gebieten.

MillionDollar würde ihn jetzt aufheitern und ablenken und ab und zu würde er auf das Getümmel der Menschen blicken, und er würde einen wundervollen Carajillo de Catalan dabei trinken.

Kornmaier klappte seinen Laptop auf, öffnete das Portal, loggte sich ein, bewaffnete sich mit einem Löffel für den Milchschaum und tatsächlich: zwei neue Nachrichten.

Was schrieb er denn, der Doppeldepp?

23:48 – Hallo meine schöne, es tut mir leid, ich konnte nicht gleich schreiben, weil hier die Alarmanlage gegangen ist. Aber war keiner da. Du hast selber geld, das ist gut weil geld ja die menschen schlecht machen tut. Das weiss ich ja weil die frauen mich bis jetzt nur ausnutzen wollen. Woher hast du denn dein geld? Ich hoffe wir sehen uns ganz bald dein MillionDollar.

Ein bisschen wirr und ein Goldgräber, ganz klar.

Dann noch eine zweite Nachricht, eine von heute Mittag.

12:32 – Hallo meine schöne, ich sitze ganz einsam in meiner Finca auf Mallorca. Willst du mich besuchen? Bis ganz bald, du schöne, dein MillionDollar.

Was? Auf Mallorca?

Kornmaier nahm einen großen Schluck vom Kaffee, vor allem des Brandys wegen.

Er hob den Kopf. Begeistertes Erschrecken zeichnete sich da ab im Kornmaierschen Gesicht.

Was für ein Zufall, vielleicht aber auch kein Zufall und er hatte genau den Katrin-Typen am Haken.

Eine kleine Anspannung stieg da auf, in Kornmaiers Abenteuer-Jagdgründen, und nur sehr, sehr kurz bedachte er die Möglichkeit sein Profil einfach zu löschen. Vor allem, um dann diese schon dezent zerbröckelnden Buchstaben, die das liebliche Wort »RUHE« formten, zu restaurieren, am besten mit Tagen, die sich komplett ereignislos und am Pool liegend verbringen ließen.

Der Spinner war auf der Insel. Jetzt wurde es doch tatsächlich interessant. Auf keinen Fall Julia davon erzählen, das gäbe nur Komplikationen. Mit Frauen gab es die immer, ganz grundsätzlich. Kurz musste er an Angelikas letzten Auftritt, nein, Abgang denken.

Also, das würde jetzt einfach eine kleine Freude für ihn werden, er gönnte sich ja sonst nichts.

Kornmaier winkte Mateo und bestellte zur Feier des Tages noch vor Sonnenuntergang einen schottischen Whisky.

Dann ließ er seine Hände über der Tastatur schweben, dachte einen kleinen Moment nach und tippte dann eine subversiv niederträchtige Antwort.

Dieser Urlaub war vergeigt.

Nein, nicht wirklich, es war ja auch viel Gutes dabei. Alles lag ja in seinen Händen. Mitschke kicherte sein unfrohes Kichern.

Merkte beim Kichern, dass er schwer atmete, so als sei er

lange gerannt, stellte die Poolliege höher ein, tastete nach seinem Handy, starrte darauf, ohne etwas zu sehen, warf das Handy auf den Rasen, fingerte nach seinem Handtuch, trocknete sich die Stirn, ließ sich zurücksinken und gab auf. Er würde so keine Ruhe finden, sinnlos. Alles ein bisschen zu viel und zu wenig zugleich. Er musste diese namenlose Schlampe finden.

Mitschke stand auf und starrte auf den Poolgrund, den mit dem Mosaik und der griechischen Göttin.

Finden musste er die und der mal zeigen, was es hieß, ihn zu belügen.

Das war auch pädagogisch sinnvoll, er würde das gut machen, was deren Elternhaus offensichtlich versäumt hatte. Im Grunde würde er der Welt einen Gefallen tun.

Auf gut Glück würde sie jetzt mal losgehen, ihn suchen.

Theo hatte immer noch nicht geantwortet, gab's doch nicht. Vielleicht saß er ja wieder in dem Café von gestern, nein vorgestern.

Julia hatte sich für das fliederfarbene Leinenkleid entschieden. Ärmellos, großer runder Ausschnitt, weit aufspringender Tellerrock.

Sie liebte das Kleid, auch wenn es schnell knitterte. Die Verkäuferin hatte ihr noch zugesichert, dass Leinen ja edel knittere, nun, wenn man es so betrachtete, war alles halb so wild.

Sie prüfte, ob die Fensterläden fest verschlossen waren. Nur ein einziger Sonnenstrahl gelangte am späten Nachmittag in ihr Wohnzimmer, malte einen winzigen Lichtpunkt auf den Boden, und wenn sie Zeit und Ruhe hatte, konnte sie diesen Lichtpunkt ein paar Minuten verfolgen, bis der Winkel so ungünstig wurde, dass diese Nachricht aus dem Sonnensystem wieder verschwand. Manchmal stellte sie sich vor, wie dort kleine Elfen mit goldfarbenem Haar herunterstiegen und auf noch kleineren Instrumenten musizierten, und wenn sie ganz still war, meinte sie ein feines Zirpen zu hören.

Heute jedoch war sie in Eile.

Ein Blick auf ihre schmale Armbanduhr zeigte kurz nach fünf.

Sie trat aus dem Haus und sofort war da eine Unbehaglichkeit, die herankroch, so wie sich ein Raubtier dem Opfer nähert, ganz genauso tauchte es auf, dieses Gefühl.

Die toten Augen von Mallorca. Irgendwo war der, lauerte ihr auf, würde sich rächen für etwas, ja, wofür, weil sie nicht mehr Konversation gemacht hatte? Hatte der geglaubt, sie würde ihn unterhalten, Interesse zeigen, nur wegen des bisschen Tands? Der lief nicht rund.

Ein Psychopath wie aus dem Bilderbuch oder ein Narzisst, war das jetzt dasselbe? Sie musste das mal googeln. Keine Ahnung hatte sie davon. Aber jetzt mit den Gedanken hierbleiben und den Theo suchen gehen und dabei die ganze Zeit die Gegend scannen, dem Dr. Mitschke wegen.

Hallo und guten Morgen, danke, dass du geantwortet hast.

Das mit der Alarmanlage kenne ich. Ich habe sogar einen Panikraum mit Bierkühlschrank, man weiß ja nie.

Ich finde es jedenfalls sehr toll, dass du das nicht ausnutzt, dass du viel Geld hast.

Ich zeige das auch nicht so gerne und bin immer ganz bescheiden. Aber eigentlich bin ich ziemlich reich. Männer sind dann schnell neidisch und werden gemein. Wenn du möchtest besuche ich dich auf Mallorca. Da ist es ja sehr schön, da bin ich öfter mal, hab ein kleines Haus, na, dir kann ich es ja sagen, eine Villa mit 18 Zimmern.

Deine kleineBlume

Also wirklich. Kornmaier hatte für eine halbe Sekunde ein schlechtes Gewissen.

Er hatte sich zurückgelehnt, nahm einen Schluck vom Whisky und versuchte zu schmecken, was es da zu schmecken gab. Dattel und Walnuss … Er schloss die Augen: Schottland, Edinburgh, karge Landschaften mit Schafen und Sturm, Tweed, die Hebriden, wundervoll, das Leben konnte doch wirklich schön sein. Ein wenig absonderlich, dass er sich hier in der Milde des Mittelmeerklimas gerade an einen raueren Ort träumte. Aber war nicht immer das Gras auf der anderen Seite … Seine nächste Reise würde nach good old Great Britain führen, das war schon mal so was von klar und für einen Moment vergaß er einfach all die Unbill, die seinen Urlaub ramponieren wollte.

Und ohne sich so richtig zu wundern, war es da, das warme Licht, das über die schottische Landschaft strich, die Abendsonne musste es wohl sein, ein bisschen Muskat war da auch, in den Tiefen des Whiskys, konnte entdeckt werden, warm das Licht, warm … Kornmaier stutzte, die Signalleuchte, keine Abendsonne.

Er hörte Löffel in Kaffeetassen kreisen, hörte ein paar laute Engländer, ein paar laute Spanier, ein paar laute … widerwillig blinzelte Kornmaier in die Gegenwart, ein paar laute Deutsche, die er kannte.

Klang nach Streit.

Schräg gegenüber, an der Ecke zur Carrer de Càrritx, da standen welche und blafften sich an wie die Kesselflicker.

Julia hatte Kornmaier schon erspäht, noch vierzig Meter, dann würde sie ganz zufällig vorbeigehen und ausrufen: »Ach! So ein Zufall! Was machst du denn hier!« Oder, noch viel besser, sich an einem Tisch vor ihm niederlassen, so, als habe sie ihn gar nicht bemerkt, und ein bisschen die Haare über den Rücken schwingen lassen, ja, das war noch besser.

Vor lauter Planungsfreude hatte Julia vergessen zu scannen.

Die toten Augen von Mallorca, da standen sie plötzlich.

Versperrten den Weg, ließen sie nicht vorbei. Und da war es wieder, dieses Gefühl, keiner würde ihr helfen.

Laut würde sie werden müssen, damit Theo sie hörte.

»Frau Kaaaaspers«, Worte dehnen, das konnte der Mitschke, eine seiner Kernkompetenzen, »na sooo was.« Da stand er, viel zu nah. Rote Flecken am Hals.

»Sie sind doch die Frau Kaaaspers?« Feststellung und Frage in einem.

»Lassen Sie mich in Ruhe.« Julia wich seinem Blick aus, machte einen Schritt zur Seite.

»Frau Kaspers, das sind Sie doch?« Schritt zur gleichen Seite, ein Pas de deux mit Verzögerung. Und da war in den Tiefen der *toten Augen* wieder ein Glimmen zu sehen, wenn Julia denn hingeschaut hätte.

»Hauen Sie ab, Sie sind doch verrückt.« Julia war laut geworden. Keiner blieb stehen, logisch, nur aus dem Augenwinkel sah sie jemanden, der angefangen hatte mit dem Handy zu filmen.

»Und Sie eine Lügnerin!«

»Lassen Sie mich vorbei!«

»Ich lass mich nicht anlügen, du blöde Schnepfe, ich nicht!«

»Irre sind Sie, richtig irre!« Schritt zur anderen Seite.

»Ihr Weiber seid doch alle gleich.« Schritt ebenfalls zur anderen Seite. Mitschke breitete inzwischen die Arme aus, um sie nicht entwischen zu lassen.

»Erst mein Geld nehmen und dann rumlügen.«

»Ihre blöden zehn Euro hab ich als Trinkgeld dagelassen.«

Kurz war Mitschke irritiert. Er meinte den Ring.

»Und meinen Ferrari hast du auch auf dem Gewissen, du dämliche …«

Ein Mann war neben Julia aufgetaucht. Hatte seinen Arm um Julias Schultern gelegt. Blickte mit freundlicher Arglosigkeit in den Aufruhr auf Mitschkes Gesicht.

»Wenn Sie uns entschuldigen würden, wir müssen noch

die Menüfolge für heute Abend besprechen.« Kornmaier sah jetzt Julia an: »Nicht wahr, Schatz?«

Mitschke erstarrte.

»Ach, liiert bist du auch noch!« Das wurde ja immer schöner hier. »Wissen Sie, dass sich Ihre Gattin von mir einen Ring schenken lassen wollte?« Zwischen der selbstgerechten Wut tauchte ein wenig selbstgerechte Vorfreude auf, jetzt mal gucken, jetzt mal sehen.

»Liebling«, Kornmaier zog Julia noch dichter an sich heran, machte einen Schmollmund, der in absurder Weise nicht zu ihm passte, »das sollst du doch nicht machen, hm?« Nahm ihr Kinn zwischen Daumen und Zeigefinger und rüttelte ein bisschen nach links und ein bisschen nach rechts. Es musste am Whisky liegen, nur so war Kornmaiers Verhalten zu erklären.

Er strahlte und lächelte, dass es bald anstrengend zu werden drohte. »Hat nicht jeder von uns seine Eigenheiten? Und«, Kornmaier blickte tief in Mitschkes Augen, es gruselte ihn ein bisschen dabei, »wer ohne Schuld ist, der werfe den ersten Stein.«

Warum ihm so danach war, das jetzt zu sagen, und warum für einen Moment aus der aufgesetzten Fröhlichkeit so etwas wie tiefer Ernst geworden war, Kornmaier hätte es in dem Moment nicht erklären können.

Jetzt war's genug, jetzt hatte Kornmaier keine Lust mehr, so ein Blech zu quatschen, er wollte zu seinem Whisky zurück.

»Habe die Ehre.« Sprach's und zog Julia mit sich.

Zurück blieb ein irgendwie um alles gebrachter Mitschke. Keine Rache, keine Gerechtigkeit, kein Garnichts.

»Was war das denn?« Kornmaier hatte seinen Arm zurückgezogen, gut hatte er sich da angefühlt, der Arm, aber man sollte ja grundsätzlich nichts überstürzen. Meist war er gut damit gefahren, vielleicht hatte er so auch manches verpasst. »Ich kenn den nämlich, der wohnt bei mir im Tal, eigentlich schräg gegenüber.«

»Der ist nicht ganz dicht, erst hat er mich angesprochen, er wolle mir einen Ring kaufen und dann«, Julia musste Adrenalin abbauen, «und dann meinte er, ich mache zu wenig Konversation, also später, also bevor er den Ring kaufen wollte, also erst mal im Café …«

Wenn er es sich so recht überlegte, wann hatte er denn etwas verpasst, vielleicht damals, als er durch die Wüste hätte wandern können und es nicht getan hatte.

»Und dann, dann wollte ich ihm nicht sagen, wie ich heiße, das geht den doch gar nichts an und ich hab mir einen Namen ausgedacht, mir fiel keiner ein und dann fiel mir doch einer ein, aber einen, den es gibt. Also in echt.«

Doch, er hatte was verpasst. Kornmaier kicherte über den drohenden Kalauer. Dem Hirssle-Xaver, dem hätte er viel früher eine verpassen sollen.

»*Angelika Kaspers* hab ich gesagt, da ist er total ausgerastet, also nicht richtig, ganz ruhig ist er ausgerastet. So innerlich.«

Kornmaier merkte auf. »Was ist mit Angelika?« Er musste besser zuhören, das musste doch mal möglich sein. Warum schaltete er immer ab, wenn Julia etwas erzählte?

»Also, das kam ja nur deshalb …«

»Sag mal, Julia«, *Theo, deine Manieren, da müssen wir später mal drüber sprechen,* »sag mal, die Katrin, ist die wieder aufgetaucht?«

Und jetzt war Kornmaier mal präsent, guckte erwartungsvoll, registrierte Julias Verwunderung, vielleicht auch Verärgerung, jedenfalls, der Aufhänger für ihren ersten Besuch bei ihm war schon längst in den Untiefen ihres Alltags versunken.

»Welche, ach so! Nee, nichts gehört.«

Sie waren vor dem Club angelangt, Kornmaiers Laptop hatte seine Abwesenheit überlebt, auch sein Whisky stand noch da. Ein Wunder.

Vielleicht hieß der Wunder-Macher Mateo.

»Julia, wir sprechen später, ja?«

Frauen einfach so stehen zu lassen und Kornmaier merkte es nicht mal.

Still hatte Dorothea Stefan umarmt und Stefan hatte sich schnell und linkisch aus der Umarmung befreit.

»Riecht gut!« Er schnupperte und prüfte die Luft wie ein

Pferd, das Witterung aufnimmt. Eine Paprika-, Zwiebel-, Schmorfleischfahne kroch aus der Küche durch die Wohnung, hing in den Gardinen, hatte sich über die Jahre in die Tapete gefressen.

»Ja, es gibt dein Lieblingsessen.« Mit schief gelegtem Kopf besah sich Dorothea den guten Jungen: »Wie immer.« Dann konnte sie nicht anders: »Der Mutti geht's gut? Ja?«

»Die Mutti, die Mutti!« Ein kleiner Ausbruch, Fuchteln mit den Armen, als wollte er ein Auto stoppen. »Immer die blöde Mutti, immer die, und wie's mir geht …«, schon fing sein Atem an schwer zu gehen.

»Ist ja gut, Bub.« Dorothea strich ihm über den Rücken: »Hast ja recht, geh mal in dein Zimmer, da steht eine Überraschung.«

Wenigstens hier wurde er nett empfangen, ein Geschenk würde in seinem Zimmer stehen. Was es wohl sein würde, ein Geschenk und sein Lieblingsessen, nie würde er Dorothea etwas antun, er nickte sich selbst zu, nie!

Raufasertapete, Bayern-München-Bettwäsche, ein paar Hanteln neben dem Bett, ein Resopaltisch mit Computer drauf. Aus seinem Fenster hätte er auf ein Gässchen blicken können. Aber was interessierte ihn das Gässchen. Wo war die Überraschung?

Auf der Tischplatte in Eiche-Optik stand vor seinem Computer eine Tasse, eine Bayern-München-Tasse, er hob die Tasse hoch und zerschlug sie an der Tischkante.

Die hatte er doch schon!

Nur für einen kleinen Moment wankte ein Gedanke vorbei, schwach wie ein Falter kurz vor dem Ableben, er hätte Julia wohl einladen müssen, zu einem Schnaps zum Beispiel. Ja, das hätte er machen müssen.

Daran zu denken, war fast wie machen. Kornmaier hakte das Thema ab.

Und für einen etwas längeren Moment tauchten diese merkwürdigen Augen von dem Typen mit dem Ferrari auf. Wie tiefe Brunnen, in denen Leichen moderten.

Er nahm einen großen Schluck vom Whisky und schloss die Augen. Irgendwie artete irgendwas aus und er war mittendrin.

Also nach Schottland beamen, einem Sturm lauschen und in ein Kaminfeuer blicken.

Jemand räusperte sich neben ihm. Mateo. »Noch mal dasselbe?«

Kornmaier öffnete die Augen. Er nickte Mateo zu und sein Blick blieb an dem grünen Online-Punkt hängen, ein kleines grünes Auge, das ihn beobachtete, *MillionDollar* war aufgetaucht.

Die Pfeife hatte geantwortet, gerade vor zehn Minuten.

Mal gucken.

hallo meine schöne (meine Güte, das nervte langsam), *ja, komm mich besuchen, ich zeige dir meine Villa. hast du kinder?*

viele schöne grüße für meine bezaubernde Jini (what?)

vom Mr. Reiht.

Kornmaier sank noch mehr in sich zusammen. Krumm hockte er vor dieser Nachricht und rang mit sich. Durfte man da lachen? War es nicht ganz und gar unangebracht?

Der Alkohol entschied diese Frage für ihn und Kornmaier bekam einen kleinen Kicheranfall, so arg, dass man ihm von den Nebentischen befremdete Blicke zuwarf.

Angelika war ratlos. Theo ging einfach nicht an sein Handy. Und das heutzutage, was sollte das denn? Vielleicht saß er im Club, sie würde hingehen. Bei künstlichem Licht, vielleicht würde er … Sie hatte eine Tonne Make-up aufgetragen und er sollte gefälligst seine Klappe halten. Heute nahm sie sechs Ketten, zum Ausgleich fürs Gesicht.

Sie trat in den Abend hinaus, alles war so wie immer. Die angenehme Temperatur, das letze Rosa des Himmels über dem Ort und doch war alles fremd und neu und wie in einer anderen Welt. Etwas passierte und irgendjemand wollte ihr nichts Gutes oder nutzte einfach nur die Gunst der Stunde. Um irgendjemanden umzulegen, um Hasen würde es wohl nicht gehen.

Sie bog auf die Plaça, scannte den Club und ein Wunder: Er war da.

Sah irritierenderweise zufrieden aus. Er saß und tippte. Theo hatte einen Laptop? Am Puls der Zeit? Manche Dinge änderten sich doch noch.

»Theo.«

Kornmaier schreckte hoch.

»Angelika, die Sonne geht auf!«

»Bist du betrunken?«

»Ich? Nie!«

»Ich muss was richtig Wichtiges mit dir besprechen.«

Angelika stand immer noch da und wartete auf eine Einladung.

»Ach«, es ließ sich wohl nicht vermeiden, Kornmaier blickte kurz auf den Zählerstand seiner Duldsamkeit: »Dann setz dich doch.«

»Danke.« Da saß sie nun. »Was tippst du denn da?«

»Angelika«, Kornmaier beugte sich zu ihr hinüber, »guck mir mal in die Augen, mach mal.« Angelika machte und guckte. »Ich mag zwar etwas zu viel getrunken haben, ja, das liegt wahrhaftig im Bereich des Möglichen, aber«, Kornmaier tippte ihr auf die Nase, »aber: Goldig ist das Schweigen, silbrig das Reden. Oder so.«

Hatte er das wirklich gerade gemacht? Ungefragt in den Gesichtern von Frauen herumgetippt, ja vorhin sogar an einem Kinn gerüttelt? Was für ein Niedergang.

Immerhin merkte er es noch.

»Immerhin merke ich es noch.« Kornmaier hatte sich zurückgelehnt und musterte Angelika mit reuevollem Blick.

»Was?« Angelika kämpfte mit einer ihrer Ketten, die sich an der Armlehne verfangen hatte.

»Ach, nichts.« Es war ja auch gut genug, es zu denken. Kornmaier wollte sich bessern.

»Was ist denn so wichtig, Angelika?«

Angelika fummelte an der bockigen Kette. Sie hing schräg auf ihrem Stuhl, was war denn da wieder los, und jetzt müsste sie es irgendwie sagen, aber wie? »Meine Pistole ist weg.« Sie hatte sich entheddert und setzte sich auf. »Weg, aus meiner Schublade.«

Kornmaier staunte sie an und sagte erst mal nichts. Und dann:

»Angelika, mir graust vor dir.« Schon wieder kicherte es aus ihm, er war heute zu nichts mehr zu gebrauchen.

»Scherz, das war ein Scherz. Aber nur so rein theoretisch, was könnte man denn da machen?«

»Nichts.« Kornmaier hatte die Arme vor der Brust verschränkt, blickte in die Ferne, neigte sich zur Seite, hinüber zu Angelika. »Nichts kann man da machen, einfach abwarten, bis einer erschossen wird.«

»Junge.« Dorothea guckte zu, wie Stefan es sich schmecken ließ. »Sag mal, hast du jetzt genug beisammen?«

»Weiß nicht.« Stefan nahm sich mit der Suppenkelle nach.

»Na, wie viel ist es jetzt denn?«

»145.870. In Euro.« Stefan schaufelte und mampfte.

»Und denkst du …« Dorothea sprach nicht zu Ende, ließ es im Vagen, der gute Junge hatte so eine kurze Zünd schnur.

»Nein.« Stefan spülte mit Cola nach.

»Dann müssen wir also …« Dorotheas Hände glitten über die Tischdecke, vor und zurück. Vor und zurück. Ihr Oberkörper folgte den Händen, vor, zurück, so als würde sie am Webstock sitzen, aber alles, was sie webte, waren Pläne.

»Müssen wir, habe schon eine an der Angel.« Zufrieden kippte Stefan seinen Teller und kratzte die Reste zusammen.

KleineBlume, Stefan schnaubte sein Lachen, das Einzige, was er konnte.

Aus Dorothea seufzte es.

»Das ist gut, bist ein Braver.«

Schweigen.

»Da ist ja noch was drüben.«

Stefan nickte: »Müssen wir holen.«

»Müssen wir.«

»Und vorher finden.«

»Ja, vorher finden.«

Lieber Mr. Reiht,
da musste ich sehr lachen, du bist ein guter Mensch UND lustig! Ich finde humorvolle Männer toll. Ich habe keine Kinder, warum fragst du? Ich lande morgen auf Mallorca und beziehe dann meine Villa. Wann hast du denn Zeit?
Deine Jini

Heute fuhr Kornmaier mit eingeschalteten Scheinwerfern nach Hause und hoffte, dass das Auto den Weg schon finden würde.

Im CD-Player lief Dave Brubeck: Eurasia.

Was hatte Angelika da von einer Pistole gefaselt? Was war mit den Augen von diesem komischen Nachbarn los? Wieso hatte Julia Katrin schon vergessen? Warum hatte er seine Schuhe vor seinem Auto abgestellt? Was war mit dem SOS? Und welcher Geist wollte ihm in seiner Finca irgendwas mitteilen? Gab doch einen Geist, oder was?

Und, so alles in allem: Was war überhaupt los?

Je mehr er dem Gefühl Raum gab, je mehr er darüber nachdachte, desto deutlicher wurde es. Gewann Kontur, ließ ihn sich an kleine harmlose Begebenheiten erinnern, aber er konnte keine davon zu einem Bild zusammenfügen, nur Puzzleteile lagen auf dem Tisch und weigerten sich, zueinanderzupassen.

Und wieder hatte Kornmaier den Wagen vor der kleinen Brücke zum Stillstand gebracht, war leicht wankend ausgestiegen, dachte kurz *mann, mann, mann* und legte dann die Unterarme auf das Autodach, verharrte und lauschte. Grillen, Glöckchen, Stille. Eine weitere Nacht auf Mallorca brach an und er musste sich erneut eingestehen: er war irgendwie in irgendwas hineingeraten. Lästig.

Morgen würde er genauer darüber nachdenken und was sollte er jetzt mit diesem Hochstapler *Mr. Reiht* machen?

Treffen und dann? Vielleicht Julia als Lockvogel vorschicken? Julia, was war denn da nun, er konnte es nicht sagen.

Morgen, wie sagte man hier? Mañana.

So stand Kornmaier also da, dachte vor sich hin und fühlte sich gerade ganz wohl, so noch ein bisschen stehenbleiben. Sein Blick glitt über die Landschaft, die schwarze Kontur der Berge, der Palmen, über die Geister mit ihrem zarten Läuten und das Haus.

Er stieg ein, startete den Motor und fuhr los, das Licht der Autoscheinwerfer erfasste das schmiedeeiserne Tor, die beiden Palmen links und rechts davon, glitt über die Zisternenmauer und ließen Nanita aus dem Dunkel treten. Die Katze hatte ihn erwartet.

Er parkte, stieg aus, begrüßte das Tierchen, entschuldigte sich für seinen angeheiterten Zustand und wollte die Haustür aufschließen. Den Schlüssel vor das Schloss haltend, verharrte er.

Schwören hätte er es können, aus dem Haus kam ein Geräusch, als würde eine Tür ins Schloss fallen. Konnte ja nicht sein.

Kornmaier wünschte sich präsenter zu sein: *Werd nüchtern, Theo, zackig.* Oder bildete er sich das ein, oder war ganz profan jemand im Haus? Und welche Tür sollte da zuschlagen?

Nachgucken, Theo, ganz einfach … leise den Schlüssel einstecken, leise den Schlüssel drehen … *Meine Güte, die hatten doch schon längst den Wagen gehört und waren gerade auf und davon* … Das zu denken und so gut es eben ging ums Haus zu sprinten, waren eins.

Auf der Terrasse blieb er schwer atmend stehen und lauschte. Versuchte leise zu atmen. Nichts. Starrte in die Nacht, scannte die Umgebung. Null Komma garnichts. Der Mond stand schon über der Hügelkette im Süden, zog gemächlich seine Bahn.

Mit einem trockenen Geräusch fiel eine Affenbrotfrucht auf den Gehweg. Im Maulbeerbaum ein leises Rascheln, dann wieder Stille.

Jetzt fang ich an zu spinnen.

Also zurück, Haustür öffnen und wieder lauschen. Nichts, gar nichts, weniger als nichts. Welche Tür gab es im Haus, die man so zuschlagen konnte? Oder doch Einbildung, er drehte sich im Kreis, erst mal nüchtern schlafen und alles andere morgen, mañana.

Sorgfältig schloss er alle Fensterläden und öffnete mit einem kleinen Zögern die Fenster. Ein bisschen war ihm nach Fort Knox.

DER SIEBTE TAG

Als Kornmaier am nächsten Morgen die Augen öffnete, schloss er sie gleich wieder. Erst mal sortieren, was sprang ihn da denn alles gleichzeitig an. Ganz vorne, noch vor einem möglichen Untoten im Haus, eventuellen Einbrechern, einem Hochstapler und mutmaßlichen Mörder namens *Mr. Reiht,* einer Angelika, aus deren Haus eine Pistole verschwunden war, noch vor einem psychopathischen Mitschke, noch vor einer Julia mit Sommersprossen, noch vor all dem tauchte diese Erinnerung auf: Er hatte Angelika auf die Nase getippt. Das ging gar nicht. Er ächzte.

Ihm war nach Ingwerkeks, sofort.

Das Haus lag still, er stand auf, öffnete die Fensterläden und trat auf den Balkon. Er hatte deutlich verschlafen, es musste schon zehn Uhr sein.

Friedlich breitete sich die Landschaft vor ihm aus, friedlich lag die wie aus blauem Dunst geschaffene Bergkette in der Ferne, dort, wo das Meer türkisfarben schlief, hier und da etwas Plastikmüll auf der glatten Oberfläche trug und dort, wo die Engländer hummerrot am Strand herumlagen.

Er liebte dieses Licht des Morgens im Haus, den leichten Duft der geölten Steinfliesen, ging die Treppe herunter, stieß die Fensterläden auf und wurde vor der Küchentür von einer missmutigen Nanita begrüßt.

»Ja, Katze, Zustände, ich weiß.« Er öffnete eine Dose Futter, nahm ein paar Ingwerkekse und betrachtete den schiefen Kopf der Katze.

Auch er legte den Kopf schief, vielleicht half das beim Nachdenken, und biss in den ersten Ingwerkeks.

Langsam türmten sich die Fragen, die Absonderlichkeiten und langsam war es Zeit, das alles zu ordnen.

Das, was oben lag, zuerst: Julia als Lockvogel? Für *Mr. Reiht?* Der würde wohl inzwischen geantwortet haben, der Spinner.

Nanita ließ die Hälfte übrig, war ja klar, da würde sie nicht mehr rangehen. Die Katzenfutterindustrie lebte davon, dass sie zu große Dosen verkaufte.

Also Julia als Lockvogel? Nachdenklich verzehrte Kornmaier einen Keks nach dem anderen. Irgendetwas sagte: nein. Angelika? Irgendetwas sagte: nein.

Vielleicht verabreden, beobachten, nach Hause folgen, und dann? Klingeln und fragen: »Kennen Sie Katrin?«

Das Ganze wurde aufwändiger als gedacht.

Kornmaiers Hand griff ins Leere, weg waren sie, die Kekse. Er raffte sich auf, erst mal an den Pool auf die Liege, die Poolpumpe würde ihm schon mitteilen, was zu tun sei.

Es ging nicht voran.

Julia saß und bürstete und haderte. Dieser Theophil Kornmaier war einfach nicht zu fassen. Entzog sich, wo er nur konnte.

Wie merkwürdig das gewesen war, der Mitschke mit seinen toten Augen, und wie der Theo gekommen war und was der sich da ausgedacht hatte und sein Arm um ihre Schulter, das war doch wirklich, ja, was, was war das gewesen, Julia konnte es nicht sagen.

Sie hielt inne und inspizierte ihre Haarbürste, sechs, sieben Haare gingen doch immer über den Jordan. Sie seufzte und warf den Verlust mit spitzen Fingern in ihren Papierkorb.

Sie musste ja noch ein bisschen bleiben in Pollença und jetzt war der Irre auch noch ein Nachbar von Theo. Und es blieb wohl nichts anderes übrig, sie würde Theo in seiner Burg aufstöbern müssen.

Bürste zur Seite legen, Kleiderschrank öffnen und überlegen. Das lilafarbene hatte irgendwie nicht funktioniert, also was nun, was nun? Sie stand und überlegte, nahm vom Bügel, hängte wieder weg. Shorts, weiß, Bluse, weiß, Ledergürtel, weiße Leinenschuhe, vielleicht fand er sportlich irgendwie besser.

Im Grunde war es demütigend, sie rannte ihm ja nach. Julia blickte in den Spiegel. Aber ging ja nicht anders.

Lichthupe. Direkt hinter ihm.

Den Vormittag hatte Kornmaier friedvoll vertrödelt. Hatte auf dem Rücken im Wasser liegend ins Himmelsblau geschaut und registriert, dass er lauschte. Lauschte, ob da wohl das Gartentor schepperte. Nichts hatte gescheppert, aber die Notwendigkeit ein Vorhängeschloss zu kaufen, war offensichtlich geworden.

Jetzt fuhr er also gemächlich den schmalen Cami entlang und aus dem Nichts war diese Lichthupe hinter ihm aufgetaucht. Und klar: Unabwendbar bremste Kornmaier. Genauer: Vollbremste. Eigentlich musste der Idiot ihm jetzt auf der Stoßstange hängen, aber wer auch immer das war, er hatte gute Reflexe.

Also erst mal ganz gemütlich aussteigen, ein wenig strecken und freundlich gucken. Schade, dass er keine der Zigarren dabeihatte, die hätte er sich jetzt anzünden können, das hätte ihm gefallen.

Da stand er, der seltsame Stalker von Julia, und fletschte die Zähne.

»Ey, du Arsch. Bist du irre, oder was!?« Mitschke hatte die Autotür zugeknallt und kam auf Kornmaier zu.

»Du und deine Tusse«, kurz blieb Mitschke an den Resten seines Außenspiegels hängen, »ihr seid doch echt vom gleichen Baum geklettert.«

Gemütlich zog Kornmaier sein Handy aus der Tasche, gemütlich ging er auf Mitschke zu, umrundete ihn, umrundete den Ferrari, den ramponierten, ignorierte das wiederholte »Ey« von Mitschke, blieb schließlich neben ihm stehen, hob das Handy zum Mund und sprach, Mitschke dabei sachlich betrachtend: »Notiz vom 06. Oktober, 13:45: Wie der Herr, so's Gescherr.« Dann steckte er das Handy ein, nickte Mitschke zu, setzte sich in den Wagen, schnallte sich umständlich an, startete umständlich den Motor und setzte seine Fahrt fort. Wenn auch etwas langsamer als zuvor.

Kornmaier hatte es echt drauf, sich keine Freunde zu machen.

Jini hatte geantwortet.

Die Villa würde er ja schon gern sehen, bestimmt gab es einen Tresor. Er würde sie an einen Stuhl fesseln und in jeden Raum tragen und fragen, ob hier wohl der Tresor sei, das würde ihm Freude bereiten. Und in jedem Raum den Schal ein bisschen enger …

»Stefan?« Dorothea steckte ihren Kopf in sein Zimmer.

»WAS!?«

»Nichts …« Weg war sie.

Er stand auf und schlug die Tür zu. *Konnte man denn nirgends mal in Ruhe* … Stefan fing an seine Hanteln zu stemmen, *mal in Ruhe planen*? Er machte ein paar Kniebeugen. Ji-ni, Ji-ni, Ji-ni.

Be-zau-bern-de Ji-ni.

Eine Villa mit achtzehn Zimmern, ein Panikraum mit Bier. Wo Bier reinpasste, passte auch Cola rein. Vielleicht konnte er die ganze Villa übernehmen, das wäre doch am besten. Da würde man ihm helfen müssen, da würde man irgendeine Unterschrift brauchen.

Aber ob es klug war, sie zu besuchen, bestimmt war es besser, sich an der üblichen Stelle zu verabreden.

Vielleicht hätte er dann ausgesorgt.

Stefan öffnete seine Schreibtischschublade und schaute kurz auf die Plastikrose. Sein Schlüssel zum Glück.

Er war erfolgreich, ein besonderer Mensch, ein guter Mensch. Er brauchte nur noch ein eigenes Auto, ein eigenes Haus und drum herum eine hohe Mauer.

War es nicht egal? Wozu die Aufregung?

Angelika stand in ihrer Galerie und beobachtete eine Käuferin in spe, die eh nicht kaufen würde. War die Pistole eben weg.

»Von dem Künstler habe ich noch nie gehört«, die Frau drehte sich zu ihr um: »Jemand von der Insel?«

»Ein angesagter Newcomer, hat schon in Madrid ausgestellt.« Angelika war nicht bei der Sache.

»Ach, in Madrid …« Die Nichtkäuferin wandte sich wieder dem Bild zu.

Und trotzdem, warum war die Pistole weg? Und wer war in ihr Hinterzimmer …?

»Wo denn da in Madrid?«

»Bitte?«

»Wo denn da in Madrid?«

»Oh, da müsste ich jetzt nachgucken.« Angelika machte eine Scheinbewegung und hoffte, dass sie nicht wirklich würde nachgucken müssen.

»Nicht nötig, ich kaufe das Bild sowieso.«

Und einen Moment landete Angelika ganz im Hier und Jetzt.

Angelika näherte sich der Käuferin in spe in Demutshaltung. »Ich bin untröstlich, wirklich, das Bild ist leider schon verkauft.«

Ausgerechnet, dieses Bild war ja nun wirklich unfassbar hässlich, da dachte man mal, man könnte seine Kunden einschätzen und dann das.

Angelika sah der pikiert blickenden Käuferin in spe hinterher, die würde nicht wiederkommen.

Hoffentlich.

Mitschke allein zu Haus.

Es tobte in ihm. Er hatte alles versucht. Dauerlauf. Kniebeugen. Schwimmen, schnell schwimmen, wütend schwimmen, schwimmen, als sei das Wasser ein Gegner. Der Mosaikgöttin am Beckenboden verzog es das Gesicht, aber das Toben blieb, verblasste für einen Moment, bekam eine andere Farbe, aus dem Dunkelrot wurde ein schmutziges Orange, mehr war nicht drin.

In seinem Kopf kreischten Wortsägen, Bilder stürzten übereinander, verstärkten sich gegenseitig, störten alte Verletzungen auf, Mitschke war angeschossen und wusste es.

Wut ist ein schlechter Ratgeber. – Ja, Oma, weiß ich doch.

Musst nicht immer so … – Ja, Oma, weiß ich doch.

Wirst sonst noch mal … – Ja, Oma …

Und nein, das wusste er nicht wirklich.

Immer war er der Depp, unerträglich.

Groß und stabil hatte er sich durch die Grundschule gerempelt, hatte nicht verstanden, dass er nicht beliebt war, hatte nicht verstanden, dass gefürchtet und beliebt sein meist nicht Hand in Hand gingen. Die Mutter beim Schuldirektor und er hinter der Tür, mit beiden Fäusten seine Hosenträger umklammernd. Fremdworte waren gesagt worden, die er erst Jahre später nachgeschlagen hatte. *Asperger* und *Psychopath* und wie er die auch später nicht verstanden hatte.

Der Stand der Wissenschaft war ja inzwischen viel weiter, aber damals …

Er, wie die Mädchen vor ihm Reißaus nahmen und im Chor *Psycho* riefen und sich dann hinter eine Mauer duckten. Er im Schwimmbad und einen Köpper vom Dreier springend und beim Auftauchen sehend, wie keiner guckte und das Lachen war Hohngelächter, sicher nichts anderes.

Frauen, die verschwanden, immer wieder, ihn mieden, Männer, die ihn skeptisch taxierten, Männer, die ein Freund sein wollten, seines Geldes wegen und dann doch nicht durchhielten und auch verschwanden und selten, ganz selten, einer, der was sagte: »Du tickst doch nicht richtig, werd mal sozialkompatibel.« Und dann das Studium, er, ein Überflieger, ein Genie und doch aneckend, immer dieser Neid. Nur, weil er wusste, wie es ging, geschickt musste man eben sein. Und die Dozenten gönnten ihm nichts, weil sie nicht seine Klasse hatten, schikanierten ihn, wollten ihn aussieben, tauften ihn Dr. Mabuse – Mitschke schlug mit einer Faust aufs Wasser – waren aber zu blöd, zu langsam, zu … Und jetzt noch dieser von drüben, dieser mit der zweiten Angelika Kaspers im Arm, diese Provokation, dieser Spott, diese Impertinenz.

Und für einen Moment stand er still, da war er doch,

der Ausweg, da war es doch, das schöne Ziel, eines, das ihn befrieden würde: Dem von drüben eine reinzuhauen. So und so und vielleicht so auch noch.

Unter dem Autositz lag doch diese famose Knarre.

Er wusste gar nicht mehr, warum er in der Galerie ins Hinterzimmer geschlendert war. Ein Lieferant lamentierte mit der Galeristin vor dem Geschäft herum, wie die wohl lebte, diese dumme selbst ernannte Herzenskunstverkäuferin. Bestimmt lebte die im Chaos. Kurz hatte er in den Hof gespäht und dann begonnen Schubläden aufzuziehen. Chaos, wie erwartet. Und eine Pistole, unerwartet. Die würde er jetzt mal mitnehmen. Da konnte er sich schadlos halten, das war ja das mindeste. So eine Waffe gehörte ja sowieso nicht in Frauenhände. Ja, es war im Grunde eine gute Tat, um die Dame vor sich selbst zu schützen.

Und nun würde das Ding doch mal zu was nütze sein.

Ein solides Vorhängeschloss. Eines, das ihm die ersehnte Ruhe brächte.

Kornmaier betrachtete die kleine Auswahl an Schlössern, nahm sie in die Hand, guckte nach dem Preis, spürte das kalte Metall in den Händen. Erinnerte sich daran, wie er selbst mal so ein Schloss geknackt hatte, eine Jugendsünde, nicht die Einzige. Es seufzte aus ihm, nicht die einzige Jugendsünde. Was war da noch mit der Bank gewesen? Damals?

Nein, nicht abschweifen, nur ein Schloss wollte er kaufen.

»Ach, was machen wir denn da?« Angelika war aufgetaucht.

»Willst wohl deine Burg sichern?« Sie hatte sich dicht neben Kornmaier gestellt und guckte so, wie eine Frau meinte gucken zu müssen … ach, was wusste er schon.

Und Kornmaier blickte immer noch auf das Schloss, wog es ein bisschen in der Hand und guckte dann zurück.

»Stimmt, genau das.« Kornmaier besah sich wieder das Schloss aus schönstem Stahl: »Was ich dir noch sagen wollte …«

»Ja?« Angelika scannte in null Komma nichts die Möglichkeiten.

1. »Besuch mich nie wieder.«
2. »Ich würde dich gern öfter treffen.«
3. »Deine Pistole ist aufgetaucht.«

Kornmaier seufzte, in Angelikas Kopf ratterte es weiter.

4. »Julia und ich sind verlobt.«

Kornmaier legte das Schloss in seinen Einkaufskorb und weiter ging es mit dem Rattern.

5. »Julia und ich wollen Kinder.«

Und dann:

»Also, Angelika, neulich, also gestern.« *Was, was war denn gestern, was denn?* »Das tut mir leid, das wollte ich nicht, das sollst du wissen.« *Um Himmels willen, was denn?* Angelika hob im Rahmen ihrer Möglichkeiten die Augenbrauen.

»Was denn, Theo? Was?«

»Ich habe dir auf die Nase getippt.« Jetzt war es raus.

Angelika war sprachlos.

»Und das«, Kornmaier nickte, »das geht mal gar nicht.« Für eine Sekunde sah Kornmaier in Angelikas Augen, pflichtschuldig.

Sie stand da, versuchte Ordnung in ihren Kopf zu bringen und begann dann zu überlegen, wie Theo das wohl gemeint haben könnte. Kornmaier dauerte das zu lange. Er hatte mit einer kleinen Verbeugung und einem »Man sieht sich« abgedreht und strebte der Kasse zu. Aus dem Augenwinkel hatte er die Einkäufe in Angelikas Wagen registriert: Vier Flaschen Rioja und: Wofür brauchte Angelika so viele Gefrierbeutel?

Nie würde er die Frauen verstehen.

Allen voran: Angelika.

Jetzt erst mal eine Zigarre, die Zigarre, die er gern gehabt hätte, als dieser Volltrottel es gewagt hatte mit der Lichthupe …

Kornmaier saß im Café und verpestete die Umwelt. Und während seine Gedanken von hier nach da sprangen, versuchte er Rauchkringel zu fabrizieren, was, wie immer, misslang.

Und was hatte diese Existenz von gegenüber mit dem armen Ferrari angestellt? Völlig demoliert. Kornmaier fiel das Mäuerchen ein, das er gestern Abend noch begutachtet hatte. Könnte passen, rote Lackspuren. Warum war dieser Typ so auf Krawall gebürstet? Und was wollte der von Julia? Er hatte weggehört, irgendwas hatte sie erzählt und er war mal wieder ganz woanders gewesen. Warum fiel ihm das so schwer, das war doch wirklich … Mateo tauchte auf, blickte freundlich undurchdringlich, so wie immer. »Einen schönen …?«

»Den auf keinen Fall.« Kornmaier hatte den Eindruck, dass er die nächsten Tage nüchtern bleiben sollte. »Lieber einen schönen …«

Mateo legte den Kopf schief, nickte stumm und zog sich zurück.

Bestimmt war Mateo mal Butler bei einem Halbsatz-Menschen gewesen, anders ließ sich sein Begriffsvermögen nicht erklären, Kornmaier war zufrieden.

Wieder schien die Nachmittagssonne über den Platz, warfen Häuser Schatten, die immer länger wurden und wieder wisperte es in den Platanen. Heute war es recht still, anscheinend hatte man die Kinder in irgendeiner Aula für irgendeine Feier eingepfercht, so wurde nur gemurmelt und Kornmaier wünschte, so möge es nun für immer bleiben.

Was also machte *Mr. Reiht*, da musste jetzt mal was passieren, mal von oben wegarbeiten, wie man Akten von oben wegarbeitet. Erst diese hohle Nuss, dann Angelika und ihre Pistole und überhaupt, dann Julia, Kornmaier stockte, dann könnte er wieder in Ruhe … der Café Cortado wurde serviert.

Nun beließ Kornmaier es bei einem Nicken und aus irgendeinem verrückten Grund hatte er für einen kleinen Moment den Eindruck, dass er in Mateo einen Verbündeten hatte.

Laptop aufklappen, einloggen, da wartete schon eine Nachricht von diesem Unglückseligen:

Meine schöne, (meine Güte, wirklich)

ich arbeite sehr viel, deswehgen kann ich nur abends. wir können uns am Parkplatz treffen um 21 Uhr, dem an der Ecke Carrer Dones de Con Sales und der Carrer de Menendez y pelayo ...... (what?)

also da an der Ecke, dann gehen wir fein essen, ich lade dich ein.

Ich habe eine Rose in der Hand, wie erkenne ich dich?

Dein Mr. Reiht

Etwas in Kornmaier war verstummt. Der Spott vielleicht, ja, das konnte es sein. Hier stimmte doch etwas so was von überhaupt gar nicht und welche Frau, um Himmels willen, machte da mit?

Kerzengerade saß er da. Solche Frauen, die verzweifelt waren und von Hoffnung und Illusion getragen, jede Vorsicht fahren ließen? Still saß der Kornmaier da und wurde von einer Ahnung gestreift, einer Ahnung, wie es wohl den ganz und gar Einsamen ergehen mochte und wie von diesen alles über Bord geworfen wurde. Inklusive dem eigenen Verstand, inklusive der Dinge, die einem so gemütlich von einem Caféhausstühlchen betrachtet, so grundsinnvoll erschienen. Wie leicht war es, sich da zu erheben und Kornmaier fühlte etwas wie eine Wut. Ja, eine Wut auf diesen *Mr. Reiht*, und nun und ganz deutlich und ganz unumkehrbar war Kornmaier entschlossen, diesen Typen aus dem Verkehr zu ziehen. »Vielleicht auch alles ganz harmlos«, murmelte er und spürte, wie es sich ganz anders anfühlte. Nichts mit harmlos.

»Vielleicht alles ganz harmlos.« Kornmaier hatte das

dem vorbeigehenden Mateo gesagt, aus dem Impuls heraus, einen Verbündeten an seiner Seite wissen zu wollen. Mateo hatte die Augenbrauen fragend hochgezogen, Kornmaier hatte kurz den Kopf geschüttelt, als wären diese Worte ein Versehen, und seine erkaltete Zigarre in den Aschenbecher gelegt.

Ein Blick zur Uhr: 20:12. Ein Plan musste her, ein Lockvogel, ein Irgendwas.

Es blieb nicht mehr viel Zeit.

Stefan hatte sich sein Camp-David-Shirt angezogen, so wie immer. Also, so wie immer, wenn er einen Ausflug machte. Dunkelblau. Große, weite Welt, er trug sie schon spazieren, diese Welt. Jetzt musste nur noch die passende Kohle her.

Er zog die Schublade seines Schreibtischs auf. Zwei He-Man-Figuren, Kaugummi, ein ungeöffnetes Kartenspiel, Warnhinweise für ein Protein-Getränk und seine rote Plastikrose lagen da. Außerdem vier verrostete Münzen, ein Anspitzer und drei Büroklammern.

Nun ging es los. Jetzt war er mal gespannt, wie viel Geld da rumkommen würde. Würde es dann reichen? War dann endlich alles so, wie er sich das dachte? Was wohl die dumme Mutter inzwischen machte? Ob die immer noch im Wohnzimmer am Sofa lehnte und es ordentlich bereute, so gemein gewesen zu sein?

Mit einem Ruck schloss er die Schublade und stand auf.

Im Flur hörte er Dorothea, wie sie über den Fliesenboden schlurfte und mit einer Tüte raschelte, ein Rascheln, das so klang, als würde etwas heimlich für Weihnachten eingepackt werden, so ein Rascheln war das und hätte Stefan das benennen können, dann hätte es etwas mit heiler Welt und Zuwendung zu tun gehabt und im allerweitesten Sinne war das auch tatsächlich der Fall.

Fünf Minuten später hatte Stefan samt Rose das Haus verlassen, auf der Digitalanzeige einer Uhr in einem Juweliergeschäft, das nur wenige Straßen weit entfernt lag, leuchtete eine 20:32.

Vor demselben Juweliergeschäft stand gerade ein gewisser Dr. Mitschke, besser bekannt als Dr. Mabuse.

Mitschke also stand dort und pflegte seinen Hang zum Perfektionismus. Sprangen wohl alle Zeiger gleichzeitig auf die drei Minuten nach halb neun? Würden alle digitalen Anzeigen parallel die zwei durch eine drei ersetzen?

Fast hätte er sie dabei übersehen.

In der Spiegelung der Fensterscheibe sah er auf der anderen Straßenseite diese Tusse. Diese mit dem von gegenüber – Mitschke registrierte, dass er immer noch keinen Namen hatte – diese Tusse also, die mit diesem Arsch von gegenüber liiert war. In seiner Schultertasche ruhte die hervorragende Knarre, die sich als hervorragende Attrappe entpuppt hatte. Sah aus wie echt. Der blöden Kuh unter die Nase halten und dann alles als Scherz abtun. »Gnädige Frau, warum so empfindlich, ein Scherzartikel und Sie, so eine Mimose und das, wo Sie es mit der Wahrheit nicht so genau nehmen, aber den Schmuck, den haben

Sie schon mitnehmen wollen …« Mitschke überlegte sich in Fahrt. Jetzt nicht, kühl bleiben, sachlich bleiben. Mitschke guckte die Straße rauf und runter, keine Spur von seinem bescheuerten Nachbarn. Schien nach Süden zu laufen, diese dumme Trutsche, und Richtung Süden lag was? Der Parkplatz lag da. Wo war jetzt eine dunkle Ecke, eine schöne Gelegenheit und wie sollte er jetzt vor ihr dort sein, ohne aufzufallen, ohne zu rennen; am besten den Weg abschneiden, eine andere Straße wählen, schnell sein.

Mitschke stürmte los, der Abend schien doch noch etwas Gutes zu bringen.

Er hatte gezahlt, Mateo hatte das Trinkgeld mit einem Kopfnicken und einer leichten Verbeugung gewürdigt und Kornmaier war losgegangen. Er wollte wenigstens schon mal einen Blick werfen, gucken, wie der Typ so aussah, später eine Entschuldigung mailen und dann weitersehen. Und dann war da noch so ein Funken Hoffnung, dass es doch ganz harmlos war und er inzwischen nicht nur in seinem Haus, nein auch hier, in diesem netten alten Städtchen, Gespenster sah.

Dreihundert Meter zu Fuß vielleicht, er würde mit dem Auto an die Straßenecke fahren und warten. Im Wagen sitzen, aussteigen und an ihm vorbeilaufen, nein, noch besser: nach der Uhrzeit fragen. Ja, das war doch grob ein Plan.

Wenn nun Pollença ein Schachbrett war, ein sehr ungeordnetes, aber immerhin doch ein Schachbrett, auf das man von oben gemütlich draufgucken konnte, dann konnte man sie sehen und ahnen, dass diese vier Figuren wahrscheinlich sehr bald aufeinanderknallen würden. Ein jeder in seiner Welt und ein jeder mit seinem Ziel. Und so musste sich der Theophil Kornmaier nicht wirklich wundern, warum seine ganz persönliche Alarmleuchte angegangen war. Warmes Rotlicht pulste über den kleinen Parkplatz, huschte über Häuserwände, verdämmerte, leuchtete von Neuem auf und ließ Kornmaiers Befürchtung zur Gewissheit werden: Gefahr zog auf und er würde sich jetzt mal konzentrieren müssen.

Seine Hände lagen auf dem Lenkrad, er hatte das Radio ausgeschaltet, hatte Miles Davis einfach mitten im Trompetensolo verstummen lassen, eigentlich ein Verbrechen, und wartete. 20:48 Uhr. Musste ja bald auftauchen, der *Mr. Reiht.* Wie alt der jetzt wohl wirklich war? Ein Jüngelchen? Ein Herr mit schlanken, blassen Händen, der … Quatsch, nie hätte der so einen Unsinn geschrieben, also doch eher einer mit … Kornmaier stockte. Da kam jemand. Kam die Straße runter, schlenderte und schlenderte doch nicht, wandte den Kopf unablässig, langsam, aber stetig, suchte, guckte und blieb an der vereinbarten Straßenecke stehen.

Kornmaier war fasziniert. Den gab es also wirklich. Groß, dunkle Haare, ein stummes Gesicht ohne Ausdruck. Und fast hätte Kornmaier es übersehen, das, was da im Hintergrund passierte. Was da wie in einem Stummfilm ablief, absurd … Wie lange wollte er hier eigentlich noch sitzen und darüber nachdenken? Kornmaier riss die Wagentür auf, sprintete an dem stummen Gesicht vorbei und verpasste Dr. Mitschke eine saubere Rechte. Ein Glückstreffer in dem Kampfgetümmel. Mitschke ging zu Boden, brüllte sein »ey«, anscheinend gab es nur dieses eine »ey« in seinem Leben, immer auf dem gleichen Level, und versuchte den Tritten von Julia auszuweichen, die immer noch im Kampfmodus war, es nicht fassen konnte, die vor Wut krächzte, mehr war nicht drin, nicht mal ein Schrei. Ganz automatisch war Kornmaier in seinen Türstehermodus geraten, ruhig war er geworden, ließ Julia sich ein bisschen austoben, hob die Waffe auf, die da herumlag, wendete sie von links nach rechts, linste nach Mitschke, der nun schon auf allen vieren war, den musste man ja doch noch im Auge behalten, beobachtete für einen Moment, wie Mitschke einen Knöchel von Julia umklammerte, hockte sich neben ihn und klopfte sachte auf dessen Finger: »Na, na, na, jetzt mal loslassen hier.«

Julia fühlte sich merkwürdig überflüssig, so, als sei sie gar nicht da, also ließ sie das mit dem Boxen und Treten und stand mit hängenden Armen da.

Kornmaier war jetzt wieder aufgestanden, hob die Knarre in die Luft: »Und werte Herrschaften: Wem gehört das Gelumpe hier?« Nicht, dass er daran dachte, dass sie Julia gehören könnte, aber was wusste man schon, vielleicht zur Selbstverteidigung.

»Ein Spaß.« Mitschke hatte sich hochgerappelt: »Nur ein Spaß, aber die Dame hier …«, er befühlte sein Kinn, fuhr mit der Zunge über die Zähne, ob wohl noch alle da waren, »ist nicht ganz dicht.«

»Die Dame hier«, und wieder legte Kornmaier einen Arm um Julia, »die Dame hier legt keinen Wert auf Ihre

Bekanntschaft.« Und wieder zog er sie noch ein wenig näher an sich heran: »Schatz, was meinst du, wollen wir den Herrn anzeigen?«

Kornmaier war zwar in mancherlei Hinsicht begriffsstutzig, aber das merkte er dann doch, Julias Fluchtreflex war zu deutlich gewesen, um ihn zu ignorieren. Sie wollte den Typen nicht anzeigen, warum? Man musste doch diesen Gestörten mal einbremsen. Kornmaier fühlte sich seltsam ernüchtert. Was sollte das hier werden, John Wayne rettet Cinderella? In welchem Zeitalter lebte er denn? Heutzutage wollte doch keine Frau mehr gerettet werden, oder doch? War Julia deswegen so sperrig? Und was hatte er da für dämliche Sachen gesagt, er hatte sich aufgespielt, so war das doch. Ihm war mal wieder nach Flucht. Sofort.

»Ich«, Kornmaier löste seinen Arm von Julias Schulter, »ich denke mal, wir kommen jetzt alle zurecht.« Kornmaier taxierte Mitschke, der für den Moment ungewohnt resigniert aussah. Würde wohl gehen, der musste das alles erst mal einordnen.

»Ich«, ja, was jetzt, einfach gehen? *Schatz* zurücklassen?

»Ein Termin, da gibt es noch einen Termin, hab ich fast vergessen, ich bring dich noch zum Wagen.« *Dünn, äußerst dünn die Performance, Kornmaier.* »Wo steht es denn, dein Auto?«

Und jetzt zögerte Julia, bereute ihre Untätigkeit. Sie hatte die Tür ohne Not ins Schloss fallen lassen, die Gelegenheit war da gewesen. Vermurkst hatte sie's, die Eroberung von Kornmaier war wieder schwerer geworden, das war ja wohl alles nicht wahr.

»Ja, hier drüben gleich.«

Mitschke war schon kein Thema mehr, gab es eine ärgere Kränkung?

Sie gingen los, ließen Mitschke zurück, der für einen Moment aus seiner normalen Umlaufbahn geschossen worden war. War ihm noch nie passiert, oder? Nein, noch nie. Das war … Mitschke hatte keine Ahnung was das war. Im Grunde war ihm danach, da sitzen zu bleiben und auf sein altes Selbst zu warten. Das würde dann schon Bescheid wissen, was zu tun sei.

Als sie am Auto waren, wandte sich Kornmaier noch mal um, die Straßenecke lag verwaist. *Mr. Reiht* war samt seiner Rose verschwunden.

Alles so wie immer, die dunkle Landstraße, die Schatten auf dem Asphalt, die Schafe auf den Weiden, der nächtliche Duft und doch war alles anders.

Kornmaier haderte. Litt, krümmte sich wie nach einem Tiefschlag, was war falsch, was hatte er falsch gemacht? Lionel Hampton gleich wieder ausschalten. Keine Musik, dem Elend ins Auge schauen. Fast hätte er mal wieder den Abzweig verpasst, was regte er sich so auf? War ja nur eine Bagatelle, *eine Bagatelle, Theo!*

Und auch das wie immer. Vor der Brücke bremsen, aussteigen, das Haus angucken, aber das sah er heute gar nicht. Warum hatte er so blödes Zeug gequatscht, »Gelumpe« hatte er gesagt, gedrechselt geredet hatte er. »Die Dame legt keinen Wert auf Ihre Bekanntschaft.« Es seufzte aus Theo, er redete doch gern mal gedrechselt, aus lauter Bockigkeit gegen die Schnelllebigkeit dieser Welt, also, was regte er sich auf? *Theo, was regst du dich auf.* Kornmaier sah blicklos auf das Haus, das Feld, die Schafe, es war sonnenklar und es war zum Heulen, ein Elend: Kornmaier hatte sich in Julia verguckt.

Er stieg wieder ein, sein Blick fiel auf die Knarre. Auf dem Beifahrersitz lag sie und sah aus wie echt. Das Wort *Gnadenschuss* fiel Kornmaier ein.

Er machte die CD an – klar: *Fahrstuhl zum Schafott* lief, was sonst – griff nach der Waffe, hob sie zur Schläfe und drückte ab.

Bienenfleißig bist du, Totengräberchen. Du frisst und gräbst und arbeitest, dass es eine Freude ist. Zufrieden kannst du sein.

Schlecht vergraben ist der Schmaus. Wie zur Mahnung guckt ein Zeigefinger aus der brüchigen Erde heraus. Hinter dir rollt der Mond über den Himmel und noch weiter weg schwappt träge das Meer gegen ein sandiges Ufer. Eine lachsfarbene Plastiktüte kann sich nicht zwischen Wasser und Strand entscheiden. Ein Zahnarzt wartet auf sein Selbst. Ein guter Junge schließt eine Schreibtischschublade und eine Frau kämmt ihre Haare. Eine Galeristin entfernt die Spinnweben von ihren Bildern und in München vermisst ein Clubbesitzer seinen Türsteher.

Eine Katze sitzt auf einem Liegestuhl und schaut den Mond an.

DER ACHTE TAG

Er war kaum zu verstehen, lautes Stimmengewirr, Trompetenquietscher, Gelächter.

»Red mal lauter!« Ottos unverwechselbare Stimme klang wie eine ferne Erinnerung an ein vorheriges Leben aus dem Hörer des vorsintflutlichen Telefons.

»Ich bin's«, Kornmaier räusperte sich: »Theo!«

»Meine Güte, weiß ich doch, aber red mal lauter!«

»Nee, geh du mal in dein Hinterzimmer.«

»Moment …«, jemand fluchte, dann wurde eine Tür geschlossen. Stille trat ein.

»Schön, dass man mal von dir hört, was gibt es denn um 00:47? Schläft da ein solider Urlauber nicht längst?«

»Ich bin da in was reingeraten.«

»In was reingeraten?«

»Genau, in was reingeraten.« Kornmaier meinte Julia, würde aber von *Mr. Reiht* erzählen, man musste ja nicht mit der Tür ins Haus fallen.

Otto hörte also zu, gab ab und zu ein skeptisches Geräusch von sich und Kornmaier konnte hören, wie er paffte, die unvermeidliche Zigarre. »Und jetzt?«

»Lockvogel einsetzen, auf frischer Tat ertappen und fertig.« Kornmaier merkte einen Widerwillen. War ihm doch egal, wie es jetzt mit diesem *Mr. Reiht* weiterging, sollte der doch an irgendwelchen Straßenecken mit seiner Rose irgendwelchen Frauen auflauern.

»Und welcher Lockvogel macht da mit?«

»Keiner.«

»Eben.«

Stille trat ein.

»Jetzt rück raus damit.« Otto war ja nicht doof.

»Das Geheimnis in den Dingen.« Kornmaier seufzte.

»Wie?«

»Wenn du nachts im Irgendwo unterwegs bist, dann wäre Gelegenheit, die Welt zu entschlüsseln.«

»Theo?«

»Ja?«

»Bist du verknallt oder so?«

»Es ist nur so eine dünne Wand zwischen dir und der Erkenntnis, es ist möglich …«

»Also bist du verknallt.«

»Jeder Grashalm weiß dann mehr als du.«

»Theoooo!«

»Gütiger Himmel! Ich fürchte: ja.«

»Herr Kornmaier, Sie haben jetzt zwanzig Minuten gebraucht, um mir das mitzuteilen.« Jemand steckte anscheinend den Kopf in Ottos Zimmer, Kornmaier konnte ein »Jetzt nicht« vernehmen.

»Und wo ist das Problem?«

»Abgekaute Fingernägel, null kreativ, keine Ahnung von Heidegger«, Kornmaier konnte Ottos unterdrücktes Ächzen vernehmen. »Überhaupt irgendwie keine Ahnung von irgendwas, ein hübsches Vögelchen, mehr nicht.«

»Tja.«

»Genau.«

»Kalter Entzug.«

»Ich fürchte.«

»Schaffst du das?«

»Kalter Entzug, okay.« Kornmaier konzentrierte sich auf das Wort und versuchte die verdrehte Telefonschnur zu entzwirbeln.

»Kommen wir zu den wichtigen Dingen, Theo. Wir vermissen dich hier, auch die, die du immer rausschmeißt, auch die vermissen dich.«

Ottos Trost tat gut. Deshalb hatte er eigentlich angerufen.

»In einer Woche bin ich wieder da, Otto. Dann ist alles wie immer.«

So recht konnte er sich selbst nicht glauben.

Es hatte einen Riesenstress gegeben. Einen riesigen Riesenstress.

Das war Stefan nicht gewohnt. Einen Kopf kürzer wurde er gemacht.

Was er sich denn dabei gedacht habe und ob er noch alle Latten am Zaun habe und dämlicher ginge es wohl nicht und noch so ein Scheiß und er sei raus.

Er war in sein Zimmer gegangen und hatte Gewichte gehoben und war nicht mehr rausgekommen aus seinem Zimmerchen. Dann spielte er am PC ein Ballerspiel, war aber nicht bei der Sache und verlor und das machte es nicht besser. Kein halbes bisschen, man könnte auch sagen: im Gegenteil. *Eskalieren* sagte man doch seit ein paar Jahren. Eskalieren also würde er das jetzt mal.

Er würde das machen müssen, was sie von ihm wollte. Und dann war es aus mit der kleinen Blume und mit all seinen Hoffnungen. War doch fast geschafft. Wie würde er sie jetzt wiederfinden?

Stefan öffnete seine Schreibtischschublade und ließ seine He-Man-Figuren aufeinander los.

Angelika hatte schon wieder den Verkauf eines Bildes abwenden müssen.

»Oh, das Bild ist verkauft.«

»Ist aber kein roter Punkt dran.«

Angelika war näher getreten und machte auf Untröstlich.

»Oh, Sie haben recht, das tut mir sehr leid«, dann war sie ins Hinterzimmer geeilt, hatte etwas aus der Schublade geholt, war zurückgeeilt und hatte einen roten Punkt neben das Infoschildchen geklebt.

»Wirklich, sehr unangenehm ist mir das.«

Und wieso musste sich das jetzt in Endlosschleife wiederholen, dieses Missgeschick? Sonst war sie doch nicht so empfindlich.

War bestimmt Theo dran schuld, der mit seinem Getue und seinem Gold-und-Silber-Gequatsche. Und was war das mit der Nase gewesen? Drauf getippt hatte er, na und? Wie hatte er das denn jetzt wirklich gemeint? Und wieso war ihm das mit der Waffe so egal? Das war doch wirklich … Oder konnte man das so sehen, dass er sich Sorgen um sie machte? Das musste sie mal mit Josy besprechen.

Angelika wanderte durch die Galerie und versah zwanzig Prozent der Bilder mit einem roten Punkt.

Am nächsten Morgen spähte Kornmaier erst mal durch die Lamellen der Fensterläden hindurch, irgendjemand, der sich dem Haus näherte? Irgendjemand, der ihm auflauerte? Irgendjemand, der etwas von ihm erwartete? Keiner zu sehen. Wollte er so seine letzte Urlaubswoche verbringen? Sich verstecken? Kornmaier spähte weiter, wechselte die Fenster, spähte und dachte über sein Liebesleben nach.

Es war immer das Gleiche. Ein hübsches Vögelchen, nicht die richtig Richtige und irgendwann überwogen die Irritationen und dann saß er mal wieder einer weinenden Frau gegenüber. Das wollte er einfach nicht mehr. Außerdem, hatte sie sich ihm nicht entzogen, gestern? Sie wollte doch gar nicht. Er war ja auch wirklich … Dämliches Zeug hatte er geredet, und nein, nicht wieder diese Platte.

Gestern war schon Ewigkeiten her. Gestern, die Signalleuchte, diese merkwürdige Type, aus Kornmaier schnaufte es, sollte die blöde Leuchte doch leuchten, seine Ruhe wollte er haben. Nur noch eine mickrige Woche hatte er. Sollte doch mal möglich sein, ungestört … Wirklich.

Kornmaier verließ seinen Wachposten und ging in die Küche. Katze, Futter, nach links gekippter Kopf. Das sanftmütige Gleichmaß der Tage war aufgewühlt wie ein Teich voller Kois bei der Fütterung.

Und wieder schnaufte es aus Kornmaier. Das Vorhängeschloss fiel ihm ein. Kurz rausgucken: *Ja, Theo, nicht mehr lange und du wirst mal wieder paranoid.* Kurz dachte er an Johanna in den Alpen, und wie schön ihre Leiche ausgesehen hatte. Das schien schon so lange her, wie aus einem anderen Leben. Also: Schloss nehmen, runter zum Tor, Sicherung anbringen, durchatmen. Sein Blick streifte das Feld. Kurz verstummte das Gebrause in seinem Kopf, so, als wollte sich etwas Wichtiges Gehör verschaffen.

Da war doch noch diese Frage und auch er hatte sie schon beinahe vergessen: Wo war Katrin? SOS.

Er würde kein gutes Gewissen haben können, er musste dem nachgehen, es half ja nichts.

Kalter Entzug, hoffentlich würde das heute Abend im Club funktionieren.

Mitschke hatte die Nacht am Pool verbracht. Hatte auf der Liege gelegen und registriert, wie es zurückkehrte, das alte Selbst. Im Dunkeln hatte er dagelegen, auf den schwachen Wiederschein des Mondes auf dem Poolwasser geschaut, hatte sich auf diesen hellen Fleck konzentriert, und dann kam es: Ein vertrauter Zustand stellte sich ein, eine kalte Wut, das Beste, was man haben konnte, so eine schöne, kalte Wut. Mit der kannte er sich aus, die war so tief gerecht, besser ging es nicht.

Was also machen mit der Schlampe und was mit dem Typen?

Beide von einer Klippe stoßen, bei Cap Formentor, aber wie die beiden da hinkriegen. In einem Auto verbrennen lassen, auch schön. Und draußen mit dem Feuerlöscher stehen und damit winken und dabei den Kopf arglos schief legen und freundlich lächeln. Freundlich lächeln, das schied aus, das war nicht seins, lächeln reichte. Oder beide gegeneinander ausspielen, eine Intrige, eine hübsche und dann beide superwütend aufeinander und …

Mitschke war aufgestanden, hatte weiter aufs Wasser geblickt, konnte diese herrliche Wut bis hinunter in die Fußspitzen fühlen, hatte die weiße nackte Dame ohne Arme registriert, die neben ihm stand, und das getan, wonach ihm gerade so richtig zumute war.

Er hob die Venus mit beiden Armen in die Höhe, warf sie mit aller Kraft ins Wasser und beobachtete, wie die Statue sich langsam zur römischen Göttin gesellte.

Was wusste Kornmaier schon davon, nichts wusste er.

Alles, was er fürchtete, war Damenbesuch. Und dass er heute Abend im Club in den Computer würde gucken müssen und auch im Club würde er ja drohen, der Damenbesuch.

Und wieder flirrten die Schatten der Steineiche über Sandsteinmauern und es roch nach geöltem Steinfußboden und das hätte eigentlich schön sein können.

Kurz dachte er an Angelika, irgendwie war die verschwunden, wo war Angelika? Quatsch: Wo war Katrin?

Er würde heute schon am frühen Nachmittag im Club auftauchen, dann wäre ja noch niemand unterwegs, also weder die noch der, also keiner, nur er.

Kornmaier sperrte die Tür ab, doppelt heute mal, ging ums Haus, prüfte alle möglichen Zugänge und schloss für einen Moment die Augen. Wie wäre es denn, noch mal gucken, ob er den Herd angelassen hatte? Oder lief Wasser in die Badewanne? Na? Eine Gasflasche lag doch direkt neben dem Ofen, wenn nun ein offenes Feuer … Schluss damit.

Elend fühlte er sich, leer wie ein kalter Keller, der entrümpelt war, entrümpelt von allem, was Sehnsucht hieß und Geborgenheit und Wärme: Julia.

Kornmaier öffnete die Augen. Wieso hatte er sich eigentlich noch nie mit dem Brunnen direkt bei der Haustür beschäftigt? Direkt daneben stand er doch gerade. Er beugte sich über den Brunnenrand. Ein kühler Hauch stieg aus der Tiefe auf. An einem anderen Tag und in einem anderen Leben hätte dieser Hauch angenehm sein können, aber merkwürdigerweise – oder vielleicht nicht merkwürdig, weil Kornmaier ja unselig verliebt war –, merkwürdigerweise also grauste es dem Theophil Kornmaier und es fror ihn für einen Moment. Kälte kroch auf einmal über seine Unterarme und jetzt reichte es ihm. Zeit für den Club und gucken gehen, was mit *Mr. Reiht* war und überhaupt konnte man ja auch früher abreisen. Punkt.

Lange hatte Julia noch wach gelegen. Hier lief was schief. Gefährlich war es gewesen. Eine Pistole, die auf einen gerichtet wurde, war irgendwie vernichtend, schon bevor ein Schuss fiel, ganz und gar vernichtend. Existenziell. Weg war sie. Die Pistole, wo war die eigentlich hin? Und Kornmaier. Auch das: schiefgelaufen. Sie würde eine bedingungslose Charme-Offensive starten, konnte doch nicht sein und musste doch sein und war ja nach dem Zwischenfall am Abend wirklich … Julia fluchte, rollte mit den Augen und strampelte ihr Bettzeug von sich.

Zwischen den Vorhängen fiel fingerdünn das Licht einer Straßenlaterne ins Zimmer. Was wohl wäre, wenn dieser Lichtstrahl verschwände, dann wüsste sie, er wäre gekommen, der Verrückte, wäre auf ihr Fensterbrett geklettert und stünde draußen auf dem Sims, die Hände gegen die Glasscheibe gepresst und würde darauf warten, dass sie die Nerven verlor. Ganz verdecken würde er das Licht, nur oben, da würde es noch an der Decke sitzen und gleichgültig auf sie herunterschauen.

Und draußen der Irre und wie er mit seinen dummen Händen immer mehr gegen die Glasscheibe drücken würde, bis das Glas splitterte, gar nicht blinzeln würde er dabei, so durch und durch ein Untoter eben und …

Julia stand auf, näherte sich dem Fenster und riss mit einem Ruck die Gardine zur Seite. Auf dem Fenstersims: niemand. Auf der Straße: niemand. Vielleicht war der mit den toten Augen ein Racheengel und es war an der Zeit, in die Kirche zu gehen. Ja, unbedingt würde sie morgen in die Kirche gehen und eine Kerze anzünden.

Und ihre Mutter würde sie anrufen müssen. Weil, so ging es nicht weiter.

Als Kornmaier in Pollença ankam, herrschte friedvolle Stille. Also im Vergleich zum Vorabend. Und so wie die Dunkelheit einen näher zu dem Kern der Dinge brachte, so auch zu den eigenen Ängsten und die wiederum waren nur dafür da, abzulenken, war ja mal klar. Eine miese Finte, die einen auf Abwege bringen sollte, damit der Kern nur ja unentdeckt bliebe. Und wer wollte das verhindern? Das waren doch die wahren und großen Fragen dieser Welt.

»Theo!« Plötzlich war Angelika aufgetaucht: »Dass man dich auch mal wieder sieht!«

»Oh.« Zu mehr reichte es gerade nicht.

»Oh.« Angelika legte den Kopf schief: »Begrüßt man so eine alte Freundin?«

»Ich war gerade …«

»In Gedanken, Theo? Bei Gold und Silber etwa?«

Kornmaier musste sich bemühen auf eine andere gedankliche Ebene zu kommen, welches Gold und Silber denn, ach so, das … Schon vergessen, so vergessen wie Katrin, so vergessen wie, es musste eine Leiche gewesen sein, die da vergraben worden war, auf dem Feld vor seinem Haus. Das war mit einem Mal so eindeutig. Er würde noch mal suchen müssen.

»Ich …« Kornmaier war noch nicht online.

»Du musst mal wieder schnell weg.« Enttäuschung schwang da mit.

Und jetzt schaute Kornmaier Angelika an, so, dass er sie auch wirklich sah.

»Sag mal, Angelika, wofür brauchst du eigentlich so viele Gefrierbeutel?«

»Was?«

»Gefrierbeutel, wofür du die brauchst?« Immer noch hatte Kornmaier Angelika im Visier, bemerkte, dass ihre Stirnfalten geglättet waren, überhaupt irgendwie alles glatter und der Mund, merkwürdig, so ein schnutiges glattes Gesicht hatte sie jetzt. Ihre Gefühlswelt war hinter einer Maske verschwunden. Unlesbar hatte sie sich gemacht, jetzt konnte sie erzählen, was sie wollte, keiner würde ihr irgendetwas ansehen.

»Warum willst du denn das …?«

Nee, nicht wieder ein Dialogpingpong, sinnlos.

»Ich muss wirklich los, Angelika.« Kornmaier lüpfte seinen Strohhut und nahm Kurs auf den Club.

Und nun dämmerte es selbst dem begriffsstutzigen Kornmaier, Angelika hatte sich zugebotoxt, er war doch wirklich arg weltfremd.

Vor dem Club stand Mateo mit einer Serviette über dem Arm und guckte undurchdringlich. Hatte der eigentlich auch mal frei?

Auch hier lüpfte Kornmaier seinen Hut, setzte sich und packte seinen Laptop aus. Bestellen: einen Espresso, Ingwerkuchen mit Sahne und auf den Platz gucken, auf dem nur Touristen herumschlenderten. Ein bisschen ziellos, so als würden sie eine Fährte aufnehmen. Wo war die nächste kleine Attraktion, ein Souvenir, ein Foto, ein Blick, irgendetwas, das die Leere der Urlaubstage füllen würde, war doch schön, der Urlaub, wäre da nicht die innere Verlorenheit in der Endlosschleife des Lebens. Aber, ob die das wussten? Er wusste es ja auch nur manchmal … Schluss, genug davon, seine Therapeutin Frau Sollenhauer würde sanft fragen, ob er wohl gerade von sich spräche bei all diesen Vermutungen und er würde das weit von sich weisen und …

»Ihr Espresso, bitte sehr.« Mit dem üblichen Ernst hatte Mateo den Kaffee gebracht und den Kuchenteller so gedreht, dass Kornmaier mit der Gabel den Kuchen gleich von der richtigen Seite zu fassen bekäme. Das war mal ein Service.

»Mateo, haben Sie eigentlich auch mal frei?«

Kleine Verneigung, Schweigen.

»Sonst würde ich mir nämlich Sorgen machen.«

»Ich darf Ihnen sagen, dazu besteht kein Anlass.« So viel hatte Mateo noch nie gesprochen. Und: Wo kam das gefeilte Deutsch her?

Kornmaier sah ihm noch kurz hinterher, wie er da so routiniert um die Tische herumslalomierte. Nachher gehörte dem der Laden?

Dann: Laptop aufklappen, WLAN aktivieren, Seite öffnen und feststellen: *MillionDollar* alias das stumme Gesicht, alias *Mr. Reiht,* hatte sein Profil gelöscht.

Stefans Stimmung hing im dritten Untergeschoss eines Atomreaktors.

In den Betonfluren tropfte hier und da Wasser aus rostigen Rohren und das Echo seiner Schritte, das von den nackten Wänden widerhallte, gab ihm das Gefühl, verfolgt zu werden.

Etwas in der Berechenbarkeit seiner Welt war torpediert worden. Am liebsten hätte er sein Zimmer nicht mehr verlassen.

Dorothea steckte ihren Kopf herein.

»Junge«, sie wartete einen Moment, keine Reaktion, »ist doch noch mal gut gegangen.«

Stefan drehte seinen Kopf in die andere Richtung, starrte an die Raufasertapete, auf der ein paar Colaspritzer zu sehen waren.

»Jetzt iss doch mal was.«

Er mochte Cola, aber er mochte keine Colaflecken.

»Hier sind Colaflecken.«

Erst einen Aufstand machen und dann war es gar nicht so schlimm. Was denn jetzt? *KleineBlume38* war seine Karte in die Freiheit gewesen und dann war es versaut worden. Alles Dorotheas Schuld. Sein Profil hatte er löschen müssen, zu riskant.

Er nahm einen Stift und begann über die Colaflecken zu kritzeln.

»Jetzt lass doch mal …«

»Nein, lass ich nicht.« Kritzel, kritzel.

Ein Seufzer von der Tür her, hören, wie Dorothea die Tür schloss, aufstehen, zum Fenster gehen, rausgucken und brüten: Wie konnte er jetzt *KleineBlume38* finden?

Konsterniert blickte Kornmaier auf den Bildschirm. Hob dann den Kopf, schaute über den Platz, den mit den arglosen Touristen, versuchte zu begreifen, scannte die Leute. Fühlte sich mit einem Mal beobachtet.

Ein Date war nicht aufgetaucht und der Trottel löschte gleich sein Profil, oder war es der Zwischenfall mit dem anderen Idioten, und wieso gab es eigentlich zwei von dieser Sorte, vielleicht waren das Komplizen, die sich in einer Gruppe für anonyme Killer kennengelernt hatten und jetzt zusammenarbeiteten, war doch viel effektiver, aber dann … Kornmaier schüttelte den Kopf, dann hätte der ja nicht vor so einem wichtigen Treffen mit *KleineBlume38* gleich noch Julia mit einer Pistole bedroht und *Mr. Reiht* vermied vielleicht ganz allgemein das Aufsehen. Wie ein lichtscheues Wesen hatte der das Weite gesucht und saß jetzt wieder ausdruckslos und blass unter irgendeinem Stein.

Auflauern würde er dem wohl müssen. Er brauchte einen Komplizen. Julia? Zu gefährlich, wenn da was schieflief, ausgeschlossen! Und er wollte ja sowieso … *kalter Entzug*, genau, Kornmaier legte eine Gedenksekunde an Otto ein.

Angelika? Zu anstrengend, echt mal. Keine zwei geraden Sätze konnte man mit der …

Vielleicht … Kornmaiers Blick ruhte auf Mateo, vielleicht …

Und schon stand der da. Kleine Verbeugung, gesenkter Blick, der Inbegriff der Dienstbeflissenheit. Ein Trick? Eine Maskerade? Konnte ja sein, was wusste man schon.

Er musste es riskieren.

»Mateo, Sie kennen ja hier viele Leute.«

Leichtes Kopfnicken.

»Ich«, wie sollte er das sagen? Kornmaier fuhr mit der Gabel über den leeren Teller, einmal hin, einmal her, beobachtete, wie die letzten Krümel von Sahneresten begraben wurden. »Ich suche jemanden.«

Jetzt sah er Mateo an und Mateo ihn. »Ja?«

»Ich kenne seinen Namen nicht. Ein großer Typ, Mitte

30, dunkle Haare, blass wie eine Made, ohne Leben, mehr so ein Automat.« Klang plemplem, aber entweder Mateo verstand das oder es war eh sinnlos. Kurz blickte Mateo in die Ferne, kniff ein bisschen die Augen zusammen, legte den Kopf zur Seite, fiel dann in die Haltung des perfekten Kellners zurück und sagte: »Könnte sein, dass der Herr mir tatsächlich bekannt ist.«

Für einen winzigen Moment hatte Kornmaier den Eindruck, Mateo wolle für eine weitere Information Geld haben, aber Mateo war mit seiner Auskunft noch nicht fertig: »Könnte sein, dass der hier wohnt, gelegentlich.«

Bloß kein Geld, wäre eine Beleidigung gewesen.

Ging noch weiter: »Könnte sogar sein, dass der gestern Abend hier vorbeigekommen ist.«

»Fantastisch.« Mehr fiel Kornmaier mal wieder nicht ein. Lag das am Urlaub, am kalten Entzug?

»Wäre es dann wohl möglich, Mateo«, Kornmaier fühlte den Wunsch, aufzustehen, ein Gleichgewicht herzustellen zwischen sich und Mateo, »wäre es dann wohl möglich, dass Sie mich anrufen, wenn Sie ihn sehen?«

»Selbstverständlich.« Keine Frage nach dem warum. Noch besser. Und: Wo hatte der nun sein Deutsch her?

»Meine Mutter war Deutschlehrerin.« Gedankenlesen konnte er also auch. Kornmaier war zufrieden.

»Und jetzt das Übliche?«

»Unbedingt.«

Wenn man die beiden so aus der Entfernung betrachtet hätte, vielleicht hinter einer Platane versteckt dastand, weil es dort gerade ganz gemütlich war, was hätte man dann gesehen?

Einen Kellner, der etwas länger als nötig an einem Tisch verweilte, einen Gast, der dem Kellner etwas auf einem Zettel notierte und ein beiderseitiges Kopfnicken, unverdächtig im Grunde.

Endlich hatte Kornmaier einen Plan.

Andere leider auch.

Wie ein Kojote auf fremdem Terrain, so schnürte Dr. Mabuse misstrauisch durch ein Geschäft, in dem er sich sonst nicht hätte sehen lassen.

Er kaufte Gesichtswasser, das nach Kühlhaus und Erfrischungstuch aus den 80er-Jahren stank. Von der gleichen Firma ein Deodorant, das noch einen muffigen Akzent in der Kopfnote präsentierte. In einem zweiten Geschäft eine schwarze Damenstrumpfhose XXL und schwarze Latexhandschuhe. Dann wechselte er in einen Baumarkt und erstand dort Kabelbinder, ebenfalls schwarz, schließlich war er Ästhet.

All diese Schätze zahlte er in bar und achtete durch konsequentes Zu-Boden-Starren darauf, später auf keinen Videoaufnahmen identifiziert werden zu können.

In einem verschlafenen Ort wurde er seine Einkaufs-Verkleidung aus übergroßem Bier-formte-diesen-Körper-Shirt und zwei Kissen, die unter das Shirt gestopft den Text bestätigend simuliert hatten, in einem Container los, der räudig und einsam am staubigen Straßenrand sein Dasein fristete.

Er war zufrieden.

Es war so klar, was zu tun war. Schatz und Schatzi sollten mal so richtig Angst kriegen, das war doch das Allerbeste.

Während Kornmaier sinnend ins Nichts guckte und versuchte, dabei nicht an Julia zu denken, sondern nur an Schottland, während die Touristen weiter vor sich hin schlenderten und Eis aßen und die Frauen hofften, durch den Kauf eines Bastproduktes ihr Leben zu verändern, währenddessen also stand Julia fünfzig Meter weiter und rang mit sich.

Wie jetzt, was jetzt. Dieser Mann war störrisch wie zehn Esel.

Bedanken, ja, das war eine gute Idee, noch mal bedanken. Lag ja nahe. Sie hatte das Rosafarbene an, das mit den Spaghettiträgern und dem schmalen Gürtel.

Sie sah toll aus, da gab es wirklich nichts zu meckern.

Also, Kurs auf den Club nehmen und ihn direkt ansprechen. Räuspern, dann: »Hallo, Theo.«

Kornmaier schreckte hoch. Sein Herz setzte aus. Vor Schreck, vor Überraschung, vor Freude.

Eben noch hatte er gedanklich in einer Schafherde gestanden, die von einem Border Collie brillant sortiert worden war, nun hatte es ihn zurück nach Pollença katapultiert.

»Hallo, Julia.« Kornmaiers Gehirn hatte auf *off* geschaltet.

»Ich wollte …«, Julia hoffte darauf, dass sie einen Platz angeboten bekam, aber Theo guckte nur.

»Kann ich mich kurz setzen?«

Kornmaier erhob sich so schnell, dass ein benachbarter Stuhl umkippte. »Oh, Moment«, Stuhl aufheben, »bitte«, anderen Stuhl für Julia zurechtrücken, ihre hübschen, rosa lackierten Fußnägel registrieren, »setz dich doch«, sich mit einer Hand ein paar Haare aus der Stirn befördern, den Eindruck bekommen, dass es irgendwie sehr warm geworden war und gleichzeitig in der oberen Bildschirmleiste der Wahrnehmung ein Banner vorbeiziehen sehen: kalter Entzug.

War doch scheiße, das mit dem kalten Entzug.

Da saß sie nun.

»Also ich wollte mich für gestern, also da wollte ich mich bedanken.« Eine Haarsträhne verlegen um einen Zeigefinger wickeln, dabei nach unten gucken, dann Kornmaier anschauen und schüchtern lächeln.

Immer noch zog das Banner, das Otto als Motto ausgegeben hatte, vorbei, geriet zusehends in die Peripherie seiner Aufmerksamkeit, wurde blasser, drohte sich im Dunst des Verdrängens aufzulösen.

»Ach, das war ja, das war ja nichts. Selbstverständlich war das, sozusagen.« Toll, jetzt benutzte er schon Füllwörter, *Konzentration, Theo, du vermurkst es gleich wieder.*

»Oh, nein, wenn du nicht gekommen wärst«, Julia legte kurz ihre Hand auf Theos Unterarm, »ich weiß nicht, was noch passiert wäre.«

»Na ja, der Typ ist nicht ganz dicht. Gemeingefährlich im Grunde.«

Kurzes Schweigen, wie weiter?

»Kann man wohl sagen.« Schweigen. Ein lautes Schweigen, das auch vom Gemurmel der Touristen nicht überdeckt werden konnte.

»Möchtest du was trinken?« Otto konnte ihn mal.

»Was trinkst du denn da?«

»Einen sehr guten schottischen Whisky.«

»Lieber einen Prosecco.«

Na, das hätte er sich denken können. Aber jetzt gerade, da konnte ihn nicht nur Otto, nein auch das *morgen* konnte ihn mal.

Dorothea hatte beschlossen, jetzt ohne Stefan etwas zu unternehmen. Auf den war kein Verlass mehr. Sie hatte das LAN-Kabel entfernt und wähnte sich, nein, auch Stefan wähnte sie nun in Sicherheit. Von WLAN hatte Dorothea noch nie gehört. Sie wusste nur, diese eine Strippe da, die ermöglichte Stefan den Zugang zu jener Welt, in der er unkalkulierbar war. Also weg damit.

Ihre kleine Armbanduhr zeigte kurz nach sechs. Es gab sicher eine Abkürzung. Oben auf dem Berg gab es ja ein Kloster, dessen Beistand würde sie bestimmt bekommen. Der liebe Gott verzieh ja alles, soweit sie sich erinnerte.

Schon nach zwanzig Minuten hatte sie sich verlaufen. Der Weg hatte einfach aufgehört, aber es konnte ja nicht so schwierig sein, einfach immer um den Berg herum, dann musste sie unweigerlich ankommen. Immer öfter blieb sie stehen, kämpfte mit Brombeerzweigen, die an ihr zogen und sie dabehalten wollten. Kurzatmig schnaufte sie wie eine Dampflok durch das eigentliche Mallorca, das felsig, dornig und unwegsam war.

Pausen, immer wieder Pausen, sich abstützen, wo es nur ging, auf einen Felsen setzen, Ameisen und Käfer gingen da auf dem Boden ihrem Tagesgeschäft nach, auf ihre Schuhe gucken, ausgelatscht und ganz bequem für ihren Hallux. Sie hatte es mal mit so einem komischen Verband probiert, hatte null gebracht, der Hallux schmerzte weiter, nur in diesen Schuhen nicht, mit denen konnte sie gut laufen. Dorothea drehte ihren Fuß hin und her, weil sie merkte, dass etwas nicht stimmte, mit so ein bisschen Fußwenderei konnte man sich auf was Alltägliches konzentrieren, das holte einen zurück in die Normalität, und den ganzen Körper ja gleich mit. Ganz intuitiv machte sie das so, den Fuß wenden, tief einatmen, dann den Kopf drehen, in die Richtung schauen, in die sie nun würde weitergehen müssen, um endlich das da zu erledigen. Dies noch denken und dann: Einfach umkippen und in den Armen der Wildnis verschwinden.

Was für ein gnädiger Tod.

Das Telefon schrillte. Stefan saß in seinem Zimmer und fühlte sich nicht zuständig. Dorothea war zuständig. Aber die war nicht da. Am Ende war es seine Mutter, nein, er würde nicht rangehen. Wo war die denn, nichts gekocht hatte sie. Merkwürdig fremd war das Terrain dieser Wohnung, so ganz ohne Dorothea. Also vorsichtig zur Küche schleichen, nachher saß sie da im Dunkeln und war tot, aber nur, bis er das Licht anschaltete, dann würde sie wieder aufwachen und ruckartig den Kopf bewegen und mit den Augen klappern, wie eine Puppe. Und ihr Mund würde auf- und zuklappen, mit so einer Art Scharnier. Stefan stand im Flur und schnüffelte. Nur die alte Paprika saß in den Wänden, keine neue stand auf dem Herd. Irgendetwas stimmte nicht. Ein merkwürdiges Verlassenheitsgefühl überkam ihn, ließ ihn weiter im Flur herumstehen und lauschen.

Das mochte er nicht, das erinnerte ihn immer an damals, als er noch ein Kind war, als er noch auf der Straße spielen durfte, nicht daran denken, nein, an das Geld denken, das würde er holen müssen, besser gesagt, erst mal wiederfinden müssen, da hatte Dorothea ja recht. Stefan ging in sein Zimmer zurück und warf eine Coladose gegen die Wand.

Dann würde er eben rausgehen und würde sie suchen, die bezaubernde Jini, die musste ja noch da sein. Und dann nach dem Geld gucken gehen. Das war doch verrückt, irgendwo musste es ja sein. Stefan prägte sich das Foto ein von Jini, verließ das Haus und machte sich auf die Suche.

Wo war Dorothea?

Heute würde sie Kornmaier abpassen, heute würde sie sich einfach zu ihm setzen und über alte Zeiten reden und für die Gefrierbeutel war ihr jetzt auch was eingefallen und vielleicht würde er dann ja mal aus seinem Schneckenhaus herauskommen. Angelika erstarrte, da saß er, aber nicht alleine, diese dämliche Julia war auch dabei. Wie die sich zu ihm herüberlehnte und lachte, abstoßend, ekelhaft. Ein rosa Kleid, absolut geschmacklos, die war doch nicht mehr vier. Rosa. Angelika knirschte ein bisschen mit den Zähnen. Fehlte nur noch ein Tütü. Und ein Einhornhemdchen. Und ein Glitzerreif im Haar. Abgründe.

Aber diesen Abend würde sie ihr verderben, Angelika zögerte, wollte sie das wirklich, also sich selbst das zumuten? Was, wenn Theo Julia attraktiv fand? Unwahrscheinlich, dafür war er doch gar nicht der Typ. Eine Frau in Rosa, das war doch sicher das Letzte.

Vielleicht wäre er sogar ganz dankbar, wenn sie aufkreuzte, weil ihn das Rosa in den Augen schmerzte, war doch gut möglich.

Eine erwachsene Frau in Rosa, nein, sie machte alles richtig, sie würde jetzt Theo retten.

»Na, ihr zwei Hübschen? Wieder gemütlich beisammen?«

Eine Winzigkeit zu lang glotzten beide Angelika stumm an.

Sie kam ungelegen. Egal.

»Immer noch mit Gold und Silber zugange?« Angelika griff sich einen Stuhl vom Nachbartisch, setzte sich und guckte erbarmungslos gut gelaunt.

Dann wandte sie sich an Julia.

»*Nur das Seiende ist*, das ist schon erstaunlich, oder?« Keine Sekunde ließ sie Julia aus den Augen. »Das ist nämlich Theos Lieblingsthema.«

»Angelika, wir wollen eigentlich …«

»Lass doch mal, Theo, mich würde schon Julias Meinung dazu interessieren.« Angelika weidete sich an Julias Sprachlosigkeit. Dumm wie Brot war die.

»Ist ja echt schön, wenn man so ähnliche Interessen

hat«, Angelika meinte bei Julia den Funken einer Gefühlsregung zu erkennen, die so gar nicht zu Rosa und Glitzer passte, »das verbindet ja und …«

»Angelika, kann ich dich kurz mal sprechen?« Kornmaier war aufgestanden und zog überraschend Gentleman-unlike an Angelikas Arm. Sie hätte es lassen sollen, hätte auf sich hören sollen, dieses Ziehen am Arm, ein unfreundliches Ziehen war das, auf die Art zog man ein bockiges Kind aus der Süßigkeitenabteilung fort.

So blieb Angelika nur noch ein »Rosa« auszustoßen, auch wenn niemand wusste, was das zu bedeuten hatte und man Jahre später noch rätseln konnte, ob das wohl der Beginn eines Wahnsinns gewesen sein könnte.

Am liebsten hätte er sie geschüttelt.

»Angelika, jetzt gehst du mal nach Hause und lässt mich mal zufrieden hier.« Drohend klang das, so zwischen den Zähnen hindurch.

»Ich wollte doch nur …«

»Ganz überflüssig.«

»Bitte, wenn du meinst, nicht dass ich dich nicht gewarnt hätte.«

»Danke, aber danke.«

Dann ließ er sie los, wartete, guckte der abdrehenden Angelika und ihren Ketten noch einen Moment hinterher, nicht, dass die noch mal … nein, tat sie nicht. Dann wandte sich Kornmaier um, wollte zurückkehren in diese Welt der Seligkeit, der sorglosen Heiterkeit und verstand nicht gleich. Blinzelte, fragte sich, ob er im falschen Restaurant war, in die falsche Richtung guckte, in eine Zeitmaschine geraten war. Julia war verschwunden, ihr Platz verwaist. Ein Eimer Eiswasser wurde über ihm ausgekippt.

Hätte Theophil Kornmaier gewusst, was Julia gerade gesehen hatte, er hätte ihr abruptes Verschwinden verstanden.

Dr. Mitschke hatte seinen Posten hinter dem Pfosten eines riesigen Sonnenschirms bezogen und verzehrte mit einem gewissen Ingrimm eine Touristen-Paella. Mehr gab der Schuppen nicht her, aber der Platz war ideal. Mechanisch kauend beobachtete er seine Opfer. Was hatten die gute Laune, was tändelten die herum, keine Ahnung hatten die. Sieh an, diese Galeristen-Tusse kam dazu, aha, und jetzt, anscheinend kam sie ungelegen, wollten wohl unter sich bleiben, die Turteltäubchen. Mitschke lehnte sich ein bisschen zurück, um besser sehen zu können. Die Tusse wurde von dem Typen aus dem Café entfernt, eher unsanft, aha, und jetzt, noch merkwürdiger, wie eine Flucht sah das gerade aus, die Schlampe, die gehofft hatte, einen Ring für umsonst zu bekommen, die ihn geschlagen hatte … Und während er das dachte, bemerkte er erst, wie absurd das klang, er war noch nie von einer Frau geschlagen worden. Die also blickte in seine Richtung, ohne ihn zu sehen, griff nach ihrer Handtasche und türmte. Eine Schadenfreude erfasste da den Dr. Mitschke, haha, nicht nur ihm passierte das, nein, haha, auch einem seiner Hassobjekte.

So waren sie, die Frauen. Beinahe wäre er mit seinem Stuhl nach hinten umgekippt vor Begeisterung.

Weg war sie und ihr Schatz guckte blöd, das war doch mal eine Genugtuung.

Mitschke drehte sich um und verfolgte mit seinen toten Augen, wie die dumme Trulla dicht an ihm vorbeiging, ohne ihn zu bemerken, merkwürdig. Etwas anderes war aber interessanter, hier war sie doch, die Gelegenheit. Seine Hand befühlte den Kabelbinder in dem Herrenhandtäschchen, das neben seinem Teller lag und noch weitere Nützlichkeiten barg. Kurz entschlossen schob Dr. Mitschke vierzig Euro unter seinen Teller, erhob sich und machte sich an die Verfolgung.

Mateo hatte die Schultern gehoben und die Handflächen gen Himmel gedreht. Nichts wusste er, nichts hatte er bemerkt.

Hatte sich Kornmaier so danebenbenommen? Man wusste ja nie, wie etwas ankam. Offensichtlich so richtig schlecht. Er hatte ja keine Ahnung gehabt, dass Julia so gut mit Angelika … da hatte er ja mal wieder schön versagt. Zusammengesunken saß Kornmaier an seinem Tisch und versuchte wieder Boden unter die Füße zu kriegen. Was war passiert? Er starrte auf sein leeres Whiskyglas und bekam den Eindruck, nie wieder etwas anderes ansehen zu können, hypnotisch hielt es seinen Blick fest. Danebenbenommen hatte er sich, ging ja gar nicht anders, das musste der Grund sein. Julia und Angelika, was wusste er schon. Nachher waren das gute Freundinnen und er, er hatte sich mal wieder aufgespielt. Wo war sie hin? Merkwürdig war es, sie hätte ja auch … danebenbenommen, anders konnte es ja nicht sein … abrupt stand Kornmaier auf, Schluss damit.

»Anschreiben lassen?«

»Bitte, ja.«

Auf Mateo war Verlass.

Zum Parkplatz laufen, die Stelle passieren, wo gestern … aufstöhnen, bescheuert war er gewesen. *Die Dame hat kein Interesse*. Tiefschlag einstecken, was machte man da, atmen, tief atmen. Dunkel war es geworden, einmal laut *Scheiße* rufen, reichte natürlich nicht, aber immerhin. Jemand vor ihm wechselte die Straßenseite. Zum Auto gehen, aufschließen, reinsetzen, warum hatten eigentlich damals seine Schuhe vor dem Auto gestanden, er hatte auf dem Feld geschlafen, irre, wo war Katrin, SOS, eine Tür in seinem Haus war zugeschlagen worden, Angelika und Julia, wieso? Danebenbenommen hatte er sich, kalter Entzug, die Lichthupe, wer war in seinem Haus gewesen, auf die leichte Schulter genommen, das in seinem Haus, danebenbenommen hatte er sich, Julia ganz in Rosa, Julia vor dem Hibiskus, das stumme Gesicht mit der Rose, danebenbenommen und jetzt so laut es ging: *Scheiße!!!*

Mitschke hatte das Gefühl leicht wie eine Feder durch die Gassen zu schweben, auf weichen Sohlen, immer im Schatten, in Tordurchfahrten in Deckung gehend, es war eine wahre Freude. Leider war sie noch immer in Begleitung, das würde sich geben, das war nicht zu überhören.

Jetzt verschwanden die beiden in einem Haus. Hoffentlich nur ein Besuch, Mitschke presste die Herrenhandtasche an seinen Leib, ihm war so danach, jetzt war es doch günstig, eben noch Turteltäubchen und plötzlich die Gattin verschwunden, wunderbar, herrlich. Mitschke lehnte sich mit dem Rücken an die Hauswand und lauschte und hoffte und fingerte noch mal in seiner Tasche alle Utensilien durch, alles da, er war bereit!

Irgendwann würde sie doch zum Parkplatz kommen und dann, dann würde er sie mit dem Wagen verfolgen, überholen, ausbremsen, der Rest war dann Improvisation.

Warm und weich lagerte die Abendluft zwischen den Steinhäusern. Schon wölbte sich ein dunkler Himmel über dem Städtchen, schon stieg mit schwächerem Licht ein Mond hinauf, um immer heller zu strahlen und um immer kleiner zu werden, wie um auf Distanz zu gehen zu dieser Erde da, die nur so wimmelte von unausgereiften Lebewesen, alle mit »Mensch« beschriftet, leider ein Fehlschlag neben dem anderen.

Aber was wusste Dr. Mitschke schon vom Mond.

Mitschke also stand und wartete, trat von einem Fuß auf den anderen. Drinnen ein Riesengeschrei. Wohnte hier nicht diese Galeristen-Tusse? Schade, sehr schade.

Das Geschrei war verstummt. Meine Güte, konnte die kreischen. Musste er bei seiner Entführung mit einberechnen.

Und dann doch noch ein Riesenglück: Haustürknallen und sie war wieder draußen, nahm den Weg wieder auf und wirklich, lief jetzt nach Süden, Richtung Parkplatz und achtete auf nichts mehr. Er hätte jetzt wie eine Herde Bisons hinter ihr herlaufen können, nichts hätte sie bemerkt, besser ging es nicht.

So was wie eine kühle Vorfreude stellte sich ein, und soweit es im Gefühlsrepertoire des Dr. Mitschke vorhanden war, auch etwas, das einer Fröhlichkeit nicht unähnlich war.

Am liebsten hätte sich Julia die Haare gerauft, was auf gar keinen Fall jemals in ihrem Leben geschehen würde. Sie hatte Theo vor den Kopf stoßen müssen, es war nicht anders möglich gewesen, jetzt musste sie ihn unbedingt anrufen und sich was einfallen lassen. Es war doch wirklich verfahren.

Unter Julias Sandalen meterte der Asphalt dahin, als säße sie im Zug, sie hatte es eilig. Ein Taxi fuhr an ihr vorbei, dann lag das Gässchen wieder still. Schnell zum Parkplatz, schnell Theo anrufen oder vielleicht gleich jetzt anrufen. Julia blieb stehen, zog ihr Handy heraus, tippte auf seine Nummer und klar, er ging nicht ran. War ja zu erwarten gewesen.

Und auch klar, sie fühlte sich zu ihm hingezogen, war doch alles ein Mist, ein saublöder. Ein paar Engländer wankten vor einer Kreuzung an ihr vorbei, sangen »God save the Queen«, einer schrie »the king, idiots«, und rempelten einander wie Schuljungen gegen Hauswände und Bäume. Heiterkeit, die ein Publikum brauchte. Und instinktiv wichen sie dem da aus, diesem Mann, der aussah, als würde er über Leichen gehen. Für einen Moment war Unsicherheit über ihre Gesichter gewandert, wie Schatten auf einer Sonnenuhr.

Julia atmete auf, endlich kam der Parkplatz in Sicht.

War er wirklich in der Stimmung? Nein, war er nicht.

Aber, Kornmaier musste etwas tun, etwas Sinnvolles. Was war mit dem Haus los, das war die Frage und nein, er hatte gerade keine Lust, das herauszufinden, und doch, er konnte eine Ablenkung gebrauchen, sonst würde er sich noch endlos alles vorwerfen, was ihm so einfiel. Ätzend.

Er startete den Motor und rollte vom Parkplatz, nahm aber nicht den gewohnten Weg nach Südosten, er bog nach Süden ab, Richtung Palma, auf die Ma-2200. Nur wenige Scheinwerfer zogen ihre Bahn durch die Dunkelheit, man saß beim Abendessen. Den Klosterberg halb umrundend bog Kornmaier wenig später nach links ab in den Diseminado Poligono, dann immer geradeaus, an der T-Kreuzung nach links bis zum halb vergessenen Eisentor zu dem irre teuren Hotel, das feudal und prächtig weiter oben lag und hell erleuchtet das Tal überblickte. Unter den langsam rollenden Reifen seines Wagens sprangen Schottersteinchen davon, Schafe und eine Frau mit Schoßhündchen blickten ihm nach, nicht weil sie was wissen wollten, einfach, weil mal was passierte. Still war es hier.

Vor dem Tor wendete er, für eine mögliche Flucht.

Kornmaier hatte den Motor abgestellt. Welche Flucht? Vor wem? War ja nie verkehrt mit einer Flucht zu rechnen, was wusste man schon, *allzeit bereit*. Meine Güte, waren das noch unbeschwerte Tage gewesen bei den Pfadfindern, bevor sein Bruder Matti … Wollte er jetzt wirklich einen unseligen Gedanken mit einem anderen ersetzen? Schluss damit.

Nun saß er also hier, wieder einmal im Dunkeln, einer Dunkelheit, die im Wageninnern von ähnlicher Schwärze war wie sein Gemütszustand. Und bevor das Mühlrad der Selbstvorwürfe wieder in Schwung geraten konnte, stieg Kornmaier aus.

Gleich würde er sich mal wieder komplett die Kleidung versauen. Und was war ihm das egal, war ja eh alles sinnlos.

Grillen zirpten auch hier, in anderen Welten ging das Leben einfach ungerührt weiter, irgendwie herzlos.

Wenn sein Gefühl ihn nicht getrogen hatte, dann war jemand vor seinem Haus oder im Haus und wer immer da war, dieser Jemand würde nicht mit ihm rechnen. Sein Auto konnte heute diesen Jemand nicht warnen und er näherte sich von der Rückseite des Hauses.

Anschleichen musste er sich, im Schatten bleiben, er verfluchte seine helle Kleidung. War nichts mit anschleichen, er musste so tun, als sei er ein Bauer, der bei Mondlicht sein Feld inspizierte, abends gegen 22 Uhr, klar. *Theo, nicht zum Haus gucken, auf keinen Fall*, einfach gehen, mal stehen bleiben, in die andere Richtung gucken, Hände in die Hüften stemmen und ein bisschen irgendwohin gucken, dann weitergehen, höher und höher, zwischen den Olivenbäumen hindurchspazieren, Richtung Berg und erst dann, wenn er außer Sicht war, dann Richtung Haus abbiegen und hoffen. Hoffen, dass irgendjemand da war, er irgendetwas hörte und er den Vorteil der Überraschung für sich nutzen konnte.

Und so versuchte Kornmaier lautlos über fremde Grundstücke zu gelangen, hoffte, dass sich nirgends jemand wunderte, scharfe Hunde auf ihn hetzte oder die Polizei rief.

Weiter oben, hinter den Grundstücken, begann die Wildnis, die den Berg bis zum Kloster hinaufkroch, die man als Mensch besser mied und in der nur ein paar Bergziegen zurechtkamen. Also davor nach rechts wenden, an einem Swimmingpool vorbeischleichen, na klar, er schlich inzwischen, kurz der fremden Poolpumpe lauschen, kurz am fremden dunklen Haus emporschauen und beschließen: Ab hier nur noch langsam voran.

Stehen und lauschen, das Haus anstarren, war irgendetwas zu sehen oder zu hören? Aus dem Schatten der alten Steineiche geduckt mit ein paar Schritten zur Hauswand huschen, stehen bleiben und warten. Lauschen. Warten. Nur ein kleines Rascheln der Eichenblätter war zu hören, das mit dem Kommen und Gehen der Meeresbrise auf- und abebbte. Der kurze spitze Todesschrei einer Maus weiter oben am Berghang, dann wieder Stille. Der Mond zog wieder seine Bahn, strahlte schwächer, so, als habe er sein Pulver für diesen Monat bereits verschossen. Schritt für Schritt tastete sich Kornmaier an der Steinwand entlang Richtung Haustür. Und dann das. Kornmaier schreckte zusammen und schrammte dicht an einem Herzinfarkt vorbei, Nanita strich an seinem Bein entlang, kehrte um und maunzte. Sie veranstaltete in Kornmaiers Ohren einen infernalischen Lärm. Klar, sie hatte ihn erwartet. Er hockte sich hin und streichelte die Katze, die begeistert ihren Kopf gegen seine Hand stemmte und zu schnurren begann. Kornmaier presste die Lippen aufeinander und verdrehte die Augen. Liebe, blöde Katze.

Und da, genau da, hörte er es.

Er saß in seinem Ferrari und wartete darauf, dass die Schlampe losfuhr. So wie man meint, einen Schatten zu sehen, obwohl gar keiner da war, so schemenhaft war an Dr. Mitschkes Horizont der Gedanke vorbeigezogen, dass er gleich kriminell werden würde. Nicht, dass er sich mit dem Kriminellen nicht auskannte. Aber irgendwie anders als bisher. Im Grunde, wo war schon der Unterschied und: Die hatte das nicht besser verdient, erst sich einen Ring schenken lassen wollen und dann …

Mitschkes Hände umfassten das Lenkrad fester, bis seine Fingerknöchel ganz weiß wurden. Vorfreude war doch die schönste Freude.

Er hatte sich mit Billig-Deo und -Gesichtswasser eingedieselt, war eilig in die fürchterlichen Billig-Klamotten gestiegen, die Strumpfhose lag griffbereit, der Kabelbinder auch, es konnte losgehen.

Und wie auf Kommando fuhr sie tatsächlich los. Jetzt galt es: Nicht verlieren in der Dunkelheit, die dumme Schachtel. Nach Südosten also, seine Richtung, praktisch, hier kannte er jede Kurve, jede Auffahrt, jede Gelegenheit zu überholen. Im Oktober lagen schon einige Ferienhäuser verwaist, das war gut, nur das mit dem Kreischen, das war schlecht. Hier, in der Ebene, wurde jedes laute Geräusch kilometerweit getragen, er musste einfach verdammt schnell sein.

Gaspedal durchdrücken, sportlich fahren, da hatten Frauen ja keine Ahnung von. Der Ferrari war Wachs in seinen Händen, an einer Grundstücksausfahrt überholte Mitschke rasant und legte anschließend eine Eins-a-Vollbremsung hin.

Das Nächste, was er spürte, war ein kräftiger Stoß, der seinen Kopf nach hinten riss. Sie war ihm hinten draufgefahren, die dämliche Schnalle.

Ausgezeichnet, sehr, sehr ausgezeichnet, eine schöne Wutwelle, die ihn willkommen durchbrauste, war für die Durchführung seiner Unternehmung nur von Vorteil.

Im Rückspiegel sah er, dass ihr Airbag aufgegangen war. Noch besser, keine Eile vonnöten. Er zog sich den Damenstrumpf übers Gesicht und prüfte kurz die Wirkung im Rückspiegel. Von klassischer Anmutung, kein moderner Tinnef mit Trump- oder Clownsmaske. Behäbig entstieg Mischke seinem Wagen und rieb sich den Nacken, ging zum Wagen, öffnete die Fahrertür und betrachtete interessiert sein benebeltes Opfer.

Kornmaier hatte die Katze unsanft zur Seite geschoben und kniff die Augen zusammen, als könnte er so besser lauschen. Konzentration. Immer noch saß er in der Hocke und versuchte zu orten, wo das Geräusch herkam.

Schritte, das waren doch Schritte, langsam, mit einem kleinen Schlurfen, aber woher, verdammt noch mal. Irgendwo schlurfte einer, der alle Zeit der Welt hatte, dann begann ein Klopfen, so als würde jemand mit einem Knöchel auf Mauerwerk klopfen, aber woher kam es, dieses Schlurfen und Klopfen und Schaben.

Kornmaier stand mühsam auf, zu lange hatte er dort schon gesessen, stand da, hörte den Wind in den Blättern kommen und gehen und sonst nichts. Dann wieder Stille, absolute Stille. Kurz war in weiter Ferne das Aufheulen eines PS-starken Motors zu hören, wahrscheinlich sein bescheuerter Nachbar. Dann wieder Stille, lauter als je zuvor. Begann er jetzt komplett zu spinnen? Konnte es denn sein, wieder hinhocken und wirklich, jetzt war da wieder dieses Schaben und Kratzen und kurz fühlte Kornmaier eine kalte Hand in seinem Nacken. Irgendeine Reaktion aus der Steinzeit, die selbst ihn hin und wieder erreichte, denn hier unten, hier in der Hocke sitzend, mit schmerzenden Knien, da saß er am Eingang zu einer anderen Welt.

Sachte und vorsichtig zog sich Kornmaier am Brunnenrand hoch und beugte sich darüber. Ein schwaches Licht fiel unten auf den Steinboden und sorgte für den letzten Auftritt einer toten Ratte.

Warum hatte er eigentlich nie etwas in diesen Brunnen geworfen? Dann hätte er es hören können, dass da kein Wasser war, ein Steinchen wäre mit scharfem Ton auf dem Steinboden gelandet. Dann hätte er mit einer Taschenlampe hinuntergeleuchtet in die unbekannte Tiefe und dann hätte er es gesehen:

Das war kein Brunnen, das war eine Zisterne.

Und jetzt gerade war jemand da unten und dachte, Kornmaier sei nicht da.

Liebevoll griff Dr. Mitschke in Julias Haar, drehte ihren Kopf zu sich, öffnete ihren Mund und stopfte einen Hugo-Boss-Strumpf hinein. Sicher war sicher. Und erst jetzt begann Julia zu begreifen, was hier los war. Ein Überfall. Sie versuchte den aufgeblähten Airbag klein zu boxen, sie musste hier raus, musste nur an ihr Pfefferspray rankommen, musste nur … Der widerliche Gestank eines Gesichtswassers nahm ihr die Luft, musste nur an ihre Handtasche auf dem Beifahrersitz, musste nur … Mit beiden Händen versuchte sie das da in ihrem Mund loszuwerden, und was sich anfühlte wie ein endloses Kampfgetümmel, war in Sekunden geschehen. Unerwartet waren ihre Hände mit einem Kabelbinder außer Gefecht gesetzt und sie konnte nur noch sitzen und Geräusche machen.

Geräusche, die Mitschke aus seiner Berufswelt zur Genüge kannte.

Gerade noch rechtzeitig konnte er sich stoppen etwas zu sagen, sie hätte ihn an der Stimme erkennen können. Schade, sehr schade, wann war schon etwas perfekt. Also, Augen verbinden mit dem zweiten Hugo-Boss-Strumpf, dann die Dame vom Sitz zerren, meine Güte, was konnte man störrisch sein, zum Beifahrersitz schleifen, Hände mit dem zweiten Kabelbinder unten an der Sitzkonstruktion befestigen und aufatmen. Paket zur Lieferung bereit: Check.

Aus Mitschke kicherte es ein bisschen. Ferrari in der Grundstücksausfahrt parken und mit der Billig-Karre losfahren. Die größte Herausforderung. Mitschke zog den Strumpf vom Kopf und blickte kopfschüttelnd auf das völlig sinnlos tobende Wesen neben sich. Man musste doch auch mal wissen, wenn es vorbei war.

Er schnallte sich vorschriftsmäßig an, fuhr ruckelnd los und dachte mit Wohlgefühl an den Mann, der nun die ganze Nacht vergeblich auf sein Schatzi warten würde.

Kornmaier war weit davon entfernt, an Schatzi zu denken.

Er blickte unentschlossen in den Brunnen. Wer suchte da etwas? Der Lichtschein wurde heller, der Jemand bewegte sich offensichtlich, wanderte da herum, suchte etwas und wollte unentdeckt bleiben, das war die Summe dessen, was er jetzt gerade wusste.

Rätselhaft.

Es musste einen Zugang geben in diese Zisterne, aber wo? War ihm jemals eine Tür aufgefallen, die er nie geöffnet hatte? War diese Tür vielleicht von irgendeinem Gerümpel verstellt worden?

Der neue Wasserspeicher lag Richtung Osten, gab es da eine Verbindung? Ihm fiel nichts ein.

Den da unten aufscheuchen, oder die, es konnte ja auch eine die sein, und dann? Er konnte ja nicht jede Hausseite sichern, nicht, dass ihm dieser ungebetene Besucher entwischte. Und Kornmaier machte einen Plan, der seine ganze Kraft forderte, eine Kraft, die verhinderte, dass er sich jetzt über den Brunnenrand beugte und etwas hinabrief wie: »Hui-buh, ich bin das Nachtgespenst und hole dich.«

Erst mal musste er das Gekrame da unten beenden. Zum Tor schleichen, selbiges ordentlich scheppern lassen, laut die Katze begrüßen, die Haustür aufschließen, Licht machen. Dann flitzte er hoch zum Balkon und hoffte doch irgendetwas zu sehen. Nichts. Gar nichts. Nur die warme Nacht war da mit ihren Schafen, die wiederkäuend auf den Feldern herumlagen.

Dann die Treppe herunterstürmen und zum Brunnen rasen, das Licht war weg. Spannend, da bekam etwas Gestalt, eine schöne Ablenkung von … Von wem noch mal? *Kalter Entzug.* Das Adrenalin hatte so was wie eine kleine Euphorie ausgelöst und Kornmaier ging in die Küche, um endlich seinen Fürsorgepflichten nachzugehen.

Morgen würde er das Haus auf den Kopf stellen, und während der Plan in seinem Kopf an Kontur gewann, während er mal wieder eine Dose öffnete, er mal wieder den schiefen Kopf der Katze betrachtete, wusste Kornmaier, er brauchte einen Verbündeten und da fiel ihm nur einer ein: Mateo.

Totengräberchen, noch lebst du gut vom Tod.

Eine Sternschnuppe leuchtet auf dem samtenen Himmelsgrund auf und keiner beachtet sie. Eine Tote liegt in der Erde und keinem fehlt sie.

In einem Gang steht ein Mann und versteht nichts mehr

und in einem verfallenen Bauernhaus tobt eine Frau und kann sich nicht die Haare kämmen. Ein anderer Mann duscht lange, um wieder besser zu riechen. Und noch eine Frau hat sehr viele Gefrierbeutel vor sich ausgebreitet und zählt sie durch. Es sind fünfundvierzig.

Fein und still und mild lag die Nacht und genauso still und mild lag die Insel und ließ alle Wesen, die auf ihr herumturnten, gewähren, wusste sie doch, sie würde all die da überdauern.

Am liebsten hätte sich die Insel zur Seite gedreht, dann wären alle ins Meer gerutscht, aber so musste sie sich eben gedulden.

Und dann begann mit dem Sonnenaufgang das unvermeidliche Gewusel und Wünschen und Wollen und so würde es noch lange, lange, lange gehen. Nicht mal ein Seufzen war der Insel gegönnt.

DER NEUNTE TAG

Er hätte nicht benennen können, wie er sich fühlte, fragte eh keiner und wäre auch ungewöhnlich gewesen für ihn, also sich irgendwas bewusst zu machen, aber fast hätte Stefan seine Mutter doch noch angerufen. Dorothea war weg. Auch nach dem Aufwachen. Er war misstrauisch durch die Wohnung geschlichen, hatte den Kopf in die Küche gesteckt, nichts. Hatte zögernd ihre Schlafzimmertür geöffnet, vielleicht lag sie ja tot im Bett. Nichts.

«Blöde Scheiße hier.« Hatte noch ein bisschen auf die ordentlich über dem Bett ausgebreitete Steppdecke mit Rosenmuster geblickt, auf die Stoffkatze, die Puppe und den Harlekin, die am Kopfende zufrieden dasaßen und ihn ignorierten.

»Superblöde Superscheiße.« Dann hatte er die Tür sachte geschlossen und im Flur herumgestanden, dem Flur, auf dessen Fliesen er sonst das vertraute Klappern von Dorotheas Hausschuhen gehört hatte.

Da war sie wieder, die kalte Klammer, die seine Arme umschloss, ihn starr und seinen Atem kurz werden ließen.

Bezaubernde Jini. Sie war da, sie war auf dieser Insel. Sie saß in ihrer 18-Zimmer-Villa mit Panikraum und wartete auf ihn. Es half nichts, er musste unter Leute, sich in ein Café setzen, noch mal das Foto einprägen, gestern wollten sie sich ja treffen. Und dann? Dann, Stefan rieb sich über die Arme, dann wüsste er schon mal, dass sie da war und könnte Dorothea einschalten.

Aber wo war Dorothea?

Ein bisschen desorientiert trudelte der Serienkiller Stefan gerade durch seine Umlaufbahn.

Kornmaier wachte auf, weil sein Handy klingelte. Für Mateo hatte er einen Klingelton einprogrammiert. Er hob das Telefon vom Boden neben dem Bett hoch und registrierte, dass Julia angerufen hatte, Mist.

»Guten Morgen, Mateo.«

»Er sitzt nebenan«.

»Der Zombie?«

»Genau der.«

»Danke, Mateo!«

»Keine Ursache.«

Es nervte, dass er jetzt zwei Baustellen hatte, *Mr. Reiht* und das Geheimnis der Zisterne. Klang nach einem Edgar Wallace-Film, aber so musste er zumindest weniger an *kalter Entzug*, an Hibiskus und *die Dame möchte nicht* denken.

Also: Katze füttern, Aufbruch. Heute bretterte er den Feldweg herunter, eine Staubwolke hinter sich herziehend, nahm aber immerhin doch wahr, dass sein Nachbar mit verschränkten Armen in der Auffahrt stand und süffisant grinste. Wahrscheinlich wurde der langsam wahnsinnig, seines Ferraris wegen. Gestern Abend noch hatte Kornmaier sein Mietauto nach Hause gefahren und dabei diese rote Carbonschleuder passiert. Seltsamerweise hatte der

Wagen verlassen an der dunklen Landstraße gestanden, mit ramponiertem Heck. Langsam sah der Ferrari aus wie ein Stockcar. Ein Rätsel reihte sich an das nächste.

Im Club angekommen wartete Matteo schon und deutete mit dem Kopf ein Haus weiter. Und wirklich, da saß er und tippte auf einem Laptop herum. *Mr. Reiht* sah verärgert aus, etwas war nicht so, wie es sein sollte. Kornmaier würde sich jetzt erst mal niederlassen, einen Espresso bestellen und zu sich kommen. Es gab keinen Plan für diesen Fall hier. Er musste auf eine Eingebung warten, die hoffentlich kommen würde.

Kurz vor Sonnenaufgang hatte Mitschke einen Ausflug gemacht. Den Zustand der Beute prüfen.

Die Schlampe hatte randaliert. Wunderbar. Jetzt lag sie zur Seite gekippt auf dem Steinboden und rührte sich nicht. Mitschke war in der Tür stehen geblieben und hatte noch mal die Umgebung gecheckt. Keiner zu sehen. Still und klar war der Morgen, eine kleine Herbstkühle hing angenehm in der Luft und Mitschke war von ungewohnter Zufriedenheit durchsonnt. Schon beim Verlassen des Ferraris hatte er den Strumpf über den Kopf gezogen. Er stank wieder entsetzlich, aber was tat man nicht alles für eine gute Tarnung und im Namen der Gerechtigkeit.

Julia hatte den Kopf gehoben, da kam einer, aber wer?

Ein fetter Typ stand da, Maske überm Kopf wie bei

Aktenzeichen XY...Ungelöst, auf dem T-Shirt der Text: *Einer geht noch, einer geht noch, einer geht noch rein. Olé.*

Angst flutete über sie hinweg. Was wollte der?

»Losmachen, sofort!« Mal wieder krächzte es aus Julia, die nach wütendem Kampf immerhin Knebel und Augenbinde losgeworden war.

Und Mitschke freute sich, herrlich, offensichtlich hatte die Dame über Nacht ihre Stimme verloren, wie das wohl hatte geschehen können? Ein kleines Glucksen entfuhr ihm. *Vorsicht, Vorsicht! Nichts sagen!*

Gemächlich drehte er den Deckel einer Wasserflasche ab, ging die paar Schritte zu Julia und hielt ihr die Flasche hin. Ja, sie war durstig, verdammt durstig, aber von dem was annehmen? Andererseits, oder doch, oder nein.

Mitschke kippte die Flasche von rechts nach links, von links nach rechts, schaute auf die unentschlossene Dame, kippte die Flasche jedes Mal ein bisschen weiter, schon benetzte das erste kostbare Nass den staubigen Boden einer Finca, deren Dach bereits zum Teil eingestürzt war.

Julias Augen folgten dem Wasser, wie es da so tropfte, folgte der Hand, die von schwarzem Latex umschlossen die Flasche hielt und mit ihr spielte. Warum sprach der nicht mit ihr?

»Was wollen Sie denn von mir? Sagen Sie doch mal was!«

Irgendwie hatte sie nicht das Richtige gesagt. Der Fremde war aufgestanden, drehte die Wasserflasche um, besprengte weit ausholend den Boden, besprengte Julia, einer Segnung nicht unähnlich, und ging.

Draußen ließ er den Motor an und fuhr vorsichtig auf dem verwilderten Feldweg zurück in die Zivilisation. Zärtlich kratzten dabei Brombeerranken am Lack seines Wagens.

Der Zustand der Beute war eins a.

Das ökologische Gleichgewicht war aus den Fugen geraten. Dorothea war verschwunden und Stefan hing in der Luft wie Ikarus, der sich zu sehr der Sonne näherte. Und keiner da, der ihn warnen konnte.

Er saß krumm vor seinem Laptop, versunken in seiner virtuellen Welt, und erstellte ein neues Profil, obwohl er nicht durfte, aber jetzt war Dorothea weg, jetzt konnte ihm keiner mehr was sagen. Wo war *KleineBlume38?* Wo war seine Fahrkarte ins Glück? Es reichte ja noch nicht, oder reichte es doch schon?

Ein neuer Nick musste her. *SugarDaddy*, nein, vielleicht *Panikraum*, nein, er musste die ja irgendwie locken. *BinSelberReich,* keine neidischen Männer wollte die haben, *Vermögend*, wie wäre es damit, ja, das war gut, das würde er jetzt nehmen. *Vermögend*. Die Investition in seine geliebte Aufreißerfibel hatte sich inzwischen mehr als gelohnt. *Vermögend*.

Eine Vorfreude ergriff ihn. Ein eigenes Haus, eine große Mauer drumrum und keine Frau, er würde ganz so leben, wie er es wollte.

Und während Stefan routiniert ausfüllte und nach neuen Männerfotos suchte, solche mit Flugzeugen oder teuren Autos oder Segelschiffen, musste er aus irgendeinem Grund, er wusste nicht aus welchem, aus irgendeinem Grund also musste er nach links gucken, wie von einem Magneten gezogen, so als hätte jemand ein großes Schild mit einem Pfeil aufgestellt. Aus irgendeinem Grund also guckte er direkt in die Augen des Fremden, der vorgestern an ihm vorbeigesprintet war, um sich in etwas einzumischen, in das man sich nicht einzumischen hatte. Und so surreal war das, so ganz und gar unerwartet, dass Stefan länger guckte, als er es üblicherweise tat. Wenn es denn einmal vorkam, dass er von jemandem beim Gucken erwischt wurde, guckte er so schnell weg, dass es im Prinzip gar nicht stattgefunden hatte, das Gucken. Aber jetzt, jetzt guckte er wie hypnotisiert, konnte den Blick kaum lösen und all das ließ wieder die Neoprenklammer um seine Arme greifen.

Das konnte kein Zufall sein, er wurde verfolgt.

Abrupt erhob er sich, klappte den Laptop zu und suchte das Weite.

Und wirklich, jetzt rannte ein Typ hinter ihm her, rief *Hallo, hallo* und Stefan begann zu laufen und der andere auch. Schneller und schneller ging es dahin, um Ecken, durch Torbögen, treppauf, treppab und schließlich landete er in einer Sackgasse und dann war der andere da, boxte ihn in den Rücken und stieß schwer atmend »Zahl gefälligst, du Sackgesicht« aus.

Nicht der Fremde, nur der Kellner und auch der wieder kein Spanier und da bekam Stefan schon wieder Oberwasser und zahlte und trollte sich, beschloss aber, nie wieder den Plaça Mayor zu betreten.

Die Rote war gerissen. Angelika kroch auf den Terrakotta-Fliesen ihres Hinterzimmers herum und sammelte Perlen ein. Und während sie fluchte und sammelte und fluchte und sammelte und die kleinen Kugeln in ein Körbchen beförderte, ging die Ladenklingel.

Der Lieferant war da. Wenigstens etwas.

Und was machte sie jetzt mit Theo, nach der Abfuhr gestern? Nein, nicht dran denken, doch, dran denken, eine solche Kränkung, sie hatte schon alles en detail mit Josy durchgehechelt. Josy hatte was von: »Hätte ich dir gleich sagen können«, »Vergiss den Typen« und »Ist der doch gar nicht wert« gesagt. Hatte nicht wirklich geholfen. Wenigstens ein schlechtes Gewissen konnte sie ihm machen. Das war doch ein schwacher Punkt bei Theo.

Unaufmerksam war sie bei Annahme der Lieferung gewesen.

Zerstreut hatte sie dem jungen Mann zugenickt, zerstreut alles durchgesehen. Tage später hatte sie festgestellt, dass sie 800 Euro zu viel gezahlt hatte, egal.

Sie nahm den Schlüssel, schloss die Galerie ab und machte sich auf Richtung Club, vielleicht war er ja da.

Einigermaßen konsterniert hatte Kornmaier den hektischen Aufbruch von *Mr. Reiht* beobachtet. Verflucht noch eins. Der hatte ihn wiedererkannt. Verflucht, verflucht, verflucht.

Er hatte ja schon vorher keinen Plan gehabt, kurz dachte er an Mateo, ob der jetzt … Aber der war ja mit irgendeiner unsichtbaren Leine an diesem Restaurant festgebunden, also musste jemand anderes das in die Hand nehmen. Aber wer?

Und da geschah das Wunder, Angelika tauchte auf. Kam die Treppenstufen vom Platz heruntergestiegen, unverkennbar in ihrer Tunika, mit ihren tausend Ketten und Kornmaier sprang auf, lief ihr entgegen, lud sie mit weit ausholender Geste an seinen Tisch ein, wappnete sich innerlich und würde nun erst mal eine unangenehme Phase überstehen müssen. Und wirklich, während Angelika diesen und jenen Vorwurf machte und er ernsten Gesichtes zustimmte und nickte und schuldbewusst guckte, dachte Kornmaier: »Das vermendelt sich im Laufe meines kleines Menschenlebens und erst recht, wenn man an die Evolution überhaupt denkt.«

Er bestellte Angelika einen Prosecco mit Limonen-Sorbet und dann noch einen und versuchte derweil zu bedenken, wie er Angelika für seine Mission – *Wo ist Katrin?* – würde einsetzen können. Und unvermeidlich musste er dabei an Julia denken, unseligerweise, und da endlich verzieh ihm Angelika, weil er so traurig guckte.

»Sag mal«, Kornmaier winkte nach Mateo für den dritten Prosecco, »das Haus, also das, wo ich wohne, hast du mal was drüber gehört?«

Er hätte schwören können, dass sie alarmiert guckte.

»Wie meinst du das?« Angelika hatte bereits diesen kleinen Schwung zu viel in der Bewegung, sie war über einen Schwips schon hinaus. Und Kornmaier seufzte, fast hatte er es schon vergessen, dass mit Angelika kein Informationsaustausch möglich war.

»So, wie ich es sage. Gruselgeschichten? Untote? Oder so was wie«, er machte eine kleine Pause, »stillgelegte Zisternen?«

Kornmaier ließ Angelika nicht aus den Augen. Drei Prosecco, da müsste sie jetzt doch, wenn da was war!

»Na ja.« Schweigen.

»Ja?«

»Also es heißt, dass in der Zisterne, also es ist nicht unbekannt, jeder im Städtchen weiß es«, aus Angelika kicherte es und sie holte weit aus, um dann mit dem Zeigefinger ein paarmal auf Kornmaiers Brust zu tippen, »das und das und das, ist für die Nase! Jedenfalls, da lagen früher Leichen rum«, Angelika schielte in ihr Glas, »schmeckt gut.«

»Wie, Leichen?«

»Na, tote Leute eben.«

»Und wieso? Und wer hat die da hingelegt und wer hat die wieder weggeräumt? Und könnte da jemand noch was suchen? Sag doch mal!« Am liebsten hätte er Angelika mal wieder geschüttelt, wie konnte man so umständlich sein? Angelika begann zu schmollen.

»Mir dreht sich's ein bisschen, Theo-Hase, bringst du mich nach Hause?«

Grundgütiger! Ja, das würde er wohl machen müssen, vielleicht war noch irgendwas aus ihr rauszuholen, er machte sich eine gedankliche Notiz: *Angelika verträgt keinen Alkohol.* Da lag Kornmaier daneben, das konnte er aber nicht wissen.

Und während die beiden sich erhoben und Angelika kichernd an Kornmaiers Arm hing, und er versuchte, ihr die Stühle aus dem Weg zu räumen, saß einige Tische weiter Dr. Mabuse und traute seinen Augen nicht. Der Typ schleppte die Galeristen-Tusse ab und was war mit Schatzi?

Offensichtlich war dem Typen ihre Abwesenheit noch nicht aufgefallen und die geniale Entführung war noch nicht gewürdigt worden. Mitschke warf einen Blick auf seine Rolex. Zwölf Stunden waren jetzt seit der Morgenkontrolle vergangen und vielleicht würde sich die Dame dazu herablassen, nun doch etwas zu trinken. Und bestimmt wollte sie aufs Klo, aber dafür würde es nun wohl zu spät sein. Bedauerlich.

Mitschke war mit seinen Überlegungen in irgendeinem Paralleluniversum gelandet. Meisterhaft übersah er den Zustand seines Ferraris, meisterhaft überhörte er die quietschenden Geräusche, die Äste und Zweige auf dem Autolack veranstalteten, und niemand würde in seiner Nähe sein wollen, wenn Mitschke aus diesem anderen Universum wieder auftauchen sollte.

Motor abstellen, Nylonstrumpf überziehen, aussteigen, strecken, mit dem Billig-Zeug eindieseln, T-Shirt überziehen, *Olé*, Kissen drunter stopfen, die ganze Arie, dann im Wagen abtauchen, die Wasserflasche rausholen, die klemmende Haustür mit einem Ruck öffnen und gucken. Wo war sie hin?

Dass sich die Dame irgendwie bewegen könnte, war ihm nicht in den Sinn gekommen, wohin auch, wie auch? Zusammengeschnürt wie ein Paket, ging ja nicht. Die Abenddämmerung war angebrochen und Mitschke musste noch mal zurück zum Auto, eine Taschenlampe holen. Vorfreude war die schönste Freude. Im kalten Licht der Lampe würde die Dame gleich im Spot der Aufmerksamkeit herumliegen und er hoffte auf ein paar Ratten, die dort schon herumhuschten. Schon ganz am Ende würde sie sein und nun wohl etwas trinken und er überlegte schon, ob er ihr mit verstellter Stimme mitteilen sollte, dass ihr Schatz mit einer anderen abgezogen war. In der Tür stehend leuchtete Mitschke den Raum aus. War doch nicht möglich. Mitschke machte ein paar Schritte in die kleine Halle hinein, er drehte sich hierhin und dorthin, wie konnte das sein? Der Eingang in einen anderen Raum war vom eingestürzten Dach blockiert. War er im falschen Haus?

Für einen Moment erwog er das. Dann sah er sie, die durchtrennten Kabelbinder.

Somit war nun angerichtet, das Unheil konnte seinen Lauf nehmen. Ein jeder saß im Schwitzkasten seiner Lebenslage und nur ein kräftiger Schlag auf die Erdachse mit anschließender Verdrillung des Raum-Zeit-Kontinuums konnte noch irgendetwas aufhalten. Zu rechnen war nicht damit.

Kornmaier hatte Angelika nach Hause geleitet und währenddessen schon längst damit abgeschlossen, seine beschwipste Freundin irgendwie in die Jagd nach dem Phantom miteinzubeziehen. Völlig sinnlos. Kichernd hatte sie ihre Galerie aufgeschlossen, hatte Kornmaier mit sich gezogen, durch den dämmrigen Verkaufsraum, war mit ihm zum Hinterzimmer gewankt, zog und zog an ihm, was ihn irre nervte. Er verachtete dieses alberne Mädchengetue, *jetzt war mal gut hier,* Angelika ließ ihn mit einer Hand los, beugte sich zur Seite, um ins Ungefähre auf den Lichtschalter zu hauen und nach einer Schrecksekunde das Licht auch gleich wieder auszumachen. Lange genug, um Kornmaier Zeit zu geben, all das da auf ihrem Tisch zu bemerken.

»Äh, sag mal«, Kornmaier tastete nach dem Lichtschalter, fand ihn auch, »was is'n das hier?«

»Danke und Tschüss.« Angelika war mit einem Mal überraschend nüchtern. Sie begann ihn aus dem Zimmer zu schieben.

»Ist das das, von dem ich annehme, dass es das ist?« Kornmaier leistete nur wenig Widerstand, verrenkte sich nur noch ein wenig den Hals, um auf den Küchentisch zu schielen. Nicht noch eine Baustelle bitte. Dafür brauchte sie also die Tüten.

»Nein, kann ja nicht«, Angelika stemmte sich weiter gegen Kornmaier und hatte ihn schon halb durch den Ausstellungsraum geschoben, »hast ja nichts gesehen.«

Und den Weihnachtsmann gab's wirklich.

Jetzt war die Gelegenheit da.

»Du hast mir noch gar nichts von den Leichen erzählt.«

»Was für Leichen?«

»Jetzt ist mal gut hier«, Kornmaier war stehen geblieben, Angelika stemmte vergeblich weiter, »ich vergess das da eben und du erzählst mir jetzt mal gescheit, was mit dem Haus los ist.«

Schon wieder.

Schon wieder eine Kränkung übelster Art. *Der Fisch hatte den Adlerhorst verlassen.*

Ja, genau das dachte Mitschke. Krachend hatte er die Haustür zugeschlagen, sodass selbige nur noch in einer Angel hing, bereit zum endgültigen Absturz. *Der Fisch,* er trat nach einem Stein und verfehlte ihn, *der gottverdammte Fisch*, er trat nach und traf diesmal. *Diese doofe Schlampe hatte*, er ignorierte den Volltreffer auf sein Auto, *hatte den Adlerhorst verlassen.* Schwer atmend blieb er stehen und stützte sich mit beiden Armen auf der Kühlerhaube ab. Der hängende Kopf drehte sich von links nach rechts und zurück. Konnte doch nicht sein, gab es doch nicht, war doch nicht möglich. *Der gottverdammte Fisch*, konnte doch nicht sein. Irgendwer … aber wer? Der Typ hatte doch gerade noch auf der Plaça gesessen und war dann mit der Galeristen-Tusse abgezogen. Konnte es doch nicht gewesen sein. Aber wer dann? Hatte die Superschlampe Superkräfte? Ein Taschenmesser dabeigehabt? Unmöglich.

Aber wer dann? Wer?

So war das also. Mit den Leichen. Und mit Angelika.

Kornmaier fuhr zum gefühlt tausendsten Mal nach Südosten die Landstraße runter. Im Kofferraum rollten ein paar Wassermelonen herum.

Müde fühlte er sich, unendlich müde. Heute würde er keine Geheimgänge mehr suchen.

Angelika hatte ihn mit ihren Erzählungen an den Rand einer mittleren Krise gebracht, weil: irre umständlich. Und dann dieses ständige Befühlen ihrer Ketten. Am Schluss hatte er gesagt: »Angelika, wenn du noch einmal mit den

Ketten klapperst, gibt es die nächste Tote.« Da hatte sie die Ketten abgenommen, als Vorsichtsmaßnahme.

Hatte hier nicht gestern die Schrottkarre gestanden? Kornmaier bremste, legte den Rückwärtsgang ein, lenkte in die Ausfahrt und stellte den Motor ab. Warum, hätte er später nicht sagen können. Er öffnete die Wagentür und lauschte in das übliche Grillenzirpen und vereinzelte Glöckchenbimmeln, sonst Stille. Erholsam, sehr erholsam.

Langsam stieg er aus, da lag sie doch wieder, die Nacht mit all ihrem Wissen, und gab nichts preis, auch wie üblich. Immerhin wusste er jetzt, was mit Angelika los war. Kornmaier kniff die Augen zusammen. Da hatten doch die Leute mal wieder ihren Müll entsorgt. Irgendwas aus dem Autofenster geworfen, die Welt wurde und wurde nicht besser. Ein Schuh lag da, eine Sandale. Wieso hatte er eigentlich damals seine Schuhe … Kornmaier trat näher an das Corpus Delicti heran, wieso also hatten seine Schuhe so ordentlich vor seinem Auto gestanden, so ganz und gar nebeneinander, das war doch gar nicht seine Art. Kornmaier ging in die Hocke, so ordentlich war er doch gar nicht. Diese verwaiste Sandale hier war gut in Schuss, wie neu, jemand hatte also vor einer Woche für ihn seine Schuhe am Auto abgestellt, Kornmaier blickte auf die Sandale, strich kurz mit der Hand über den feinen Schotter des Straßenrandes, er kannte die Sandale, Adrenalinschub, das war doch eine von Julia. Der Julia mit den hübsch lackierten Fußnägeln. Und wieso, langsam richtete sich Kornmaier auf, wieso hatte hier gestern diese Karre von dem Irren gestanden und wieso an dieser Stelle … Verwirrt blickte Kornmaier die dunkle Straße entlang. Stand und fühlte sich alarmiert und verlassen zugleich. *Kalter Entzug*, nicht drum kümmern, ein frommer Wunsch. Wenn der mit den toten Augen, wenn der … aus Rache, dem war alles zuzutrauen. Und jetzt? Kornmaier, was jetzt?

Eine Weile stand er so da, auf dieser dunklen Landstraße, auf dieser schönen Insel, die sich auch nur Ruhe wünschte, stand da, mit einer Sandale in der Hand, blickte in diese nächtliche Welt, die nichts preisgeben wollte, die nur eine Zumutung auf die andere türmte und er beschloss, jetzt und sofort seinem Nachbarn einen Besuch abzustatten.

An Mitschkes Haustür klingelte es Sturm. Er hatte gerade den Pool durchkämpft und legte jetzt neben dem Pool Kilometer zurück. Hin und her ging es, hin und her, ein Tiger im Käfig, so als könnte die Bewegung irgendetwas ändern. Sie hatte ihn nicht erkannt, auf keinen Fall, nie und nimmer. Und jetzt noch das. Irgendwer klingelte wie blöde, und das um diese Uhrzeit. War doch schon mitten in der Nacht. Zur Hausecke schleichen und um die Ecke gucken. Aha. Da stand der Typ von drüben, dieser Bigamist, dieser Trottel. Hatte die Kuh ihn etwa doch erkannt? Und jetzt eine Riesenwelle gemacht? Und wieso dann der und keine Polizei?

Er trat einen Schritt vor. Der Bigamist hatte begonnen mit der Faust gegen die Haustür zu wummern, eigentlich wollte Mitschke wieder hinter der Hausecke verschwinden, verbot sich aber selbiges.

Stattdessen: »Ey!«

Kornmaier ließ von der Tür ab und ging über den Rasen auf Mitschke zu, dynamisch könnte man dazu sagen, kurz vor ihm hielt er an: »Wo ist Julia?«

Die war also noch gar nicht bei Schatzi aufgetaucht, die Oberschlampe, mysteriös. Wo war sie dann?

Mitschke wollte alles, nur nicht noch mal sein Selbst verlieren.

»Und wer ist Julia?«

»Beleidige nicht meinen Verstand, du Zombie. Tu – es – nicht.« Das kam so zwischen den Zähnen hindurch, schon fast genuschelt, so vor lauter Wut.

Stille. Gegenseitiges Anstarren, ungerührt im Hintergrund das mediterrane Grillenzirpen, laut und klar, wie in einer Kathedrale.

»Wieso …«

»Tu – es – nicht.«

»Ey, du Bigamist, das ist Hausfriedensbruch«, Mitschke war zwei Zentimeter dichter an Kornmaier herangetreten. Alles, was jetzt zählte, war sein Selbst: »Verpiss dich.«

»Wo – ist – sie?« Hatte Kornmaier da gerade gebrüllt? Später würde er sich mal wieder winden müssen: Wie hatte er sich so gehen lassen können?

Und Mitschke brüllte zurück: »Keine Ahnung! Hau ab jetzt hier!«

Da knallte die Sicherung durch, da geschah, was geschehen musste, Kornmaier landete einen schönen Treffer in den Mitschke'schen Solarplexus, drehte sich um, aus Vernunftgründen, um nicht noch mehr Unheil anzurichten, und strebte seinem Haus zu.

Kurz blickte er in den Garten zurück, sah, wie der Delinquent auf allen vieren auf dem Rasen verweilte und nach Luft rang. Was, wenn sich Kornmaier getäuscht hatte? Nachher war alles ein blöder Zufall gewesen? Aber irgendwie hatte es so oder so den Richtigen getroffen. Und kurz musste Kornmaier an die Pistole denken. Wo die wohl abgeblieben war? Und dann: Wo war Julia?

Und damit unweigerlich: Wo war Katrin?

DER ZEHNTE TAG

Am Herd in der Küche sprangen die Zahlen soeben auf 00:16.

»Otto?«

»Ja, ganz und gar und höchstselbst.«

»Wie geht es dir denn so?« Kornmaier machte sich auf die Suche nach einem Gecko. Rumlaufen, irgendwie Boden unter die Füße kriegen.

»Gibt wohl Stress, Theo?«

»Kann man so sagen.«

»Die Dame?«

»Irgendwie auch, habe eben einem Typen auf dessen Grund und Boden eine verpasst.«

»Oh! Anlass?«

»Der muss die entführt haben.« Und noch während Kornmaier das sagte, hörte er selbst, wie meschugge das klang. »Also, die Julia.«

»Theo?«

»Ja?«

»Nimmst du Drogen oder so? Blei in den Leitungen? Neue Medikamente? Fieber?«

»So in der Richtung, also nein, eher nicht, eventuell ein bisschen.«

»Heißt?«

»Quatsch mir jetzt nicht rein, Otto, ich fasse mal zusammen.« Kornmaier musste sich setzen und zählte an den

Fingern ab: »Also, erstens: Meine alte Schulfreundin Angelika handelt mit Koks, die lebt gar nicht von ihren Bildern.«

»Was?«

»Zweitens: Meinem Nachbarn habe ich schon zweimal eine reingehauen, erst hat er Julia mit einer Pistolen-Attrappe bedroht, dann hat er sie entführt.«

»Was???«

»Ruhe. Julia geht nicht ans Telefon, ihre Sandale liegt auf der Landstraße. Genau da, wo die Schleuder von dem Irren nachts rumgestanden hat. Zufall?« Kornmaier konnte sich selbst kaum zuhören. »Dann gibt es hier eine stillgelegte Zisterne, also hier unterm Haus, da wurden schon zu Piratenzeiten Tote gestapelt, bevor man sie begraben konnte, war schön kühl da unten. Du verstehst.«

»Äh ...«

»Nichts sagen, Otto, geht noch weiter. In der Zisterne ist jetzt einer, wenn ich nicht da bin, keine Ahnung wer und warum. Da ist dann jedenfalls Licht da unten.«

»Äh ...«

»Nee, noch nicht zu Ende.« Kornmaier guckte auf seine Handfläche, vier Finger waren schon gestreckt worden. Vier Finger des Unheils.

»Der Typ, der neulich mich, also *KleineBlume38*, treffen wollte«, für einen Moment hatte Kornmaier das deutliche Gefühl gleich so was wie einen hysterischen Lachanfall bekommen zu müssen, »der weiß irgendwie, dass ich ihn verfolge.«

Schweigen.

»Hast du gerade gekichert?«

»Auf keinen Fall.«

»Du nimmst mich nicht auf den Arm oder so?«

»Nein, Otto, bei meiner Whiskysammlung.«

»Und sonst? Fertig?«

»Fertig. Nee, Moment, und die Katrin, was ist mit der, jede Wette, dass die hier irgendwo vergraben rumliegt. So, und jetzt: *Ich habe fertig.*«

Schweigen. Otto paffte.

»Theo, komm nach Hause. Das bekommt dir da nicht.« Ein wenig bangte Otto jetzt doch um Kornmaiers Verstand, musste an dieser Julia liegen. »Komm nach Hause und erhol dich von deinem Urlaub.«

»Kann ich nicht, Otto, ich muss hier noch was erledigen, weiß nur nicht so richtig, wie und was genau.«

»Piraten, Entführung, Leichen. Wirklich, Theo«, ein Geräusch klang durchs Telefon, als wäre etwas vom Tisch gefallen, Otto war kurz nicht zu hören.

»Weiß ich doch selbst, aber hier stimmt etwas nicht.«

»Was hast du gesagt?«

»Hier stimmt was nicht, komplett überhaupt nicht.«

»Theo, was willst du jetzt machen, hast du einen Plan. Dein entzückender Nachbar wird dir deine Julia nicht an die Haustür liefern.«

»Das ist nicht meine Julia, Otto Hubertus. Also: Die Tür zur Zisterne finden, den Psychopathen heimlich verfolgen, *Mr. Reiht* heimlich verfolgen, das Feld noch mal absuchen nach der Leiche«, Kornmaier war wieder aufgestanden, hatte seine Runden durch die Halle erneut aufgenommen. Die Geckos versteckten sich heute, vielleicht hatten die keine Lust darauf, von einem Verrückten betrachtet zu werden.

»Klingt kein bisschen irre, Theo. Außerdem: Wieso hast du dich nicht an den *kalten Entzug* gehalten?«

»Ich leg gleich auf, Otto.«

»Ich sag ja bloß.«

»Und ich such jetzt den Eingang zur Unterwelt. Wird ein Zerberus davor sitzen, daran erkenn ich den dann.«

»Theo, pass auf dich auf«, Ottos Stimme klang jetzt ernst: »Komm nach München und lass diese unselige Insel Insel sein.«

Ein frommer Wunsch von Otto, das hätte sich die Insel auch gewünscht.

Vergeblich. Beide legten auf. Kornmaier ging in die Küche, zog eine Schublade auf und holte eine erfreulich leistungsstarke Taschenlampe heraus. An Schlaf war eh nicht zu denken.

Am nächsten Morgen hatte Stefan lange auf der Bettkante gesessen.

Hatte auf seine Füße geschaut, auf die Steinfliesen, auf ein paar Scherben, die an der Wand lagen und von Dorotheas Besen übersehen worden waren. Still lag die Wohnung und Dorothea war immer noch nicht da.

Er würde Kontakt aufnehmen müssen, auch wenn er es nicht wollte. Alles würde sie wieder besser wissen und für ihn entscheiden und sagen, wo es langging. Und aufpassen und rumschubsen und böse gucken. Dabei hatte er jetzt wirklich genug getan. Mit den flachen Händen strich Stefan links und rechts von sich das Laken glatt. Eine Hin-

und-Her-Bewegung, dieses Frotteelaken tat ihm gut, dieses Weiche und Raue und so saß Stefan und suchte nach Halt und Orientierung und dieses Weiche und dieses Raue, die gaben sie ihm und dann hörte er sie, die Taxe vor dem Haus. Vorsichtig stand er auf, trat ans Fenster und guckte raus, hinaus auf das Gässchen und wirklich, da war sie, seine Mutter, auf zwei Krücken, unkaputtbar.

Er hasste und er brauchte sie, und so war er froh und wütend zugleich und beschloss noch heute auszuziehen, er hatte ja noch seine »Kinderzimmer«.

Wo war Julia?

Kornmaier war hellwach und übermüdet zugleich. Kein Auge hatte er zugetan, eine blöde Scheiße, eine saublöde war das doch alles.

Kalter Entzug, ja, sobald mit Julia alles in Ordnung war, bestimmt.

Und ja, er wusste, was Otto dazu sagen würde.

Kornmaier blinzelte in die gleiche Morgenröte, in die auch alle anderen hätten blinzeln können, wenn sie denn gewollt oder gekonnt hätten. Die Sonne erwärmte ausgekühlte Körper und ließ diejenigen in dunklen Verstecken verschwinden, die das Tageslicht scheuten.

Kornmaiers Hände umschlossen die Eisenbrüstung des Balkongeländers, lösten sich, schlossen sich wieder, lösten sich, schlossen sich. Diese Rastlosigkeit machte ihn wahnsinnig, irgendetwas musste er tun. Sein Blick wanderte über die vertraute Umgebung, das Feld, die Schafe, die Kontur der Berge im Dunst, den Feldweg. Und er versuchte, Ordnung in seinen Kopf zu bringen. Ein paarmal hatte er Julia angerufen, nichts, Sprachbox, sie ging immer noch nicht ran. Kurz hatte er an die Polizei gedacht, witzlos, ganz und gar witzlos.

Und Angelika? Die hatte so was von wirklich den Draht zu richtig und falsch verloren. Hatte die früher schon Drogen vertickt? Auf dem Schulhof? Er konnte sich nicht erinnern. Da hatte sie nun also gestern Abend eine Beichte abgelegt.

»Bilder verkaufen, Theo, guck dir die doch an, davon kann keiner leben«, und dabei hatte sie wirklich furchtbar mit ihren Ketten herumgearbeitet und geklappert. Herrschaftszeiten.

Unten stand Nanita und hypnotisierte ihn mit ihren grünen Katzenaugen. »Katze, wenn du jetzt meckerst, gibt's nie wieder was!« Bestimmt wusste die Katze, wo es zu dieser Zisterne ging.

»Gibt nur was, wenn du mir sagst, wie man in die Unterwelt gelangt.« Nichts sagte die Katze, guckte nur, na typisch.

Seine nächtliche Aktion hatte nichts gebracht, gar nichts. Keine Tür zu dieser Leichenhalle aus grauer Vorzeit. Der Eingang musste außerhalb des Gebäudes liegen, ein unterirdischer Gang vielleicht. Irgendwo da draußen musste der sein, in der Wildnis, die sich hinter der Finca den Berg hinaufzog, bis ganz oben hin, dorthin, wo das Kloster lag. Vielleicht gab es einen Gang vom Kloster zu diesem Haus, ein alter Fluchtweg. Mönche, die schnaufend endlose Stufen hinaufstiegen oder betrunken hinunterpurzelten. Piraten, die

Schätze schleppten und Ringe verloren, die jetzt noch dort lagen, vom Staub der Jahrhunderte überzogen. Hetären, die die Röcke rafften und fluchend mit einer Fackel hinauf- und hinabstiegen. Und wenn man nur lange genug sein Ohr an die Steine dieses alten Ganges legte, dann würde man all diese Stimmen wispern hören und man würde vieles erfahren können …

Kornmaiers Gedanken sprangen herum wie die Zicklein auf der Weide.

Wieso hatte ihn der Irre von drüben gestern eigentlich als Bigamist bezeichnet? Wie kam der darauf? Der hatte ihn also gestern Abend mit Angelika beobachtet? Verfolgte der ihn?

Es gab deutlich zu viele Baustellen und unten, da maunzte die Katze.

Mr. Reiht war verschwunden. Was, wenn es Katrin gar nicht gab? Nicht mal das war sicher, nachher war das ein Vorwand von Julia gewesen, um ihn kennenzulernen? Aber konnte man das nicht einfacher haben? Kornmaier seufzte. Und was war mit seinen Schuhen, warum der Filmriss? Kornmaier betrachtete die Katze, die Katze guckte zurück, schloss die Augen, öffnete sie wieder und miaute anklagend.

Er würde jetzt zu Julias Wohnung fahren.

Und der Rollmops und das SOS, doch nur ein Traum? Und wieso war der mit dem Schrottferrari überhaupt so schräg drauf? Und Angelika, na ja, abgehakt, erledigt. Wo hatte er eigentlich diese ominöse Knarre gelassen? Bei den Keksen?

Kornmaier ließ das Geländer los und beschloss, dass er nun handeln musste.

Also: Katze füttern, dann zu Julias Wohnung.

Beim Verlassen des Hauses beugte er sich über den Brunnen. Feuchte Kühle stieg da hinauf, und als er in die Hocke ging und lauschte, meinte er etwas zu hören. Vielleicht das Tropfen von Wasser, unregelmäßig, wie Morsezeichen und wirklich versuchte Kornmaier Worte zu erkennen.

Sxmckn, lroskyins. Nein, das wurde so nichts.

Unangenehmerweise fühlte er so was wie eine, er wagte es nicht mal, das zu denken, eine Sehnsucht: Wo war Julia?

Und dann, in all dem inneren Drunter und Drüber vernahm er ein Geräusch, ein vertrautes Geräusch, jemand rüttelte am Gartentor.

Kornmaier schloss die Augen, nicht schon wieder, nicht schon wieder Angelika oder Angelika oder eventuell Angelika. Und wenn es Julia war? Vorsichtig lugte Kornmaier um die Hausecke, für einen winzigen Moment taumelte er in eine fremde Realität. Da stand, unfassbar, breit grinsend und fröhlich den Strohhut lüpfend, da stand doch wirklich und wahrhaftig: Otto.

Stefan umklammerte die vertraute Gardine und beobachtete, wie diese dumme Mutter da, wie die mit ihren Krücken hantierte und wie dieser dumme Taxifahrer da, wie der unwillig den Koffer zum Haus zog, war bestimmt ein Deutscher, schlimmer, ein Berliner, Stefan musste plötzlich in Deckung gehen. Er hatte die Gardinenhalterung aus der Wand gerissen.

Vor ihm krachte die Stange zu Boden.

Er würde einfach nicht aufmachen, dabei hatte sie ihn schon gesehen, hatte ihn gemustert wie man einen Fisch im Aquarium mustert, unlesbar ihr Gesicht. Also: Einfach nicht aufmachen.

Die Türklingel schrillte in die düsteren Räume, so wie ein Alarmsignal in einer verlassenen Feuerwache schrillen würde, ganz genauso. Stefan ging in die Küche, holte Leiter und Lappen, den, der ein wenig vergammelt roch, stieg die Trittstufen hinauf und stopfte mit dem Lappen der Klingel das Maul.

Ja, so alt war diese Klingel und so alt war der Hass auf die Mutter.

Klingeln, Klopfen.

»Meine Güte, ich hab dich doch gesehen! Mach gefälligst auf!« Draußen die Mutterschlampe. Stefan hielt sich die Ohren zu.

»Stefan!« Klopfen, Bummern. »Ich hol die Polizei!« Stille.

Stefan löste die Hände vom Kopf, trat an die Tür und guckte vorsichtig durch den Spion. Da stand sie, die mit dem pfeifenden Atem, die, die seine Zimmertür ausgebaut hatte, damals, als er niemanden mehr zum Spielen einladen durfte, da stand sie, die, die sein Leben ruiniert hatte, die, der schon lange mal ein Schal um den Hals gelegt werden musste, dringend.

Die Polizei, die würde sie nie rufen, das war mal sicher.

»Stefan! Wo ist Dorothea?« Und weiter schielte Stefans Auge durch den Spion. Die dumme, dumme Mutter, ein schwarzes Tuch wäre passend. Hatte er eines?

»Weiß ich doch nicht!«

»Stefan …«

»Hau ab!«

»Jetzt mach doch mal die Tür auf!«

»Nein!«

Die Mutter war aus dem Blickfeld verschwunden, war abgetaucht, saß jetzt bestimmt zusammengekauert vor der Tür, darauf würde er nicht hereinfallen. Stille.

Stefan wartete, konnte sich nicht lösen, musste die Tür bewachen.

Die Minuten vergingen, dann ein Geräusch, als würde ein Stock zu Boden poltern. Wieder Stille.

Und dann plötzlich ihre Stimme, ein Flüstern, ganz dicht an seinem Ohr: »Lebt sie noch?«

Stefan war zusammengezuckt. Er saß mit dem Rücken an der Tür, die Beine von sich gestreckt und drehte den Kopf zur Seite, dorthin, wo die Stimme herkam, dorthin, wo ihn nur fünf Zentimeter Holz von der Mutter trennten.

»Hast du sie getötet? Stefan? Du musst mir das sagen.«

»Nein.«

»Lass uns doch kurz mal reden.«

Statt einer Antwort stand er auf, trat gegen die Tür und brüllte. Dann ging er in sein Zimmer, öffnete seine Schreibtischschublade, nahm die zwei He-Man-Figuren heraus, steckte sie in eine Hosentasche, öffnete das Fenster, sprang aus dem Hochparterre auf die Straße und verschwand.

Noch hatte er ja zwei andere Zimmer auf der Insel. Sollte die dämliche Kuh doch vor der Wohnung verschimmeln.

Kornmaier war zur Gartentür geeilt und hatte sich schlicht und ergreifend gefreut.

»Nee, oder?«

»Doch, mein Lieber.«

Dann musste Otto über den Gartenzaun steigen. Irgendwo war der Schlüssel, aber wo? War doch eben noch da gewesen.

»Lass doch, geht ja auch so«, Otto stemmte sich am Tor hoch und rollte sich über den Bauch auf das Grundstück.

»Sag mal …« Kornmaier beobachtete Ottos lange Windhundgestalt und war gerührt und wunderte sich, dass er so gerührt war, und freute sich und hatte das Gefühl, dass da nun einer war, der ihn in die Realität zurückholen würde. Und dass nun Julia ganz klein werden würde und dass es keine Katrin gab, nie gegeben hatte und dass er einem Mann zweimal eine reingehauen hatte in den letzten Tagen, das war sicher auch nicht so gewesen und eine Zisterne mit Untoten gab es eh nicht, nur einen alten Brunnenschacht, Ende.

Otto klopfte sich die helle Kleidung sauber und richtete sich auf. »Du hast echt mies geklungen«, aus blauen Augen guckte Otto freundlich unter seinem Hut hervor, »und ein bisschen verrückt.«

»Stimmt.« Kornmaier grinste von Ohr zu Ohr.

»Und ich sage dir«, Otto wandte sich dem Haus zu und blickte die Steinfassade empor, »schuld an allem sind mal wieder die Frauen, wirste sehen.«

Stimmte, konnte Otto aber noch nicht wissen. Ebenso wenig, dass den guten Freunden das Schlimmste noch bevorstand.

Vier Anrufe, alle von Theo. Gut, das war gut, sehr gut.

Eine halbe Stunde hatte Julia unter der Dusche verbracht. Alles abwaschen, den widerlichen Typen, den Geruch, die Entführung, den Staub, die Demütigung, weg damit. Wie hatte ihr das passieren können? Nie hätte sie damit gerechnet, das passierte nur anderen, ihr nicht. Bei dem Gedanken hatte sie das Wasser noch ein bisschen heißer gedreht. Ekelhaft. Und was hatte der gewollt? Wen hätte er erpressen können? Doch nur den Theo? Sonst war da doch keiner, nicht dass sie wüsste. Musste dann einer sein, der das wusste, dass sie und Theo …?

Julia wusch sich zum dritten Mal die Haare, shampoonierte, ließ das Wasser über ihre Haare laufen, legte den Kopf in den Nacken, ließ es gleich wieder, kleines Schleudertrauma. Vergessen wollte sie das alles und gleichzeitig wollte sie wissen, wer da auf diese absurde Idee gekommen war. Julia drehte das Wasser ab und stieg aus der Dusche, wer da also auf diese absurde Idee gekommen war, konnte doch nur … oder vielleicht im Auftrag? Die *toten Augen von Mallorca* fielen ihr ein, konnte nur der sein, alles andere ergab keinen Sinn. Höchstens noch: Angelika? Die war doch bis zum Anschlag eifersüchtig und missgünstig und alles auf einmal. Andererseits, dieses Motorengeräusch, aber war der Entführer so dämlich mit so einem auffälligen Auto herumzukurven. Der mit den toten Augen, wo wohnte der genau? Julia öffnete ihren Kleiderschrank.

Theo, sie würde versuchen, Theo anzurufen.

»Man wird uns für Mitglieder einer Sekte halten, Otto.«

Kornmaier guckte an sich herunter. Beide in sandfarbenen Leinenanzügen mit einem Panama auf dem Kopf. Nur Otto hatte Leder-Loafer an den nackten Füßen, *Schicki-Micki-Latschen* hatte Kornmaier vor zwei Jahren gespottet und Otto hatte tatsächlich gekränkt ausgesehen und gemeint, Theo sähe aus wie ein mieser Kolonialist vom Nil und dann hatten sie sich zugeprostet und sich wieder ihrem Schachspiel zugewandt.

»Von welchem Ausflug halte ich dich denn gerade ab, Theo?«

»Ich zeig dir erst mal das Haus.« Kornmaier überhörte die Frage geflissentlich.

»Weichen mir der Herr aus, was?« Otto war nicht blöd.

»Mann, Otto, lass mich mich doch in Ruhe erst mal über deinen Besuch freuen.«

»Okay, Theo, okay.« Beide schritten am Haus vorbei und Kornmaier zeigte alles, nur den Brunnen, den ließ er vorerst aus.

Haus, Aussicht und Katze wurden gewürdigt und Kornmaier dachte plötzlich, dass er all das aus den letzten Tagen nur geträumt habe und eigentlich alles in Ordnung sei und beide nun die Zeit mit Ausflügen und Schachspielen und mit Am-und-im-Pool-Herumliegen verbringen könnten.

Leider hatte Otto ein gutes Gedächtnis.

»Und wo ist jetzt diese Zisterne?«, Otto stand, die Hände in die Hüften gestemmt am Pool und schwor bei sich, noch nicht nach Julia zu fragen.

Es ächzte aus Kornmaier.

»Wenn ich Ihnen hier mal den Weg weisen darf?« Er zeigte zur Finca und nahm Kurs auf die Haustür. Neben dem Brunnen blieben beide stehen. »Sekunde, bin gleich zurück.« Kornmaier verschwand im Haus und Otto beugte sich über den Brunnenrand und blickte in schwärzeste Nacht. Nichts zu erkennen, nur ein Hauch von Feuchte und Kühle schlug ihm entgegen und … Otto schnupperte, und sonst nichts.

»So, da bin ich wieder.«

Otto schreckte hoch.

»Otto, jetzt mach mir meine heile Welt nicht kaputt.« Kornmaier hatte ihn beobachtet, wie er da so hochgeschreckt war, hatte es ja befürchtet, aber mal so zehn Minuten aus der Realität raus sein, das war doch schön gewesen.

»Leuchte mal runter.« Er hatte die Taschenlampe in Kornmaiers Hand entdeckt.

»Da ist was, da unten, jetzt weißt du, was ich meine.« Beide beugten sich über den Brunnenrand und folgten mit den Augen dem Lichtkegel, der über den Steinboden glitt, über die tote Ratte, die Moose auf den Schachtwänden und dann auf einem nagelneuen Spielzeugauto verharrte.

»Ui, das ist neu«, Kornmaier beugte sich weiter vor, »das war neulich noch nicht da.«

»Sicher?«

»Blöd bin ich noch nicht.«

»Nur verrückt.«

»Stimmt.« Kornmaier richtete sich auf und sprach zu Ottos Rücken. »Schön, dass du gekommen bist.«

Otto lehnte immer noch über dem Brunnenrand, drehte

kurz den Kopf und nickte und tat dann das, was Kornmaier jetzt nicht in den Sinn gekommen war: »Haaaalloooo!«

Als sich der Nachhall gelegt hatte, wieder Stille.

»Sekunde mal.« Kornmaier ging in die Hocke.

»Was is'n jetzt?«, Otto wunderte sich.

»Wenn man was hört, dann hier.«

»Aha? Wieso denn da?«

»Geduld, junger Mann.«

Beide schwiegen, Otto hatte sich zusammengefaltet, hockte jetzt neben Kornmaier und guckte zweifelnd. In der Ferne die Poolpumpe, irgendwo eine Kreissäge, und aus dem Brunnen ein Geräusch, wie fallende Wassertropfen. Sonst nichts.

»Hier gibt es keine Kinder?«, Otto flüsterte.

»So was von überhaupt nicht.« Kornmaier flüsterte zurück und konzentrierte sich auf diese Welt, die da unten lag, dunkel und stumm und von Wesen belebt schien, die nachts an den Wänden kratzten und schabten und was, zum Henker, da eigentlich machten?

»Wir rufen die Polizei.« Otto richtete sich auf.

»Na, dann mach mal.« Kornmaier fand das sinnlos. *Aber bitte sehr, lieber Otto Hubertus, versuch dein Glück.*

Kornmaier setzte sich auf die Stufen neben dem Brunnen und war irritiert. Ein Spielzeugauto, verrückt, völlig verrückt. Vielleicht hatte das ein Tier dahin verschleppt, eine Krähe in den Brunnen fallen lassen, Kinder, die hier gespielt hatten, während er in der Stadt war, alles abwegig.

Vor der Finca war Otto mit dem Handy am Ohr auf und ab gegangen, hatte genickt, den Hut auf dem Kopf herumgerückt, ein wenig gestikuliert, wieder genickt, das Handy eingesteckt und dann Kornmaier informiert.

»Erstens: Kein Kind vermisst, eine Frau übrigens auch nicht«, Otto schlug ein Kreuz vor der Brust, wenn auch aus Unkenntnis falsch herum. »Zweitens: Großeinsatz am Ballermann, keine Kapazitäten frei.«

»War ja klar.«

»Gibt es hier 'ne Strickleiter?«

»Nee, aber gute Idee.«

»Wir gehen eine kaufen.«

»Machen wir.«

»Und wo wolltest du jetzt eigentlich hin?«

»Frag nicht …«

»Verstehe.«

Kornmaiers Handy klingelte. Welcher Depp … er starrte auf das Display: Julia.

»Geh ruhig ran.«

Meine Güte, war das so offensichtlich? Dieser Blick von Otto, oh Mann.

»Julia?« Kornmaier fielen zehn Steine vom Herzen, sie lebte.

»Theo, ich wollte mich mal melden, also das mit unserem Treffen neulich, das war ja ein bisschen … und da wollte ich … wir könnten uns ja … also wenn es passt für dich …«

»Geht es dir gut? Hat dich der Affe von drüben entführt?«, und schon während er das sagte, war doch wieder offensichtlich, wie absurd das war. Wie konnte er denn aus einem Zufall eine feste Überzeugung machen? Und gleichzeitig tauchte das Bild von diesem kleinen weißen Spielzeugauto auf, da unten auf dem Brunnengrund, noch ganz und gar frisch und von keinem Staub der Vergangenheit überzogen, und er blickte rüber, dorthin, wo Otto stand und an ein paar Blumen schnupperte und so tat, als würde er nichts hören, und der sich seinen Teil dachte und gern hätte er das da gerade eben zurückgenommen. Angespannt lauschte er. Was würde jetzt kommen?

»Äh, Theo«, eine kleine Pause, wahrscheinlich, weil sie sich wunderte, dass Theo nun auch verrückt geworden war, wo er doch bisher so souverän gewesen war. *Souverän*, bei dem Wort wäre Kornmaier gern im Boden versunken und biss sich auf die Fingerknöchel. Dann wurde er von Julias Stimme erlöst: »Lass uns doch erst mal treffen, da redet es sich doch besser.«

Otto mitnehmen? Otto nicht mitnehmen?

»Ich habe Besuch.«

»Ach.«

»Ein guter Freund.«

»Bring ihn halt mit.«

»Er kann sich auch allein …«

»Mich stört er nicht.« Da sank dem Kornmaier das Herz schon wieder. Es war ihr schnuppe, ob sie ihn für sich hatte, also war sie sicher nicht wirklich … nur so war das zu verstehen.

»Bis später.«

»Ja, bis später.«

»Keine guten Nachrichten?« Otto schlenderte herbei.

»Na ja, doch, im Grunde, ja.« Was Schönes und was Blödes. Konnte die Welt nicht einfach mal durch und durch nett sein? Nee.

»Otto, wir kaufen jetzt mal ’ne Strickleiter, ich will da runter.«

»Und die Dame?«

»Heute Nachmittag«, Kornmaier wusste nicht, wie er das finden sollte. »Wir zu dritt.«

»Ach.«

»Wehe.«

»Nie! Weißte doch.«

Nein, da waren sie sich bisher nie in die Quere gekommen mit den Frauen, Ehrenkodex. Aber eine kleine Warnung so zur freundlichen Erinnerung konnte nicht schaden.

»Strickleiter?«

»Strickleiter.«

Erste herbstliche Kühle liegt an diesem Morgen über der Insel, Tau glitzert unter den Olivenbäumen. Eine Frau kämmt sich die Haare, eine andere betrachtet den zitternden Zeiger einer Küchenwaage.

Ein Totengräberchen sitzt unter der Erde und wartet auf die Nacht, ein großes Kind möchte endlich etwas finden.

Zwei Männer kaufen eine Strickleiter. Und ein Dritter liegt im Wasser und starrt auf ein Mosaik.

Eine Katze läuft vorbei und weiß alles, kann aber nicht sprechen.

Eine digitale Waage und dann, was hätte sie davon? Nichts. Wer wog schon nach, keiner.

Angelika wog und raschelte mit den Tütchen und wog und kostete die kleinen Ungeschicke mit dem angefeuchteten Zeigefinger vom Tisch weg.

Ab und zu schaute sie aus dem Fenster, in den sonnengefluteten Innenhof und all der Frieden hätte sie heiter stimmen können, aber heute nicht. Heute hatte sie sich von Kornmaier verabschiedet, so innerlich und sie funzelte mit der Taschenlampe der Erinnerung in ihre Schulzeit und wie da das Leben noch so nagelneu vor ihr gelegen hatte und sie irgendwie gedacht hatte, sie käme mal ganz groß raus, unklar womit, aber auf alle Fälle ganz groß. Und wie das Leben sie dann rund und genügsam geschliffen hatte. Nur der Traum vom Mann des Lebens, der war geblieben und das war gar nicht Kornmaier gewesen, das war ja mehr ein Unvermögen, so von innen heraus, nämlich überhaupt einen in ihr Leben zu lassen und das war ihr versagt geblieben. Da hatte sie lange an ein Phantom denken können und bitte sehr, schlecht hatte sie damit nicht gelebt, und während sie all das dachte, hörte sie die Ladentür und Josy kam herein und brachte frische Ensaimadas vorbei und tippte auch ihren Finger in die kleinen Ungeschicke und half ihrer Freundin beim Eintüten, ein bisschen wie Heimarbeit, nur eine sehr lukrative eben.

»Er hat dich gar nicht verdient.« Josy biss in eine Ensaimada und musste aufpassen, dass sich der herabrieselnde Puderzucker nicht mit dem Koks vermischte, beide guckten auf diesen kleinen Fastunfall und dann auf ihr Gegenüber und Angelika meinte: »Wenn man mal strecken muss, keine schlechte Idee«, und: »Er ist abgehakt.« Prüfend hielt sie eine Tüte gegen das Tageslicht.

»Doch, doch, kannste mal glauben. Ich kauf mir jetzt eine Katze.«

Und so saßen die beiden und heimarbeiteten und sprachen über das Leben und seine Widrigkeiten und wieder schaute Angelika in den Innenhof, in dem die Sonne schon weitergewandert war und nun den Hibiskus leuchten ließ und da war ganz unerwartet ein kleiner Moment von Zufriedenheit aufgetaucht und das war es doch, mehr konnte man nicht erwarten vom Leben. Und sie seufzte und wog das nächste Tütchen ab und nickte Josy zu: »So eine getigerte Katze, was meinst du?«

Keine Ahnung hatte Kornmaier, dass er gerade eine Bewunderin verloren hatte, wäre ihm auch sehr recht gewesen. Er schaltete krachend in den dritten Gang und bedachte mit einem Seitenblick seinen Freund, der sich am Türgriff festhielt.

»Was rast du denn so, Theo?«

»Ich rase nicht, lieber Otto Hubertus, ich habe den siebten Sinn und meine, Grund zur Eile zu haben.«

Erst jetzt war die Freude über Ottos Besuch so richtig angekommen.

»Aha, und was meldet dir dein siebter Sinn gerade so?« Otto hatte beschlossen, sich doch anzuschnallen, und fingerte nach dem Gurt.

»Ich will in diese Zisterne, ich möchte gucken, ob Julia heile ist und ich freu mich, dass du da bist.«

»In der Reihenfolge?«

»Nein, natürlich andersrum.«

»Dein Glück!«

Eine Strickleiter zu finden war gar nicht so einfach.

Sie hatten etliche kleine Läden durchforstet, hatten auf der Straße mit einer Coladose gekickt und waren dann schließlich bei einem Bauern fündig geworden. In dessen Garage warteten unter einer von Spinnenweben verhangenen Neonröhre alte Reifen, Batterien, Zinkwannen und allerhand anderer Schrott auf neue Besitzer. Otto hatte die Strickleiter triumphierend aus einer Wanne gezogen.

»Und nun zu Mateo, auf einen Kaffee.«

Kornmaier schloss mit Schwung den Kofferraum, in dem jetzt das lag, was alles dramatisch verändern würde.

Eigentlich hätten jetzt schon Kornmaiers Alarmsysteme anspringen müssen.

Nun saß die Mutter-Schlampe vor Dorotheas Wohnungstür und blockierte alles. Seine Bleibe, seine Zukunft, sein Leben. Alleine kam die gar nicht mehr von der Erde hoch, das war das Gute. Klopfen und rufen würde sie, bis irgendein Nachbar … Stefan fuhr sich einmal mit dem Daumen quer vor dem Hals her, ein gut gesetzter Schnitt und weg war sie, die Mutter.

Sein Auftauchen hatte nur verhaltene Begeisterung ausgelöst, jetzt saß er in seinem neuen Zimmer und umfuhr mit beiden Händen die Kontur des PCs, liebevoll, ein wenig mit Andacht. Die letzten Tage waren einfach übel gewesen und das war jetzt ein Ankommen, das er so gar nicht hätte benennen können, aber fühlen konnte er das in einem Eckchen seines Seins.

Ein paar Gewichte würde er noch kaufen müssen und neue Halstücher und Coladosen.

Stefan streckte sich, jetzt würde alles gut werden, nein, würde es nicht, die blöde Mutter! Und wo war Dorothea? Er stand auf und warf mit routinierter Bewegung einen Schuh an die Wand, keiner hielt ihn auf, keiner sagte was.

So war es also, das Paradies.

Mateo hatte das Reserviert-Schildchen entfernt, hatte Otto und Kornmaier zugenickt und, die Serviette über dem Arm, abgewartet, was es da an Neuigkeiten gab, was er allerdings nie zugegeben hätte, also neugierig zu sein.

»Mateo, das ist mein guter Freund Otto Hubertus aus München. Otto, das ist der beste«, er wollte nicht *Kellner* sagen, das klang so, das passte nicht: »Der beste Whiskykenner dieser Insel: Mateo.«

Man setzte sich, war höflich, freute sich unter höflichen Menschen zu sein, alles schien so friedlich und freundlich und normal und die Strickleiter im Kofferraum wurde schon wieder absurd und Otto fühlte sich angesteckt von dieser Annahme des Absurden, so ohne Worte und sagte nichts dazu, sondern stattdessen: »Guck mal, ist das deine Julia?« Kornmaier warf einen vernichtenden Blick auf Otto und war sich plötzlich klar, dass das eine doofe Idee gewesen war, Otto mitzunehmen, diesen alten Spötter. Über Wochen würde der ihn noch aufziehen, den Kopf schütteln und überhaupt lästig sein.

Otto konnte Gedanken lesen. »Soll ich gehen?«

»Nee, nee, alles gut.« *Du meine Güte, Theo, wirklich.*

Aber nun war Julia schon da, strahlend mit schwingendem Haar und einem knielangen Kleid, das mit riesigen blassrosa Rosenblüten bedeckt war und irgendwie an anderen Frauen keine Punkte erhalten hätte, also von Otto und Kornmaier, aber so und mit Julia in diesem Kleid, doch, durchaus. Und schon war es aus mit Ottos Spottlust.

Kornmaier und Otto erhoben sich, Kornmaier stellte vor, rückte den Stuhl für Julia zurecht, fühlte Ottos Blicke auf sich, hätte ihm gern gegen 's Schienbein getreten, winkte aber stattdessen nach Mateo.

Kaffee und Wasser wurden gebracht, Mateo ließ seinen Blick wieder länger als notwendig schweifen, und während sie die Tassen und Gläser hoben, sahen alle die roten Striemen um Julias Handgelenke und irgendeiner musste ja was sagen, weil alles andere wäre einfach albern gewesen.

»Deine Handgelenke, Julia …«

»Ja, das kann man nicht abstreiten.«

»Hast du eine Ahnung …?«

»Nein, ein dicker Typ, der nach billigem Parfum stank und eine Strumpfmaske aufhatte.«

»Und kannst du dir vorstellen …?«

»Keine Ahnung, was der wollte, der hat auch nichts gesagt.« Julias Finger schlossen sich fester um ihr Glas, schon wurden die Knöchel weiß und Kornmaier beschloss, nicht weiter zu fragen.

»Und wie bist du wieder frei gekommen?« Otto hatte da weniger Hemmungen.

»Ich habe immer ein kleines Nagelnecessaire dabei, zum Glück.«

Eine Pause trat ein. Sonst quasselte es aus Julia, Kornmaier erinnerte sich daran, meine Güte, sorglose Stunden. Ein Trauma, sie hatte ein Trauma und er keine Ahnung, was man machte oder nicht machte. Otto hatte damit keine Mühe.

»Erzähl doch mal ganz genau, dann finden wir was, dann kriegen wir den.«

»Ich weiß gar nichts mehr so richtig.«

»Na, wo zum Beispiel?«, Otto winkte nach Mateo, es wirkte, als würde er sich gleich Popcorn bestellen wollen: »Auf welcher Straße, oder war er etwa in deiner Wohnung?«

»Otto, wirklich, wenn Julia nicht möchte …«, jetzt hatte Kornmaier Otto doch unterm Tisch gegen das Schienbein getreten, konnte nicht schaden.

Otto kniff kurz die Augen zusammen, aber war zu begeistert, um abzulassen.

»Bist du Auto gefahren?« Otto rückte vorsichtshalber ein bisschen mit seinem Stuhl von Kornmaier weg.

Erwartungsvoll blickten alle auf die schweigende Julia, auch Mateo, der jetzt am Tisch stand. Schauten also auf diese schöne Frau in ihrem Rosenkleid, wurden sich ihrer Neugierde bewusst und schämten sich ein bisschen. Rührten sich aber trotzdem nicht.

Dann blickte Julia auf: »Ach, können wir nicht über etwas Schönes sprechen? Heute?« Und dabei legte sie eine Hand um das Handgelenk der anderen und alle nickten, auch Mateo, und Otto bestellte eine Runde Champagner, einfach, weil Julia hier heil saß und die Sonne schien und es nicht mehr so elend heiß war und ein feiner, sanfter Oktobernachmittag golden auf dieses entzückende alte Städtchen Pollença blickte.

Nun würden sie diesen Nachmittag hier verbringen und Otto und Theo würden Anekdoten aus Ottos Münchner *Club für Exzentriker* zum Besten geben und Julia ein wenig Normalität schenken. Und doch konnte Kornmaier nicht anders, er sah es, fast transparent und im Sonnenlicht des Nachmittags nur schlecht zu erkennen, seine Signallampe war angegangen.

Pulste sachte über den Platz, huschte über Bäume und Menschen, über Marktstände und Sonnenschirme, unsichtbar für alle und jeden, nur Kornmaier musste mit diesem Geleuchte die Laune vermiest werden.

Nichts war, wie es schien.

Stefans Mutter hatte es nicht alleine geschafft.

Ein indigniert blickender Nachbar hatte ihr aufgeholfen, ihren Redestrom mit nach außen gekehrten Händen und hochgezogenen Schultern quittiert und war verschwunden. Der gerufene Schlüsseldienst ließ sich nicht bewegen zu öffnen, sie möge die Polizei rufen. Da hatte sie geschwankt, wenn nun der gute Junge etwas angestellt hatte und wenn nun die Schwester hilflos in der Wohnung lag, es war doch wirklich … sie rief die Polizei.

Die Wohnung wurde geöffnet, zwei Polizisten liefen gelangweilt durch die Zimmer, dachten sich innerlich so ihren Teil und besahen sich den Ausweis dieser vorgeblichen Schwester. Beide denselben Nachnamen, wohl nie geheiratet, merkwürdig, aber so waren sie, die Deutschen, was sollten sie sich da einmischen. Hungrig und müde waren sie, diese Polizisten und so überließen sie dieser Schwester, dieser Gudrun, die Wohnung, damit sie auf Dorothea warten könne, und fuhren davon.

In der plötzlichen Stille konnte Gudrun eine Uhr ticken hören und sie lauschte, sonst war da nichts und so begann sie humpelnd die Zimmer zu durchstöbern. Ein paar Tage schon war nicht gelüftet worden, sie riss die Fenster auf. Eine kleine Küche gab es, säuberlich glatt gestrichen türmte sich ein Stapel lachsfarbener Plastiktüten neben dem Kühlschrank. Im Wohnzimmer lagerte eine dunkelgrüne Couch, davor ein Tisch aus Rauchglas, obendrauf ein dicker Stapel Rätselhefte. Gudrun blickte in ihr eigenes Leben und nur heute konnte sie die Einsamkeit sehen, die in diesen Räumen wohnte und die auch ihr eigenes Leben begleitete. Wäre es nicht viel schöner gewesen, wenn die Schwestern hätten zusammenleben können. Und ohne es recht zu bemerken, liefen ihr die Tränen herab, Stefan hatte es verhindert, undankbar und renitent war er, dieser gute Junge. Gudrun wischte sich die Tränen aus dem Gesicht, sie hätte ihn nie hierherreisen lassen dürfen, das war ein Fehler gewesen. Alles war ein Fehler gewesen. In eine Anstalt hätte er kommen müssen, damals, in eine geschlossene Anstalt. Ihr Leben hatte sie für ihn geopfert, Gudruns Atem rasselte und pfiff mit neuer Inbrunst und sie musste sich erst mal setzen.

»Doro, wo bist du denn hin, sag mal, wo?«

Meine Güte, Otto holte doch wirklich seinen ganzen Bonvivant-Charme raus. Mit leichter Skepsis betrachtete Kornmaier seinen guten Freund und fragte sich, was das jetzt hier werden sollte. Otto bemerkte Kornmaiers Blick, lehnte sich zurück und ließ ein »Ach ja« hören, was nach Aufbruch klang und verstummte dann. Wirklich mal hier. Da konnte er sich später was von Theo anhören. Aber er war ja selber schuld, merkwürdig abwesend hatte er immer wieder über den Platz geblickt, als würde er was suchen.

»Also, Damen und Herren, ich breche dann mal auf.« Otto guckte auf seine Armbanduhr und ignorierte Julias überraschten Blick.

»Wir geleiten dich aber gern noch nach Hause, Julia.« Jetzt wachte Kornmaier doch noch auf und dachte an die Strickleiter, er wollte da runter.

»Das ist aber nicht nötig.«

»Julia, dieser Wer-auch-immer, meinst du, der lässt das auf sich beruhen?«

»Na gut, aber nur heute.«

»Nur heute.«

Mitschke trocknete sich ab und brütete am Poolrand über der griechischen Göttin, deren Gesichtszüge sich nur langsam glätteten. Vergurkt war das doch mal hier. Eine Abfolge an Niederlagen, ein Gedanke, den Mitschke nur schwer zulassen konnte, aber irgendwie war er so angeschlagen, dass alle Abwehrmechanismen schlappgemacht hatten. Prüfend fuhr er sich mit der Hand über den Bauch, ja, da war noch was zu spüren. Dass er überhaupt was *spürte*. Er hing dem Wort nach, Grundschule, die Klasse, seine Mutter beim Direktor, hatte er da noch was gespürt außer kalter Wut und Machtfantasien und Hass? Ja, und jetzt würde er bald einen Yogakurs bei Vollmond buchen, angewidert spuckte er ins Wasser.

Alles würde sich zurechtrücken, wenn er es dem Typen von drüben zeigen würde, und das würde er, ganz sicher. Wie sich das wohl anfühlen würde? Ein Überraschungsangriff, rübergehen, nach Milch fragen und eine reinhauen, oder am Pool nicht mehr aus dem Wasser lassen, vielleicht sollte er sich einen Elektroschocker kaufen. Ach, das klang doch Erfolg versprechend und die ganze Zeit am Pool sitzen und lachen und um den Pool herumlaufen und auf die Finger treten und von der Leiter wieder runterschubsen.

Mitschke richtete sich vorsichtig etwas auf, das war ein guter Plan, wo kriegte er jetzt einen Elektroschocker her?

»Was war denn das vorhin, Otto Hubertus von Langenstein? Eine Flirt-Attacke, was? Vor meinen Augen?«, Kornmaier klang so mittelernst.

»Mea culpa, ich werfe mich in den Staub, ich …« Otto wagte einen Seitenblick auf Kornmaier, der unlesbar neben ihm saß und mit dem Wagen die Landstraße runterbretterte. War der wirklich sauer? Otto konnte ja einen guten Grund vorbringen: »Aber …«

»Höre ich da ein Aber? Wirklich jetzt?«, Kornmaier bog mit quietschenden Reifen in den Cami ein und warf routinemäßig einen Blick auf die lädierte Mauer.

»Ja, ein Aber! Weil: Ihro Gnaden waren mit dem Platz beschäftigt und nicht mit unserem Gast, der lieblichen Julia.«

»In der Tat.« Kornmaier schwieg, Otto schwieg.

»Der Irre von drüben hat die Mauer an der Kreuzung ramponiert.«

»Aha?«

»Genau das.«

Kornmaier war verstimmt, war sonnenklar.

»Tut mir leid, Theo.«

»Hm.«

»Wie kann ich …«

»Gar nicht.«

»Aber jetzt mal ehrlich, was hast du da die ganze Zeit auf dem Platz gesucht?« Otto stützte sich angesichts der wilden Fahrt über den Feldweg mit einer Hand am Armaturenbrett ab und schielte zu Kornmaier rüber.

Kurz vor dem Zaun bremste Kornmaier ab und schaltete den Motor aus.

Er hatte sich zurückgelehnt und betrachtete die Staubschichten im Wageninneren.

»Die Signallampe hat gesendet.«

Stille.

»Oh.«

»Ja, oh.«

»Irgendeine Ahnung?«

Kornmaier fuhr mit einem Finger durch den Staub auf der Mittelkonsole.

»Irgendwas mit Julia. Oder diesem Rosenüberbringer. Oder dem Nachbarn mit der Schrottkarre. Irgendwas, aber ich seh nichts, kann nichts erkennen und vielleicht liegt die Lösung da unten, in der Zisterne. Mich irritiert ja nichts so schnell, Otto, weißte ja, gut, vielleicht Gelnägel, die ja«, und wenn man ehrlich war, noch etliches mehr, »aber dieses Spielzeugauto da unten, das hat mir einen Schrecken eingejagt, einen heiligen Schrecken und ich kann nicht mal sagen, warum.«

Hatte Kornmaier schon mal so viel gesprochen? Also am Stück? Selten.

Otto zog die Mundwinkel runter und nickte. Blickte geradeaus, schaute auf die Finca, die sonnenwarm im Abendlicht lag, betrachtete Nanita, die ohne Eile den Weg herunterkam, und musste zugeben, er hatte da auch was gefühlt oder geahnt, jedenfalls: Da unten stimmte was nicht. Sie mussten da jetzt runter, da war was und er wollte das auch wissen und mit Kornmaier an seiner Seite konnte eh nichts schiefgehen.

Dachte er sich so, konnte man ja auch schnell mal falsch liegen, mit so einer Annahme.

In der Küche hatte Kornmaier ein paar Oliven eingeworfen, dazu trockene Käsekekse. Otto hatte mit den Augen gerollt und Tomaten zerschnitten, zierlich auf einem Weißbrot drapiert und mit dem fertigen Brot Kornmaier zugeprostet. Beide standen in der Küche, lehnten an den Arbeitsplatten und sahen auf Nanitas schrägen Katzenschädel, lauschten ihrem Geschmatze und dann hatte Kornmaier feierlich die Strickleiter ausgerollt und überlegt, wie und wo man die wohl am besten befestigen könne, und Nanita hatte sich auch gleich in den Pappkarton gerollt und die Katzenaugen zu schmalen Schlitzen verengt und mitten in der Betriebsamkeit stellte Otto fest: »Wir brauchen eine zweite Taschenlampe.«

»Nee jetzt.«

»Doch jetzt.«

»Kannst meine haben.«

»Nee, du gehst voran.«

»Und wieso?«

»Wenn dir das Monster die Taschenlampe aus der Hand schlägt, will ich das noch sehen können.«

»Jesus.«

»Genau.«

»Dann, in Gottes Namen.«

»Du wartest aber!«

»Logo.«

Kornmaier überreichte Otto seinen Autoschlüssel und setzte sich seufzend auf die warme Treppenstufe vor dem Haus.

In zartem Rosa lag durchsichtig und milde der Abendhimmel über dem Tal. Begann der Duft der Datura die Luft schwer und süß werden zu lassen und aus der Vielgestalt der Welt wurde nur noch ein schwarzer Scherenschnitt.

Die Tiere der Dämmerung begannen aus ihren Verstecken zu kriechen.

Ein Aufschub. Und dann? Warum sollte das Böse dort unten wohnen? Er steigerte sich in was rein, sah Geister, verstand nichts, erhoffte sich was und fürchtete sich zugleich davor, wirklich etwas zu finden.

Und was würde das dann sein?

Ein Skorpion eilte über den Steinboden, wo der wohl hinwollte, meine Güte, all dieses ständige Irgendwohin-Wollen. Konnten denn nicht alle einfach mal still sitzen.

Kornmaier sah auf seine Uhr, stand auf und leuchtete in den Brunnen.

Wo blieb Otto? Das Licht der Taschenlampe tastete über Moose, Steine und Ratte und … Kornmaier leuchtete hierhin und dorthin, das Spielzeugauto war verschwunden.

Er ging in die Knie und lauschte durch das kleine Tor in diese andere Welt, die da unten lag. Stille. Nichts, gar nichts.

Langsam stand er auf, nahm die Strickleiter und zog kräftig an der Verankerung, kam ihm stabil vor. Otto würde sauer sein, ein gerechter Ausgleich im Grunde zu vorhin. Selbst schuld.

Kornmaier spürte seinen Herzschlag, ein Abenteuer und vielleicht doch etwas anderes. *Abenteuer*, das hatte so einen positiven Beigeschmack und der war hier nicht garantiert.

Vorsichtig stieg Kornmaier über den Brunnenrand und tastete mit den Füßen nach den Stufen der Strickleiter.

Dann begann er den Abstieg.

Otto fluchte. Der Bankautomat war außer Betrieb.

Nur Bargeld wollte der Ladenbesitzer für die Taschenlampe sehen, dass es so was noch gab, Schwarzgeld kassierte der hier ein, alles Betrüger. Otto hatte dem Verkäufer tief in die Augen geguckt, mit dem Zeigefinger auf die Taschenlampe gedeutet, mehrmals *importante* gesagt und sich dabei mit der anderen Hand auf die Brust geklopft. Sollte jetzt wohl klar sein, er wollte dieses letzte Exemplar einer Eins-a-Nato-Taschenlampe. Stand da jedenfalls drauf.

Regungslos hatte der Verkäufer geguckt, ein bisschen Kaugummi gekaut und dann die Lampe unter dem Ladentisch verstaut und genickt.

Also in die Bank und in der Bank eine Schlange, was sonst.

Otto stand und wartete. Wehe, wenn Theo schon allein runterstieg, weil ihm die Warterei auf den Keks ging, war ihm zuzutrauen. Langsam ging das hier voran, sehr langsam, bald würde der Schalter schließen, oder das Geld wäre alle. Eine Blondine stand jetzt vor ihm am Schalter, ein netter Käfer. Sagte man doch so, früher, ganz früher jedenfalls. Blond, leider kurze Haare, aber konnte auch nett sein. Aber das Outfit: *Bonjour tristesse*, eine lange schwarze Hose, eine dunkelbraune Bluse, ach, und ein Schlapphut, wie den 70ern entsprungen. Jetzt setzte sie den Hut wieder auf, hatte wohl eine Gesichtskontrolle gegeben, Ausweis, größere Summe und so, schade, würde er ihr gar nicht zulächeln können, sehr schade, und merkwürdig, auf alle Fälle sehr auffällig … Ottos Gedankenstrom wurde unterbrochen, er war an der Reihe und der Käfer hatte sich entfernt, ohne den Kopf zu heben. Otto sah ihr nach und wunderte sich, runzelte die Stirn und nur etliche »Next«, »Nächster«, »Next«, »Hello«, holten ihn zurück und ließen ihn 100 Euro abheben.

Nun hatte Kornmaier die fremde Welt da unten betreten, die mit der anderen Dimension und dem nächtlichen Klopfen und Schaben. Diese Dimension, in der längst verstorbene Geister Spielzeuge herumliegen ließen und auch wieder mit spinnenfeinen Fingerchen einsammelten.

Kurz überkam ihn der unangenehme Eindruck, jemand könnte oben stehen und die Strickleiter einfach hochziehen, aber da oben war nur das Rund des schwindenden Tageslichts zu sehen. Wo blieb eigentlich Otto?

Kornmaier stand und sog vorsichtig die Luft ein und lauschte. Nichts war zu hören. Klamm war es hier unten und in die modrige Kühle mischte sich der süße Duft der Verwesung. Ganz schwach pulste seine Signalleuchte in den Gang, der vor ihm lag, glomm nur kurz und matt auf und ein anderer hätte dieses feine Signal erst gar nicht bemerkt. Kornmaier hob die Taschenlampe. Jetzt galt es! Es hatte ein bisschen was von Geisterbahn, jederzeit rechnete er damit, dass eine Leiche von der Decke stürzte und, an unsichtbaren Drähten federnd, vor ihm hängen blieb. Eine Spottleiche nur für ihn, weil ja sonst hier keiner runterkam. Kornmaier rollte die Augen. *Fantasie abstellen, umgehend!*

Hier hatte mal in grauer Vorzeit Wasser gestanden, die Steinwände waren glatt behauen und Kornmaier registrierte eine erstaunliche Deckenhöhe. Der Lichtstrahl glitt über Wände und Böden, erfasste flüchtende Ratten und hin und wieder deren verstorbene Angehörige. Immer wieder waren an den Wänden merkwürdige Spuren zu sehen, jemand hatte hier versucht, die Wand aufzustemmen. Hatte ein Loch gemeißelt, aufgegeben und an einer anderen Stelle weitergemacht. Dieser Jemand hatte hier was gesucht und würde bald weitersuchen. Für einen Moment stand Kornmaier still und lauschte, leuchtete zurück, die Strickleiter hing noch da, wo, verdammt, blieb Otto? Er schaute wieder nach vorne und bemerkte zur Linken eine Öffnung in der Wand. Vielleicht ein weiterer Gang, die Verbindung zum Kloster, ein Was-auch-immer. Kornmaier hatte den deutlichen Eindruck, dass er gleich etwas finden würde, ein Sog war da, etwas, das ihn dorthin zog und gleichzeitig wollte er es doch nicht so genau wissen und er ahnte, dass Otto irre sauer sein würde, weil er diesen Moment verpasste und kurz erwog er doch noch zu warten. Aber das war irgendwie unmöglich geworden und so trat Kornmaier in den Raum und ließ den Lichtkegel über eine Welt wandern, die ihn dazu brachte, sich an der Wand abzustützen, einfach um sich zu vergewissern, dass er den Kontakt zu seiner eigenen Welt noch nicht verloren hatte.

Otto wäre ihm noch lieber gewesen, wo blieb Otto?

Und da war sie wieder, als ferne Erinnerung, diese Frage: »Wo war Katrin?«

In diesem Raum lag die Antwort.

Eine kleine Tüte baumelte an Ottos Handgelenk. Darin die famose Nato-Taschenlampe, sie war wirklich irre hell, der Verkäufer war ihm fast in den Arm gefallen und bedeutete ihm, nie, nie, nie, nada, nada, nada und unter keinen Umständen damit jemandem in die Augen zu leuchten. Gütiger, das Ding war die reinste Waffe.

Otto fühlte sich beflügelt und so kam es ihm sehr gelegen, dass gerade Julia um die Ecke bog und ihm in die Arme lief. Otto blieb stehen und strahlte sein Bonvivant-Strahlen unter dem Panamahut, breitete die Arme aus und konnte nicht anders, als zu rufen: »Julia, was für eine Freude!«

Und Julia war stehen geblieben und lächelte zurück und war doch in Eile, aber unhöflich wollte sie auch nicht sein: »Ach, Otto, du schon wieder hier?«

»Ja, musste noch was kaufen«, Otto deutete auf sein Handgelenk. »Habe übrigens vorhin einen Leidenszwilling getroffen.«

»Einen was?«

»Einen Leidenszwilling. Bei der Bank. Hatte so malträtierte Handgelenke, wie du.«

Instinktiv griff Julia nach einem Handgelenk.

Und Otto fühlte direkt Kornmaiers Tritt an seinem Schienbein, ja, war doof, war nicht nötig gewesen.

»Tut mir leid, ich wollte jetzt nicht …« Er guckte zerknirscht.

»Ach, alles gut«, Julia lächelte wieder, »bin ja nicht aus Zucker, also sozusagen.«

Hatten Otto und Kornmaier Julia nicht gerade erst nach Hause begleitet?

»Musst du nach Hause, Julia? Ich begleite dich gerne noch mal.«

»Das wäre mir wirklich ganz lieb, ist ja doch schon dunkel, aber ich musste noch mal weg.« Julia hakte sich bei Otto ein, was ihn überraschte und sofort fühlte er noch einen Tritt am anderen Schienbein.

Angenehm war diese leichte Hand Julias und Otto scherzte so vor sich hin und hatte Kornmaier schon fast vergessen.

»Und was hast du da Schönes gekauft?« Julia sah schon ihr Wohnhaus auftauchen.

»Eine Taschenlampe für den Brunnen.«

»Eine Taschenlampe für den Brunnen?«

»Ja, Theo vermutet irgendwas Sinistres da in der Zisterne. Ist natürlich Unsinn.«

Sie waren vor dem Haus angekommen und Julia hatte sich Otto zugewandt.

»Du, Otto, würdest du noch mit nach oben kommen?« Julia blickte die Straße runter: »Da würde ich mich doch sicherer fühlen.«

Für einen Moment verstummte Otto, Julia würde doch nicht etwa … und Theo wartete ja und überhaupt … aber er musste ja nicht, er konnte ja auch wirklich einfach wieder gehen.

»Gerne, Julia, mach ich gern.«

Und so stieg er mit Julia die mit Granit belegte Treppe hoch und glaubte sie hier in Sicherheit und oben angelangt sah er zu, wie sie die Tür aufschloss und die Wohnung betrat und sah sich selbst, wie er da so vor der Wohnungstür herumstand und sich dämlich vorkam und dann erlöste

Julia ihn und sagte: »Na, jetzt kannst du auch schnell noch von meinem guten Grappa kosten.«

Und schon waren die Würfel gefallen, und noch während sich Otto sagte, dass er ja gleich wieder gehen und nun endlich zu Theo fahren würde, während er das also noch so dachte und sich kurz im Spiegel ansah mit der ganzen Grandezza eines dichtenden Filmregisseurs von Film-Noir-Kunstwerken, da gingen dem Otto Hubertus die Lichter aus.

Jemand hatte ihn niedergeschlagen.

Theophil Kornmaier checkte erst mal, ob die Strickleiter noch da war, sie war noch da. Dann lauschte er, nichts, Stille. Also wieder in dieses Kuriositäten-Kabinett, das war Kornmaiers erster Gedanke gewesen.

Ein Sammelsurium von, ja, wovon?

Wer hatte das hier alles angesammelt? Wer saß hier unten und stopfte seine Höhle voll, wie eine Elster ihr Nest vollkramte? Und wer schlug hier Löcher in die Mauern? Und wieder kroch Kornmaier ein Schrecken über den Rücken und er rechnete jede Sekunde mit einem Horror-Clown, der sich aus dem Gang zu ihm hereinbeugte und seinen taumelnden Bewegungsapparat mit einem riesigen Schlüssel selbst wieder aufzog.

Aber immer noch lag der Gang still und wo, verflucht noch eins, blieb Otto?

Kornmaier hatte begonnen alles ein wenig genauer anzuschauen, da war eine Carrera-Rennbahn, eine Burg mit

Playmobil-Figuren, Kastanien-Männchen standen auf Lego-Schiffen herum, einige Coladosen, so was wie ein Arbeitstisch war da, mit Papierschnipseln, Papierfliegern, einer Mauer aus Zuckerwürfeln, getrockneten Blumen, ein Strauß Plastikrosen hing an der Wand, daneben klebten Fotos von Frauen, von einer Datingseite heruntergeladen und ausgedruckt. Unter jedem der Fotos hing an einem Nagel ein Seidentuch, und ein paar Haare waren über die Fotos wie eine Frisur drapiert, anscheinend mit Heißkleber fixiert. Drüber ein kleines Zettelchen mit kindlicher Hand beschriftet: Peggy, Christa, Adele, Katrin.

Kornmaier musste sich setzen. Hier war Katrin. Und immer weiter ließ er die Taschenlampe wandern. Postkarten, geschrieben und nie abgeschickt.

»Liebe, böse Mutter, du kannst mich mal, du Stromerhexe. Dein Nichtkind.«

»Liebe, böse Mutter, sollst schmoren im Höllentopf. Dein Junge.«

»Liebe, böse Mutter, bist eine böse Schachtel, stirb doch mal.«

»Liebe, böse Mutter, bist gar nicht die richtige Mutter, bist nur die falsche. Ende.«

Kornmaier drehte und wendete die Karten, ein ganzer Stapel lag da noch, er würde die alle mitnehmen, nachher. Und weiter wanderte der Lichtstrahl, da hingen Fotos an der Wand, wieder mit Heißkleber befestigt, zwei Kinder, zwei Frauen vor einem weißen Fertighaus, eine Frau war mit einem schwarzen Filzer mit einem Totenkreuz versehen worden. Die Frauen in Blümchenkitteln und Hauspuschen, sich an den Händen haltend, der kleine Junge im Ringelpulli und kurzen Lederhosen, das Mädchen mit lockigem Pferdeschwanz und einer Puppe im Arm. Keiner lächelte, ernst blickten sie in die Kamera. Ein zweites Foto zeigte einen Jungen, der auf einem Dreirad fuhr, der Oberkörper nach vorne gebeugt, um ordentlich Geschwindigkeit zu bekommen.

Über den Fotos hing eine riesige Schatzkarte, wie aus dem Bilderbuch, an den Rändern ein bisschen angesengt, Mallorca war zu sehen. Kornmaier stockte, Pollença und dann ein kleines Kreuz genau da, wo seine Finca stand. Im Licht der Taschenlampe sah er die Spiegelung auf diesem Kreuz. Wer immer hier unten hauste, hatte dieses Kreuz dort selbst eingezeichnet. Ganz unten rechts in der Ecke tauchte das Logo von *Gasolin* auf. Die Firma gab es nicht mehr, aber diese Schatzkarte, die mal der Werbung gedient hatte, die hatte es in diesen Keller geschafft, und an diese Schatzkarte glaubte irgendein Kind, ein Kind, das, nein, konnte kein Kind mehr sein, was machten die Frauenfotos hier? Langsam streckte Kornmaier die Hand aus und nahm das Foto von der Wand, das mit den vier Gestalten, drehte es um und las: Julia, Stefan, Tante Gudrun und Mutti Doro 1985.

Kornmaier war froh, dass er saß.

Es hatte ein bisschen gedauert, bis das alles in Kornmaiers Kopf eingesickert war. Was, wenn Otto Julia getroffen hatte in diesem winzigen Städtchen und dieser Depp, dieser eitle

Fatzke, dieser Obertrottel, vom Brunnen erzählt hatte und dass er und Otto da runterklettern wollten … Kornmaier war aufgesprungen, war zur Strickleiter gestolpert und war, immer wieder die Stufen verfehlend, die Leiter hoch. Er hasste Strickleitern und diese besonders. Oben sah er: vier Anrufe von Julia. So, kein Auto da. Julia anrufen, nee, erst ruhig atmen, dann Julia anrufen. Wo kriegte er jetzt ein Auto her? Nein, vorher Otto anrufen. Otto ging nicht ran, komplett untypisch, da stimmte was nicht. Wieso ging Otto nicht ran? Kornmaier widerstand dem Impuls, noch mal anzurufen. Schon begann sich ein Horror-Szenario in seinem Kopf zu formen, Julia wusste das mit dem Brunnen, und wenn er jetzt öfter bei Otto anrief, würde sie das wiederum dazu bringen, Verdacht zu schöpfen. *Mann, mann, mann.*

Für einen Moment stand Kornmaier unschlüssig im Garten herum. Er musste Julias Stimme hören, versuchen, etwas herauszuhören, vielleicht schoss seine Fantasie mal wieder übers Ziel hinaus. Er starrte auf sein Handy. Also: Julia anrufen.

»Julia? Du, ich hab gesehen, du hast angerufen?« Es war dunkel geworden und Kornmaier lauschte in das Handy, das jetzt der Mittelpunkt der Welt war.

»Bist du gerannt?«

»Ja, zum Telefon. Ein Freund hat angerufen. Und jetzt habe ich erst deine Anrufe gesehen. Du, ich sitz hier ganz gemütlich auf der Terrasse und trink einen schönen Roten. Ich warte auf Otto, den hast du nicht zufällig …?«

Und wieder lauschte Kornmaier und hörte diese kleine Schärfe in ihren Worten, etwas Fremdes, so ein bisschen nach Rechtfertigung klang das. Mit Julia stimmte was nicht. Kornmaier legte den Kopf in den Nacken und besah sich das Weltall und nahm Abschied von dieser Frau, von der er gedacht hatte, dass sie vielleicht mal wieder eine Liebe hätte werden können, und ihm fiel ein, dass er irgendwann mal gedacht hatte, dass sich *freuen* und *bereuen* so arg reimen würden.

»Nee, leider nicht, ist er nicht bei dir?«

Kornmaier verzog das Gesicht und bemühte sich, sich das nicht anhören zu lassen.

»Komisch, na, ich trink noch ein Gläschen und warte einfach auf ihn. Schlaf gut, Julia.« Ihm war danach zu weinen, letzte Worte in ein altes Leben gesprochen, nicht mal Zeit fürs Abschiednehmen war da, er musste jetzt Otto retten. Aber wenn sie und das stumme Gesicht wirklich Otto ausschalten wollten, wo würden sie ihn hinschaffen? Er musste was machen, irgendwas. Kornmaier suchte nach seinen Autoschlüsseln, quatsch, das Auto hatte ja Otto. Jetzt nicht reinsteigern, ruhig bleiben, den Überblick bewahren. Wie kam er jetzt an ein Auto? Irgendwo würden die den Otto hin verfrachten, aber wohin? Und wieso eigentlich? Otto hatte doch gar nichts … nein, es war keine Zeit zum Nachdenken, dem Instinkt folgen, am besten mit kaltem Herzen. War die einzige Option.

Kornmaier fiel in einen Wolfstrab und sah nur eine Möglichkeit. Sein Nachbar musste ihm den Ferrari leihen.

Heilige Mutter Gottes, nein, im Beten war er immer schlecht gewesen, lieber nicht. Kornmaier bog auf das Grundstück ab, hob die Faust und wummerte mal wieder gegen die Tür von dem Bekloppten. Dabei brüllte er »Notfall«. Nichts rührte sich. Also ums Haus rum und da stand Mitschke, mit erhobenen Fäusten, alarmiert und offenbar bereit, sich zu verteidigen.

»Ich brauch Ihr Auto.« Kornmaier war zum Siezen zurückgekehrt. So als könne das die Faustschläge vergessen machen.

»Äh …«

»Ein Notfall, ein Verbrechen verhindern. Also Sie, Sie können ein Verbrechen verhindern.«

»Sie sind wohl …«

Kornmaier machte zwei Schritte auf Mitschke zu, der instinktiv zurückwich.

»Keine Zeit für Gequatsche. Möchten Sie ein Verbrechen verhindern, ja oder nein?«

»Äh …«

»Gut, dann den Autoschlüssel, schnell.«

»Ich fahre aber.« Mitschke guckte störrisch.

Einen Moment zögerte Kornmaier, wollte er wirklich diesen Psycho dabeihaben?

»Gut, wenn Sie schnell fahren.«

»Was sonst.«

»Dann los.«

»Und wohin?«

Tja, das war die Frage der Fragen.

Kornmaier starrte auf die Straße, neben ihm Mitschke, der den Ferrari aufbrüllen ließ und den Cami runterjagte. An der Kreuzung musste er die Richtung angeben. Zu Julias Wohnung? Da waren die doch schon längst weg, aber wohin dann?

»Sie haben die Julia, also die Frau von der Sie dachten,

es sei meine, also die haben Sie doch entführt. Das spielt jetzt übrigens keine Rolle mehr, niemand wird Sie anzeigen. Da müssen wir hin. Also dahin, wo Sie die festgehalten haben.«

»Okay.«

Aha, dachte sich da der Kornmaier, ein kleiner Nebenerfolg, war ihm egal, war ein Versuch wert, war eine Idee, dass sie Otto dahin schaffen würden, das reizende Geschwisterpärchen. Da wusste Julia schon, da würde keiner hinkommen. Abgründe, Kornmaier hielt sich am Türgriff fest. Der Irre gab wirklich Gas.

»Darf man erfahren …«

»Die ehemalige Dame und ihr Bruder sind Serienkiller und jetzt haben die meinen besten Freund.«

Das war selbst für Mitschke ein wenig überspannt, wahrscheinlich wohnte er gerade einem psychotischen Schub seines Nachbarn bei, da war es ja am besten, einfach mitzumachen, nicht, dass der noch mehr durchdrehte. Und ein unbekanntes Gefühl beschlich den Mitschke, eines, das er gar nicht kannte und von dem er nicht hätte sagen können, was es war, aber unangenehm war es nicht.

Und mit wachsender Begeisterung donnerte er über Bürgersteige, rammte Absperrungen und ließ seinen PS freien Lauf.

Otto dämmerte an einem unbekannten Ort, in einer unbekannten Verfassung, dem Wachzustand entgegen. Fest verschnürt und geknebelt lag er auf der Erde und atmete den Staub eines unbefestigten Weges ein.

»Stefan, du musst das jetzt auch mal lernen.« Julias Stimme war zu hören. Julias liebliche Stimme, die jetzt eine fremde Härte hören ließ.

»Ich kann das ja, aber mach noch mal vor.« Eine Männerstimme, die er nicht kannte.

»Du mit deinem Seidentuchscheiß, das dauert viel zu lange.« Julias Stimme. »Hier, mit einer Gitarrensaite.«

»Mach noch mal vor.« Die Männerstimme klang ein wenig klagend.

»Mutti ist verschwunden, du musst jetzt auch mal Verantwortung übernehmen.«

»Wieso ist Mutti weg? Die ist gerade angekommen, die blöde Kuh!«

»Doro ist unsere richtige Mutter und die aus Deutschland, das ist Tante Gudrun.« In Julias Stimme schwang etwas wie grausame Selbstgerechtigkeit. »Wird Zeit, dass du das mal erfährst.«

»Was?« Lageveränderung der männlichen Stimme, der Typ war aufgestanden und ein paar Meter weggegangen.

Otto wagte es nicht, sich zu bewegen. Bloß keine Aufmerksamkeit, sollten die sich streiten, aber wer stritt sich schon ewig, eine aussichtslose Lage und was war das mit der Gitarrensaite? Und wer musste hier was lernen?

»Deinetwegen, Stefan, deinetwegen.« Zufrieden klang Julias Stimme.

»Was is'n das hier für eine Oberscheiße?« Der Typ kam zurück. »Was erzählst du denn da für einen Obermist.«

Stille.

»Was jetzt, Jule, jetzt sagst du nichts mehr, oder was. Jule, sag was!« Die Stimme fast über Ottos Kopf. »Gleich krieg ich 'ne Wut, Jule.«

»Das ist das Problem, du Volltrottel, deine Wut!« Julias Stimme entfernte sich und hatte die kühle Selbstbeherrschung verloren: »Deine bescheuerte, bekotzte Wut.«

»Ach so? Ach ja? Na und?«

»Das Jugendamt hätte dich doch einkassiert, damals.«

»Hä?«

»Und da hat Gudrun auf dich aufgepasst und Mutti hat das Land verlassen, nur damit du Pfeife nicht ins Kinderheim musstest.« Julias Stimme war zurückgekehrt.

Stille.

Dorothea war seine richtige Mutter, hatte er das nicht immer geahnt? Die fiepende Kuh mit den Lockenwicklern war nur die blöde Tante. War das nicht viel schöner? Eine viel, viel bessere Mutter war das doch, die Dorothea. Und: Wieso hatte er das so komplett vergessen?

»Wieso denn ins Kinderheim?«

Stille.

»Wieso ins Kinderheim?« Der Typ war Julia gefolgt, Otto konnte nichts sehen, alles spielte sich hinter seinem Rücken ab. Sachte bewegte er sich, prüfte die Fesselung, nichts ging, gar nichts. In was für eine Scheiße war er hier reingeraten? Wo war Theo, wenn man ihn mal brauchte? Und wieso war Julia so abgedreht? Und wer war der Typ und was wollten die mit einer Gitarrensaite …?

»Weil du den Tuppi umgebracht hast.«

»Den Tuppi.«

»Den Tuppi, genau den.«

»Wer ist Tuppi?«

»Wer war Tuppi, du Vollidiot.« Julia umrundete Otto und ihre Schuhe tauchten vor seinem Gesicht auf. »Tobias Huppenrieder.« Julia warf einen kurzen Blick auf den still daliegenden Otto. Einen Mann hatte sie noch nie erdrosselt, ob das wohl anders war? Länger dauerte? Sie hoffte nicht.

Stefan war Julia gefolgt. »Und was war jetzt mit diesem Tuppi?«

»Hab ich doch gerade gesagt, den hast du mit deinem Roller erschlagen.«

»Hä?«

»Dorothea und Gudrun hatten eine Heidenangst, dass du so was noch mal machst.«

Otto zuckte zusammen.

Der Typ hatte begonnen zu brüllen. So ein Wutgebrüll, so als hätte man sich gerade so richtig mit dem Hammer auf einen Finger gehauen und das zum dritten Mal, auf die gleiche Stelle.

Dann hörte Otto Julias Metallstimme.

»Jetzt bist du wütend genug, Stefan, hmm? Jetzt machen wir das zusammen, so wie ich es sonst immer mit der Dorothea gemacht habe. Einer links, einer rechts.«

Aus dem Augenwinkel konnte Otto sehen, wie sich Julia neben ihn hingekniet hatte mit einer Gitarrensaite in der Hand, an beiden Enden war die Saite um ein Holzstöckchen gewickelt. War das nicht … das kannte er doch aus Mafiafilmen, das war doch jetzt nicht etwa …? Und aus war es mit dem Sich-tot-stellen und Otto versuchte sich aufzurichten und irgendetwas zu sagen und schrapste mit den Füßen auf dem Schotterweg herum, wie um im Liegen davonzulaufen. Ein Fisch an Land in seinen letzten Zuckungen.

»Stefan, schnell, er ist aufgewacht!«

»Der ist wach, da will ich nicht.« Die Männerstimme drohte aus der Wut in die Ängstlichkeit zu kippen.

»Stefan, verdammt noch mal, du Memme, du blöder Versager, jetzt komm sofort hierher!« Julia stand auf und trat einen Schritt von Otto zurück. »Was würde Spiderman denn jetzt machen?«

»Der würde die Fesseln abmachen und dich festnehmen.«

»Stefan, das hier ist der Böse, wir sind die Guten!«

Otto glaubte sich immer mehr in einem Albtraum zu befinden, in einem absurden Albtraum.

Die Unerbittlichkeit in Julias Stimme war eindeutig.

»Der hier muss weg, sonst ist nämlich auch dein Geld weg.«

Wieso musste er denn weg, warum denn, liebes Leben, warum denn? Vor Otto lief der Film ab, von dem immer gesprochen wurde: Otto als Knabe schweinebaumelnd an der Klimmzugstange. Otto in Plattenläden wippend mit Kopfhörern auf den Ohren, Otto vor dem Spiegel die gewellte Tolle akkurat in Form bringend, Otto und Theo einen Rollschrank aufbrechend, um die Abiturarbeiten zu kopieren, Theo …

Wo zum Henker bist du, Theo?

Theophil Kornmaier betete nun doch.

Vielleicht würde sich der Psychopath mit dem Ferrari doch noch als nützlich erweisen. Autofahren konnte er.

Kornmaier konnte nur hoffen, dass Julia Otto wirklich dahin gebracht hatte, irgendwo dorthin in die Walachei, wo keiner etwas sah oder hörte, dorthin war sie entführt worden, dort war sie aus der Welt gewesen.

»Noch weit?«

»Nee.«

Der Ferrari röhrte jetzt im zweiten Gang den Feldweg rauf.

Julia erkannte das Motorengeräusch sofort.

»Verdammte Scheiße, Stefan, wir müssen weg.«

»Und wieso?«

»Hörste doch!«

Julia hatte sich einen Ast gesucht, vielleicht ging das schneller, oder war irgendwo ein Stein?

»Stefan, das hier ist ein Scheißzeuge, der muss weg!«

Julia versuchte mit dem Ast Ottos Kopf zu treffen und Otto rollte um sein Leben, nach links, nach rechts, versuchte, mit beiden Beinen Julia zu Fall zu bringen, trat nach ihr. So war das also, wenn es ums Leben ging, sehr unkoordiniert, komplett unelegant, ineffizient und verzweifelt.

Julia drehte sich um, die Scheinwerfer waren schon zu sehen.

Jetzt gab es nur noch eins: Das Geld retten und untertauchen.

»Stefan, wir hauen ab, sofort.«

Stefan war um die beiden Kämpfenden herumgesprungen, hatte Drohgebärden gemacht und Scheinangriffe gestartet. Und er hatte versagt. Jetzt stand er da und starrte wütend auf diese ewig Ansagen machende Schwester.

»Zu Fuß, du Hirni«, Julia zog an Stefan, »unser Auto passt nicht an dem anderen vorbei.«

»Nicht anfassen, nie anfassen.« Stefan sehnte sich nach seinen Gewichten.

»Dann bleib doch da«, sagte Julia und ward verschwunden.

Der Ferrari kam schleudernd zum Stehen.

Kornmaier stieß die Autotür auf und sah im Scheinwerferlicht etwas liegen, auf dem Weg, etwas, das nach Mensch aussah, etwas, das sich bewegte: Otto. Kurzer Sprint, dann war Kornmaier da.

»Mann, Otto …«, nein, jetzt war nicht die Zeit für Scherze, »Otto, ich hatte wirklich Angst, dass dir was passiert ist.«

Otto antwortete nicht, wie auch.

»Otto, Otto, Otto.« Kornmaier löste die Verschnürungen, dauerte.

»Echt mal hier.« Und dauerte.

»Tape machste selber ab.« Kornmaier kniete neben dem erschöpften Otto.

Dann der erste Satz von seinem Freund: »Der liebe Gott hat mir ganz schön eine reingehauen.«

»Wie?«

»Na ja, fast hätte ich … ich dachte jedenfalls … also ich hätte, wenn nicht alles sehr anders gekommen wäre.«

»Muss ich das jetzt verstehen?« Kornmaier streckte Otto die Hand hin, um ihm aufzuhelfen.

»Nee, besser nicht.« Otto starrte auf Kornmaiers Hand. »Ich bin ein eitler Fatzke.«

»Meine Worte, Otto, meine Worte.«

»Ich gelobe …«

»Nee, besser nicht. Gelübde zu brechen ist noch schlimmer als was-auch-immer.«

»Gut, ich gelobe nicht«, und wirklich wollte Otto ab heute ein besserer Mensch werden, wie immer das aussehen würde. Aber man weiß ja um den menschlichen Faktor der Vergesslichkeit und um sich mit etwas Einfacherem zu befassen, fragte Otto: »Und wo sind jetzt Bonnie und Clyde?«

»Abgehauen.«

Wie ein Jagdhund schnüffelnd war Mitschke herumgelaufen, wusste nicht wo oben, wo unten, wusste nur, irgendwas war anders als sonst und dafür hatte er keine Gebrauchsanleitung.

Unschlüssig stand er da und besah sich die Szenerie. Für einen kleinen Moment hatte sein Herz eine Rührung erfahren beim Anblick der beiden Freunde und sofort schloss sich dieses kleine Tor wieder, denn das durfte, konnte und sollte nicht sein.

Dann nahm er sein Handy heraus und telefonierte mit der Polizei.

Stefan hatte die kleine Luke geöffnet, eine Bodenplatte, die in den Untergrund führte, hinter sich Julia, die ihn zur Eile trieb. Vor der Finca wartete der Taxifahrer. Dass sie gleich eins bekommen hatten, war ein echtes Wunder gewesen. Man musste auch mal Glück haben.

»Schneller, meine Güte!« Julia würde gleich auseinanderknallen, warum ging alles schief? Sie mussten jetzt untertauchen und das war das Letzte, was sie sich für ihr Leben gewünscht hatte.

»Gleich mach ich gar nichts mehr.« Stefan begann zu trotzen, nicht auch das noch.

»Wo ist das Geld, das Versteck, die sind hinter uns her«, Julia folgte Stefan in die Dunkelheit, in den Gang, der ihre Schritte widerhallen ließ. »Was würde denn jetzt Spiderman machen?«

»Er würde schneller sein.«

»Also.«

Stefan begann zu traben, Julia folgte und dann standen sie in Stefans Kinderzimmer, in seinem Reich, hier lag komprimiert sein Leben, sein Hoffen, das Überbordende, das nur hier Platz gefunden hatte, und Julia stockte für einen Moment. Das hier kannte sie nicht und da sie alle Sentimentalitäten hasste, fragte sie nur: »So, jetzt, wo ist das Geld, Spiderman?« Und während sie das sagte, begann sie die Fotos der vier Frauen von der Wand zu reißen und zusammenzuknüllen und den Tisch zu checken, ob da noch mehr Verräterisches herumliegen könnte, und derweil wies Stefan mit großer Geste auf eine umgekippte Schachtel unter seinem Tisch, eine Schachtel mit Autobildchen beklebt und einem Totenkopf, der den Deckel der Schuhschachtel zierte und den Inhalt bewachte. Der Deckel hatte sich vom Karton getrennt, warum?

»Gib her.«

»Nee, meine.«

»Lass mich mal reingucken.«

Und dann geschah es und gleichzeitig war oben schon etwas zu hören. Stimmen waren da und Automotoren und eine der Stimmen hallte jetzt vom Brunnen her in den Gang und Geräusche waren da, so als würde jemand einen Schacht heruntersteigen und sich nähern, und anstatt loszulaufen, hatte sich Stefan hingesetzt und in die Schachtel gestarrt, die ganz und gar leer war. 145.870 Euro. Einfach weg.

Und Julia war losgelaufen, direkt in die Arme eines spanischen Polizisten, der gerade noch verhindern konnte, dass Julia etwas in den Mund stopfen konnte, was sie eben noch in der Hand gehalten hatte.

Marathon auf der Polizeistation. Ottos Kopf sackte immer wieder gegen Kornmaiers Schulter, was dieser geschehen ließ, leise mit dem Kopf schüttelnd.

Man habe Stefan S. schon befragt und nun stelle sich die Frage, ob er, Kornmaier, sich da was vorstellen könne: Das Geld sei weg. Ob er da eine Idee habe. Nein, leider überhaupt gar nicht.

Ob er denn gewusst habe, dass da Gräber vor seinem Haus lagen. Immerhin vier Stück, davon habe der Herr S. berichtet. Vier! Warum hatte Kornmaier das von Katrin nicht gefunden?

Und ob er sonst noch irgendwas von Señora Julia S. wisse?

Nein, nichts.

Ein Arzt hatte in Ottos Augen geleuchtet und nach Kopfschmerzen und Übelkeit gefragt.

Dann durften sie los.

Und als wäre nichts geschehen, hatte sich die Nacht über die Insel gesenkt, saßen die Menschen in den Restaurants und Cafés und murmelten und lachten. In der Ferne kreischten Kinder, die längst ins Bett gehörten und brausten Mopeds durch schmale Gassen.

Mateo räumte das Reserviert-Schild weg und nahm die Bestellung auf.

»Unsere liebliche Julia …« Kornmaier kippte seinen Whisky mit einem Zug runter.

»Unsere liebliche Julia …« Otto prostete Kornmaier zu und das war nur die gerechte Strafe, dass er sich jetzt unter seinem schlechten Gewissen krümmte.

»Otto, du siehst so richtig …«

»Sag's nur, Theo, sag's nur.«

»So richtig scheiße siehst du aus.«

»Wie euch beliebt.« Otto winkte nach Mateo für eine neue Runde.

»Alkohol ist auch keine Lösung, Otto.«

»Lass mich in Ruh'.«

»Das komische ist …«

»… dass man eigentlich nichts verstanden hat.«

»Aber ich weiß jetzt, wo Katrin ist.« Kornmaier runzelte die Stirn. Ja, das wusste er jetzt.

»Bist du zufrieden, Theo?« Otto nickte Mateo zu und hob sein Glas.

»Zufrieden?«

»Also den Umständen entsprechend?« Otto lehnte sich zurück und vermisste seinen Strohhut, der war bei all dem drunter und drüber verloren gegangen und die Taschenlampe auch. Vorsichtig befühlte er die Beule am Hinterkopf.

Und gleichzeitig dachte er, dass Theo nun mal wieder eine mögliche Liebe zu Grabe getragen hatte und das unter bittersten Umständen.

»Otto, ich fühl mich mies. Das hübsche Vögelchen ein Geier.«

»Eine Geierin.«

»Ja, mach dich nur lustig.«

Kornmaier hob den Kopf und sah in den Nachthimmel über Pollença, die Platanen leuchteten im Licht des Städtchens und alles war so wie immer, sehr irritierend, denn es war ja nichts so wie immer und für einen Moment hatte Kornmaier Lust aufzustehen und das laut herauszuschreien. Machte er natürlich nicht.

Contenance. Möglichst immer. Meistens. Im Regelfall.

»Was gibt es zu grinsen, Theo?«

»Ich bin doof.«

»Hin und wieder, aber gut doof.«

»Alles liegt in uns selbst: Rettung und Untergang.«

»Meint?«

»Nur das.«

Kornmaier und Otto nahmen einen Schluck und blickten in eine unbestimmte Ferne, alles war gesagt.

Julia hatte noch 10.000 Euro abgehoben. Kontoinhaberin: Peggy Müller-Seitz. Perfekte Verkleidung, perfekte Unterschrift. Das Geld fand man in einem Kästchen unter etlichen Haarbürsten und Perücken versteckt.

Während Julia mauerte, plapperte Stefan wie ein Gebirgsbach. Im Lichte der Aufmerksamkeit, die ihm gezollt wurde, erfuhr er endlich die ihm angemessene Wertschätzung.

Es hatte vor zwei Jahren begonnen.

Da war Dorothea damit gekommen, er könne doch mal nach Frauen suchen, ob er das wohl hinkriegen würde. Nach reichen Frauen. Nach solchen, die alleinstehend waren. Natürlich könne er das, aber in den Clubs der Insel habe er dann doch eher … also seins war das nicht. Und da hatte er lieber heimlich im Internet gesucht.

Er hatte sich ein Buch gekauft, da stand *Die Aufreißerfibel* drauf, da war alles drin, was Frauen hören wollten, das war einfach gewesen. Jeder Satz ein Volltreffer. Also fast immer. Und Stefan hatte sein Kichern geschnaubt.

Und Julia dachte auch, er suche nicht im Internet, das hatte er nicht verraten. Und da waren die auf ihn reingefallen, die Damen. Stefan zog das Wort »Damen« in die Länge wie Kaugummi. Diese »Damen« waren doch selbst schuld. Und erst hatte er ja mithelfen wollen, also mit dem, er hatte gestockt, mit dem Zugreifen, aber mit den Seidentüchern, das war mehr so eine Idee gewesen und dann hätten Dorothea und Julia, die hätten dann ordentlich jeder an einer Seite gezogen, da habe das geklappt. Na ja, man habe das dann mit der Zeit verfeinert, mit so einem Drahtdings. Und er, er habe dann die Beerdigungen erledigt. Das konnte er gut. Das war dann ja doch Männersache. Einmal habe er es selbst versucht, aber da habe seine Tante, nein

Mutter, doch helfen müssen und Geld habe die Daaame auch keines gehabt, da habe er sich vielleicht was anhören müssen.

Dann hatte Stefan eine Pause gemacht und still vor sich hingeguckt. Und dann aufgeschaut und in das Gesicht des freundlichen Beamten geblickt, der so was Ermunterndes ausstrahlte, aber mehr wisse er jetzt auch nicht. Und das Geld, das war ja für ihn gedacht, damit er sich mal selbst und alleine und weg von der Mutter … und auch da stockte Stefan, weil das mit der Mutter hatte er noch nicht verkraftet.

Jedenfalls, und nun war das Geld weg. Das ganze viele Geld. Und dann stand Stefan auf und warf seinen Verhörstuhl gegen die Wand und der freundliche Beamte zuckte kurz zusammen und war im Grunde mit dem Verlauf des Verhörs sehr zufrieden.

Die Fortbildung zum Thema Verhör hatte sich gelohnt. Das würde er heute Abend seiner Frau berichten können, und während Stefan mit Polizeigriff wieder auf seinen Stuhl befördert wurde, überlegte der fortgebildete Beamte, was es wohl heute Abend Schönes zu essen geben würde.

Der Rosen-Bettüberwurf war weich und fadenscheinig, wie um sich unter der Last der Jahre demnächst aufzulösen. Gudrun saß auf diesem Bettüberwurf und tastete darauf herum, folgte mit den Fingernägeln den Nähten, die die Decke in Quadrate einteilte und wartete.

Sie lauschte ihrem fiependen Atem und sah auf ein kleines Foto, das auf Dorotheas Nachttisch stand. Doro und sie in Kittelschürzen und vor den beiden Schwestern die Kinder, Stefan und Julia. War das davor oder danach gewesen?

Im Flur tickte eine Uhr und kürzte mit jedem »Tick« Gudruns Lebenszeit.

Davor oder danach? Es musste davor gewesen sein, diese Aufnahme, da hatte Stefan noch ein Dreirad und keinen Roller.

Tick-Tack.

Der gute Junge. Hatte ihr das Leben gestohlen. Und doch war er der gute Junge, was konnte man da tun?

Tick-Tack.

Gudrun ließ sich nach hinten sinken und hörte ihren Atem, vielleicht rasselte er ein wenig mehr als sonst, sie drehte sich zur Seite, zog die Knie an und zog diese wundervolle, anschmiegsame und liebweiche Rosendecke über ihren alten Leib.

Tick-Tack.

In diesem Kokon würde sie warten, bis jemand käme.

Bei der Autovermietung waren dem Geschäftsführer die Augenbrauen so weit hochgekrochen, bis sie fast im Himmelblau verschwunden waren.

Was war mit dem Auto passiert? Dem Portofino? Dem Paradepferd des Verleihs? Er war den Tränen nahe.

Immer wieder umrundete er das Fahrzeug, kniete neben dem Wagen, fuhr mit großer Zartheit über Schrammen,

Kratzer, Beulen, fluchte, flüsterte Trostworte, glaubte es selbst nicht, wandte sich gelegentlich mit einem vernichtenden Fluch an Mitschke, sprach wieder Trostworte, um sich abschließend aufzurichten und dicht vor Mitschke hinzutreten.

Mitschke hatte nur dagestanden und gewartet, ab und zu auf die Uhr geschaut und wie in großer Müdigkeit die Augenlider gesenkt.

Der Autoverleiher stand jetzt vor Mitschke und versuchte sich groß zu machen, ja heimlich hatte er sich ein wenig auf die Zehenspitzen erhoben.

»Du bist tot.« Und schon nach dem Wort »bist« gruselte es dem Autoverleiher beim Blick in Mitschkes Augen und nur matt kam noch das »tot« hinterher.

»Ich bin nicht tot, ich bin versichert.«

»10.000 Euro Eigenbeteiligung.«

»5.000 reichen.« Mitschke zog seine Brieftasche heraus und zählte das Geld auf das Dach des Ferraris. Dann drehte er ab und ging davon. Ohne Eile und recht zufrieden.

Hinter ihm bekreuzigte sich der Autoverleiher und murmelte ein kurzes Gebet.

DER ELFTE TAG

Kornmaier lauschte in die Nacht, die das Haus mit Dunkelheit erfüllte, lauschte und hörte was. Er schaute auf die Uhr: 03:37. Ein Zimmer weiter rotierte Otto in seinem Bett. Die Pfosten knarrten von dem Herumgewerfe, Otto brauchte noch einen Whisky. Jetzt in diesen schwarzen Stunden der Nacht würde das ein wenig helfen. Alkohol war zwar auch keine Lösung. Jaja. Aber half erst mal übers Schlimmste hinweg.

»Otto?«

Stille.

»Otto, ich bin's, der gute alte Theo.« Kornmaier war aufgestanden und horchte an Ottos Zimmertür.

»Okay.« Klang piepsig, Kornmaier vernahm ein Räuspern.

War ein bisschen am Ende, der Otto, kein Wunder.

Die Nacht war gerade so auf der Kippe, fast noch mild und fast schon kühl. Den Grillen war es zu kühl zum Zirpen, die Schafe waren samt Glöckchen verschwunden, das Feld vor ihnen lag aufgewühlt. Vier Gräber hatte man gefunden, akribisch waren sie mit Erdbrocken und Steinen abgedeckt gewesen. Kornmaier hatte keine Chance gehabt, sie zu finden. Die Freunde saßen auf dem Balkon, blickten ins Dunkel und hoben ihre Gläser. Und so wie dieser Ausblick hier, so sah es in ihrem Gemüt aus, die Orientierung in ihrem Weltensystem war gerade aus der Spur geraten. Wo war links, wo rechts und weshalb überhaupt?

»Auf uns.«

Otto hoffte auf das Morgenlicht, das brachte ja oft alles wieder ins Lot.

»Auf uns und dass wir leben.«

Kornmaier nahm einen Schluck und schaute in sein Glas. Ein blasser Mond zitterte auf dem milden Whisky und Kornmaier musste an ein Minzblättchen denken, das sich in seinem Wasserglas gedreht hatte. Ewig lange kam es ihm vor und wie er Trottel sich in Julia verguckt hatte. Kleid, Hibiskus und Sommersprossen.

»Kann man das mit dem Vergessen irgendwie beschleunigen?« Otto legte den Kopf in den Nacken.

»Ja, neuen Unfug anstellen«, Kornmaier lehnte sich zurück, »am besten noch schlimmeren, der überdeckt dann den alten.«

»Noch schlimmeren ...«, echote Otto und nahm einen Schluck.

»Was ich nicht verstehe, Theo ...«

»Ja?«

»Wieso hat Julia dich überhaupt auf Katrin aufmerksam gemacht?«

»Tja.«

»War doch blöd.«

»Tja.«

»Du willst nicht dran denken.«

»Nee, morgen. Frühestens.«

Ein paar Scheinwerfer krochen den Cami hoch, dem Motorengeräusch nach der Nachbar. Um die Uhrzeit. Beide lauschten auf das Röhren des Motors in dem stillen Tal, musste ein neuer Wagen sein, klang anders.

Das Donnern des Motors erstarb, Autotüren klappten. Eine Frau kreischte.

»Muss eine Bordsteinschwalbe sein, eine kurzsichtige ohne Brille.«

»Echt mal, Otto, das ist irgendwie politisch nicht korrekt. Das sagt man nicht mehr.«

»Hört, hört.«

»Und: Ohne die Pfeife hätten wir dich nicht gefunden, Otto.«

»Ich werde da morgen mal rübergehen und mich bedanken.« Otto versuchte seine Füße auf dem Balkongeländer abzulegen, was misslang.

»Ja, mach das. Komisch, sich bei so einem Durchgeknallten bedanken zu müssen. Hast du sein Auto gesehen?«

»Dazu war gestern irgendwie nicht die Gelegenheit, wenn ich daran erinnern darf.«

»Stimmt auch wieder.« Theo blickte über den altvertrauten Feldweg, das Kreischen der Frau war verstummt, man konnte nur hoffen, dass der Mitschke mal eine kleine Freude hatte.

»Was ich auch nicht verstehe«, jetzt wollte Kornmaier doch dran denken, »wieso haben die damit angefangen. Das waren doch einfach Leute wie du und ich, also ganz entfernt wie wir, aber unauffällig, oder eventuell auch nicht …«

»Ja, und jetzt noch mal im ganzen Satz?« Otto war verwirrt.

»Na ja, waren die schon immer so drauf?« Kornmaier

hatte sich nach vorn gebeugt, die Unterarme ruhten auf den Oberschenkeln, so, als würde das Sitzen sonst einfach zu anstrengend werden.

»Wissen wir ja nicht, oder?« Otto goss sich noch was ein und begann sich langsam besser zu fühlen, therapeutisch wertvolle Traumabewältigung auf schottisch.

»Ich meine, sind das alle? Die vier Frauen, meine ich, oder gibt es noch mehr, also Tote?« Bei der Frage griff dem Kornmaier mal wieder eine kalte Hand in den Nacken.

»Äh …«

»Ja, äh, jetzt denk mal mit, Otto.«

»Nun …«

Kornmaier verdrehte die Augen. Die Nacht lag jetzt still, stiller als sonst, das war merkwürdig, so als habe jemand den Ton abgedreht. Den Ton, der der Landschaft ihre Bedeutung gab. Süden und Wärme und Urlaub und Strand, alles weg. Kein Zirpen, kein Bimmeln.

»Kein Zirpen, kein Bimmeln, Otto.«

»Kein Zirpen, kein Bimmeln, verstehe.«

»Gleich nehm ich dir die Flasche weg.«

»Das tust du nicht.«

»Das tu ich doch.«

»Bist ein böslicher Mensch.«

»*Böser* heißt das.« Kornmaier stand auf und linste über das Geländer, ob wohl Nanita unten herumsaß?

»Bös, böser, Mallorca.« Otto hörte sich etwas unrund an in der Aussprache.

»Gütiger!« Kornmaier nahm die Flasche vom Tisch und stellte sie neben seinen Stuhl.

»Weißt du, Otto, nicht mal auf die Lampe ist Verlass.«

»Deutlich, Theo, du musst einfach deutlicher mit mir sprechen, so, dass ich's verstehe.« Otto ließ abrupt den Kopf auf die Brust fallen und blickte gleich wieder auf.

»Meine Signallampe, andere nennen es Instinkt, Otto, Instinkt, den hab ich doch, oder?«

»Also bei Frauen …«, Otto wagte es nicht, den Satz zu beenden.

Schweigen.

»Okay, da nicht, da hast du recht, aber sonst so?«

»Wenn du meinst?«

Es war ja sinnlos. Und nun auch noch dieser Schlager im Kopf: *Und wenn ein neuer Tag erwacht und die Sonne wieder lacht, ist die längste Zeit der Einsamkeit vorbei.* Das war ja jetzt mal echt das Letzte.

Kornmaier geleitete Otto in dessen Zimmer, zog die Bettdecke zurecht, warf einen letzten Blick auf eine der wenigen Konstanten in seinem Leben. Otto, auf den war Verlass! Und trat noch mal auf den Balkon. Er würde hier nicht noch einmal hinfahren können, hier war alles vergiftet. Das Böse hatte hier gewohnt, ein Gräberfeld hatte sich vor dem Haus erstreckt, während Urlauber nichts davon ahnend kreischend in den Pool gesprungen waren oder auf der Terrasse Tango getanzt hatten. Und unter dem Haus die Zisterne mit dem Spielzimmer eines erwachsenen Mannes, der immer Kind geblieben war. Ein Kind, das die Fotos ermordeter Frauen wie Trophäen an die Wand gepinnt hatte.

Kornmaiers Gedankenstrom brach ab: Wo war jetzt eigentlich das Geld hin?

Mitschke hockte neben seinem Miet-Maserati und hauchte gegen den Lack. Mit einem Mikrofasertuch polierte er eine Stelle, die verdächtig aussah, der Schatten eines Schmutzes, der musste weg.

Er war zurück in seinem alten Leben. Ordnung, gebügelte Hemden und Hosen, das Boss-Käppi makellos, selbst auf der Innenseite.

Mit dem Pool-Jungen hatte er gleich morgens die Venus an Land befördert und jede Woge seines Seins hatte sich in jeder Beziehung geglättet.

Frieden war es nicht, der sich über Mitschkes Gemüt gelegt hatte, eher Befriedigung, die aber wie immer nicht zur Befriedung führen würde, aber immerhin.

Mitschke erhob sich, umrundete den Wagen und hörte was: Schritte auf der Kieseinfahrt.

Die Dampframme von drüben und sein jämmerlicher Freund bogen soeben um die Ecke, beide in diesen lächerlichen Anzügen.

Aha, ein schwarzer Maserati stand jetzt da, wie frisch aus der Fabrik.

Man sah es ihm an, der Mitschke hatte keine Lust auf Besuch, aber Otto war entschlossen, seinen Dank loszuwerden.

»Herr …«, einen Moment wartete Otto, es kam aber nichts: »Also, ich wollte mich sehr herzlich bei Ihnen bedanken. Ohne Sie …«

»Ja, ja, war mir eine Freude.« Mitschke bot ein Bild der Abwehr.

»Otto, lass dir doch mal den Maserati zeigen, das ist doch

dein Traumauto«, Kornmaier blickte auffordernd, »Autokenner unter sich, nicht wahr?« Dann wandte er sich an Mitschke: »Sie würden meinem Freund eine große Freude machen.«

Konnte man Mitschke, alias Dr. Mabuse, alias *Die toten Augen von Mallorca*, irgendwie erweichen? *Autokenner unter sich*, Mitschkes Bollwerk wankte: »Kurz.«

»Selbstverständlich: kurz.«

Otto wusste nicht, wie ihm geschah, er hasste Maseratis, eine schöne Pagode oder ein Jaguar E-Type, ja, das wäre was gewesen, aber diese Luden-Kutsche?

Die Motorhaube wurde geöffnet, der Motor angelassen, man kroch auf die Sitze, alle Bedienelemente und jeder Firlefanz wurden an- und ausgestellt und nun ließ es sich nicht vermeiden, eine kleine Fahrt, den Cami hoch und runter stand an, Otto gestikulierte irritiert hinter Mitschkes Rücken in Richtung Kornmaier, der nur freundlich auffordernd nickte und mit der Hand bedeutete, er möge da jetzt mal mitmachen. Otto vorher einzuweihen, das wäre schiefgegangen, weil das Schauspielern, das lag dem Otto nicht.

So stand Kornmaier und winkte und wartete, bis die beiden hinter der nächsten Kurve verschwunden waren.

Dann wanderte er hinter das Haus und wartete. Auf irgendwas. Ein Gefühl, eine Signallampe, nichts. Noch in der Nacht hatte er gemeint, dass vielleicht dieser Herr, der immer noch keinen Namen hatte, dass der das Geld vielleicht irgendwie geklaut haben könne. Wieso lebte der auf derart großem Fuße? Kornmaier stand da, aber es kam einfach nichts, sein fabelhafter Instinkt hatte ihn gefoppt, eine Sackgasse war das hier.

Und jetzt? Den Typen einfach so davonkommen lassen? Mit der, Kornmaiers Herz sank, der Entführung von, von der da, der, die ihn und seine Arglosigkeit ausgenutzt hatte und auf die er voll reingefallen war, wie ein Schulbub, wie ein … Etwas wollte in Kornmaier zerspringen und damit das nicht geschah, blieb ihm nur eins: Er breitete die Arme aus und ließ sich in den Pool fallen. Langsam auf den Grund sinken, Julia, diese als Lamm getarnte Megäre, Julia, diese … Kornmaier fuhr mit der Hand über das Gesicht der Mosaikgöttin, knapp wurde es langsam mit der Luft, einfach hier unten bleiben, ein paar Minuten aushalten, dann wäre alles vorbei, so ganz und gar. Dann hörte er was, Otto rief seinen Namen, okay, für Otto wäre das wirklich doof, also nach oben treiben lassen, zur Leiter schwimmen und rausklettern.

Da standen sie, Otto und der Psycho und starrten ihn an.

»Bin wohl ausgerutscht.« Kornmaier griff nach dem Poolkescher, fischte seinen Hut heraus und setzte ihn auf. Dann ging er an den stumm Dastehenden vorbei, stoppte, drehte sich noch mal um.

»Herr XYZ, von mir erfährt keiner was, wie versprochen, habe die Ehre«, lüpfte den Hut, aus dem noch Wasser tropfte, und machte sich auf den Heimweg.

Otto schloss auf.

»Nichts sagen, nichts fragen.« Kornmaier hatte nicht die Kraft, Otto anzusehen.

»Okay.« Otto musste doch was sagen, aber das richtige immerhin: »Ich geh mal vor, lass dir Zeit.«

Kornmaier nickte, blieb stehen, hier, rechts auf dem Feld, da hatten sie gelegen, die vier Leichen. Elend. Und Julia, was hatte er ihr noch gesagt? *Liebe ist eine Schimäre.*

War das ein bisschen Koketterie gewesen? Wollte er nicht eigentlich gerettet werden? Wie das klang, eigentlich rettete er ja, aber das war ein anderes Retten, und jetzt auf keinen Fall an seinen Bruder denken, auf keinen Fall. Kornmaier sah über das Feld, blickte auf das Haus, hinter dem Otto rücksichtsvoll verschwunden war, auf den war Verlass. *Verlass* und *verlassen*, wie dicht das beisammenlag und er war verlassen worden, so fühlte sich das an. Verlassen von, er wollte ihren Namen nicht mal mehr denken, verlassen von einer vagen Hoffnung. Und dann kam es doch, stieg auf, das aus grauer Vergangenheit, wie seine Eltern ihn verlassen hatten, nachdem sein Bruder in den Bergen abgestürzt war, das hatte er doch schon überwunden geglaubt. Denkste, war immer noch da.

Das Leben war eine Zumutung und ein Geschenk, beides, und Rettung und Untergang, und dann war es aus mit dem Rationalisieren, Kornmaier setzte sich auf ein Mäuerchen, legte sein Gesicht in beide Hände, spürte die schmerzende Stirn und dass nun die Tränen nicht mehr aufzuhalten waren.

Julia war nach Palma verfrachtet worden. Jetzt saß sie in ihrer Zelle und starrte die Tür an. Irgendwann müsste die sich ja mal öffnen, dann würde sie nach einer Haarbürste verlangen.

Ohne ihre Haarbürste war sie im Grunde nicht vernehmungsfähig. Ein Anwalt war bei ihr aufgetaucht, hatte sie über ihre Rechte aufgeklärt und dass er sie jetzt bei dem weiteren Verfahren begleiten würde und dass es ja ganz schlecht für sie aussähe.

Und Julia mauerte weiter und rückte mit nichts raus. Wollte nur ihren Bruder sprechen, was natürlich nicht möglich war, und verfluchte den Tag, an dem sie ans Telefon gegangen war, damals. Und die Liebe zu ihrer Mutter Dorothea, die sie gleichzeitig hasste, die verfluchte sie auch und Stefan, den auch. Ohne die beiden wäre das alles nicht passiert. Sie alleine hätte ja gar nicht … niemals und wieso auch. Dorothea mit ihrer abgöttischen Liebe zu Stefan und irgendwie ahnte die, sie würde nicht mehr lange leben, und der Junge sollte doch versorgt sein. Meine Güte, hatte Julia oft geflucht, aber nein, Stefan, Stefan, Stefan.

Sie hätte auch Nein sagen können. Julia hypnotisierte weiter die Zellentür. Sie hätte auch wirklich Nein sagen können. Aber es hätte ja auch gut gehen können.

Und im Grunde, hatte man nicht all diesen alleinstehenden Frauen einen Gefallen getan? Dieses Töten war so leicht gewesen, also war es wohl das Richtige. Und ein bisschen Geld konnte sie ja wirklich auch selbst gebrauchen. Ein Leben ohne Liebe, das war doch … für einen kurzen Moment registrierte Julia, dass sie auch alleinstehend war. Hätte sie sich eine Gitarrensaite um den Hals gewünscht? Warum nicht? Und dann dachte sie an Kornmaier. Der merkwürdige Moment eines Geborgenheitsgefühls mit ihm, flüchtig und vorbei.

Abrupt stand Julia auf, hämmerte gegen die Zellentür und schrie nach einer Haarbürste.

Otto hatte am Pool gewartet, hatte auf dem Liegestuhl gesessen und in das Knallblau des Wassers geblinzelt. Den Theo, den hatte es ja doch umgeworfen. Theo am Poolgrund, das war schon etwas, ja was war das gewesen, erschreckend war das gewesen. Theo im Ausnahmezustand und sein Gesicht, nachdem er aus dem Wasser gestiegen war, so kannte Otto ihn nicht. Theo, das war der Fels in der Brandung, stabil und nicht umzuhauen. Und jetzt das.

Otto hörte Schritte, Kornmaier tauchte auf, kam näher, blieb vor ihm stehen.

»Otto, jetzt reicht es, jetzt will ich's wissen.«

Otto blickte hoch, Theos Anzug war schon fast trocken, so lange hatte der da am Wegesrand verbracht.

»Alles, Theo?«

»Alles.«

»Und wie?«

»Ich besuche die Dame im Knast.«

Das nun fand Otto komplett daneben, würde aber erst mal nichts sagen.

»Wenn du meinst? Wir gehen jetzt ins Städtchen, ich brauche einen neuen Hut.« Otto klappte sich auseinander und schüttelte die Beine aus. »Ich fahre aber.«

Der gleiche Mann, der noch gestern die Schultern gehoben hatte und einer Frau mit Krücken vom Boden hochgeholfen hatte, dieser gleiche Mann machte wenig später den Fund. Das Fenster im Hochparterre hatte nun eine Nacht und einen Tag offen gestanden. Das war ungewöhnlich, das war merkwürdig und so hatte er sich einen Hocker geholt, war auf den Hocker gestiegen und hatte in die Wohnung geguckt. Und da konnte er was sehen. Auf der anderen Seite des Flurs stand eine Zimmertür offen und da konnte man auf ein Bettende gucken. Es waren ein paar Beine zu sehen, so halb bedeckt mit einer Decke. Nachdem diese Beine sich bis zum Nachmittag so gar nicht bewegt hatten, den ganzen Tag über also und überhaupt alles suspekt war und er keine Lust auf Leichengestank hatte, da hatte er die Polizei gerufen.

Und wirklich, wie schlafend hatte die Tote auf dem Bett gelegen, umhüllt von fadenscheinigen Rosen und hätten alle gewusst, was da so passiert war, dann hätte man das anrührend finden können, dass nun diese Schwestern zumindest zeitversetzt auf dem gleichen Bett gelegen hatten. Eine späte Begegnung in Geborgenheit, der sie zu Lebzeiten immer entsagt hatten, und so hatte leider nur die schwesterliche Rosendecke Gudrun umarmt.

Das Schicksal hatte da mit der Wiedergutmachung sehr schlampig gearbeitet, aber immerhin.

Dann hatte Julia doch ausgepackt, vor allem, weil neben dem Polizisten verlockend eine Haarbürste gelegen hatte. Die würde sie am Schluss bekommen. So fuhren ihre Finger unablässig durch ihre Haare und drehten und wickelten eine Strähne um den Zeigefinger. Ab und an warf sie den Kopf nach hinten, ließ die Haare über den Rücken schwingen und dachte an die kleinen weichen und zugleich stabilen Borsten, die ihre Kopfhaut bald liebkosen würden.

Und auch hier, in diesem schmucklosen Verhörraum, saß ein fortgebildeter Beamter, der freundlich nickte und Julia ermunterte, verständnisvoll, mitfühlend, einem gütigen Beichtvater nicht unähnlich.

Sie hatte ja gar nicht mitmachen wollen, aber dann hatten ihr die Frauen doch leidgetan und da habe sie mitgeholfen, weil ihr Bruder sei zu blöd für so was, der habe das mit dem Erdrosseln ziemlich ungeschickt gemacht. Also, damit es schneller ging, habe sie mitgeholfen. Reiche Frauen waren das, aber alle alleinstehend und ohne Kinder, denn Kindern die Mutter nehmen, das ging ja nun gar nicht. Und dann habe sie die Ausweise genommen und sich verwandelt in diese Frauen, so mit Perücken und so, und dann konnte sie das Geld abheben, mal mehr, mal weniger. Ihr Bruder habe dann das Geld gehortet, irgendwo unter der Finca, wo der Herr Kornmaier gewohnt habe. Und einmal habe ihr Bruder das Versteck vergessen, da haben sie schon Angst bekommen. Der kleine Bruder eben, ein ewiger Tölpel, bei dem Wort hatte Julia lachen müssen und musste das Wort ein paarmal wiederholen, ein Tölpel also. Der Beamte hatte währenddessen ein bisschen die Augen zusammengekniffen, aber das hatte Julia gar nicht bemerkt.

Und der Kornmaier, der habe sehr gestört, da hatten sie immer Angst, dass der was hört aus der Zisterne, wie der Stefan da das Geld sucht und womöglich was mitkriegt. Und wie sollten sie denn da die Leichen vergraben, wenn der da war, das war doch der beste Ort da. Die Erde schön weich, und nicht so weit weg von der Stadt und keiner, der aufs Feld gucken konnte.

Und da habe sie ihm gleich beim ersten Treffen K.o.-Tropfen in den Wein gekippt, leider habe er den nicht ganz ausgetrunken, aber Autofahren konnte er nicht mehr und Stefan habe alle Zeit der Welt für die, nun, die Bestattung gehabt. Und wieder lachte und kicherte es aus Julia, und während die Mundwinkel des Beamten konstant nach oben wiesen, gingen die Augenbrauen ein bisschen nach unten. Also der Leiter des Fortbildungslehrgangs wäre nicht ganz zufrieden gewesen mit seinem Schützling.

Und mit einem Mal hatte Julia sich nach vorn über den Tisch geworfen, blitzschnell nach der Bürste gegriffen und sie mit Kinderschnute an die Brust gedrückt.

»Die behalte ich jetzt aber!«

Und der Beamte hatte die Augen länger als notwendig geschlossen und ein »ja« genickt.

»Da hat man es Ihnen ja recht schwer gemacht, das war bestimmt nicht einfach für Sie.« Der Beamte sehnte sich nach einer Tasse Kaffee, aber in dieser brisanten Phase lieber keine Irritation welcher Art auch immer.

»Ja, besonders dieser Theo, der war …«, Julia brach ab, hörte auf zu bürsten, besah sich die Bürste und entfernte einige Haare, hielt sie sinnend in die Luft und öffnete dann die Finger, verfolgte den Sinkflug der Haare bis zum Linoleumboden hinab und blickte dann den Beamten an, »der war sehr lästig. Sehr, sehr lästig. Aber ein schöner Mann, im Grunde, also nicht schön, das kann man nicht sagen, anziehend, das wohl eher. Anziehend und lästig war er. Im Weg war der, die ganze Zeit. Den wollte ich ja in mein

Apartment locken, damit der Stefan in der Zisterne mal in Ruhe Krach machen und suchen konnte, aber dazu musste ich ja erst mal an den Herrn rankommen. Musste ich also da immer rausfahren zu dem und der, einfach nicht ranzukommen an den.«

Julia verstummte und bürstete.

Dann flüsterte es aus ihr: »Einfach nicht ranzukommen war an den.«

Für einen Moment unterbrach Julia die Bürsterei und saß still da.

»Ich möchte jetzt nach Hause.«

»Und hat Ihr Bruder das Geld gefunden?«

»Ja, hat er.«

»Und wo ist das Geld jetzt?«

»Es ist weg.«

»Geld, das gibt einem ja Sicherheit.«

»Nein, nein, es ist weg.«

»Sie müssen mir auch nicht sagen, wo es ist.«

»Verdammt noch mal, es ist weg!« Julia schlug mit der Haarbürste auf die Tischkante. »Und nach Hause will ich jetzt auch!«

»Eine Sache noch, wieso haben Sie den Herrn Kornmaier auf Ihre Bekannte Katrin aufmerksam gemacht? Die hatten doch gerade Ihre Mutter und Ihr Bruder und Sie, nun, erlöst?«

»Das ist ja wohl klar.«

»Weil …«

»Na, Stefan hat doch behauptet, er lernt die Frauen in Palma kennen, und nicht übers Internet«, Julia guckte den Beamten lauernd an, ob der wirklich so begriffsstutzig war?

»Da dachte ich natürlich, das wird wohl ein anderer sein, der da tätig ist. Logisch, oder?«

»Tätig ist.« Der Beamte schloss wieder länger als notwendig seine Augen und seufzte vollkommen logisch.

»Wir machen mal eine Pause.«

Die Menschheit war verrückt, das war doch mal wieder ein schönes Beispiel. Der Beamte stellte sich vor den Toilettenspiegel und versuchte die freundlichen Mundwinkel wieder in Ruheposition zu bringen. Augen auf bei der Berufswahl. Vier Morde begehen und dann nach Hause wollen. Das Geld würden sie schon noch finden.

Keine Ahnung hatte der Beamte, dass das nur sehr eingeschränkt würde stattfinden können.

»Das willst du nicht wirklich.«

»Doch.«

»Warum?«

»Klarheiten«, Kornmaier fuhr sich über die Stirn, »ich will Klarheiten.«

»Das wird dir nicht guttun, Theo.«

»Doch, wird es.«

»Stur wie drei Maultiere.«

»Wenn du meinst.«

Otto sah seinen Freund an, es war sinnlos, Theo von dieser Idee abbringen zu wollen, also seufzte Otto, klopfte Theo auf die Schulter und nickte ihm zu. »Na, denn mal los.«

Zwanzig Minuten Besuchszeit.

Kornmaier hatte eine kleine Liste gemacht, er würde sowieso alles erfahren, aber ein paar Sachen, die würde keiner fragen, das würde nur ihn interessieren und für seinen Seelenfrieden wollte er das einfach wissen.

Im grau getünchten Besuchsraum saß Julia an einem Tisch und wickelte eine Haarsträhne um ihren Zeigefinger. Endlich würde ihr Bruder zu Besuch kommen.

»Besuch für Sie.«

Die Zellentür war geöffnet worden und eine schlecht gelaunte Frau hatte mit dem Schlüsselbund geklappert und ihr den Weg gewiesen.

Besuch für Sie.

Bald würde sie nach Deutschland fliegen dürfen, ihr altes Leben in der Kleinstadt wieder aufnehmen, Mittwochs Chorprobe, Sonntags Lobpreisung im Gottesdienst, hübsch im Halbkreis, neben dem Altar. Katrin fiel ihr ein, das war ein Fehler gewesen, ein Fehler von Stefan. Die hatte doch nichts, die war doch gar nicht infrage gekommen. Mit Dorothea hatte er das ohne ihr Wissen durchgezogen und sie hatte ahnungslos den Theo damit belämmert.

Nun saß sie hier in diesem schmucklosen Raum, in dem hinter der Heizung schon ein wenig die Farbe abblätterte.

Die mit dem Schlüsselbund hatte neben der Tür Stellung bezogen und dann das: Theo stand in der Tür.

Kornmaier stand da und sagte nichts.

Stand in der Tür und wäre am liebsten wieder umgedreht.

Da saß sie, die Julia. Ganz in Schwarz, Räuberkluft. Hatte aufgehört, ihre Haare um einen Finger zu zwirbeln und guckte. Wie guckte sie denn? Kornmaier schaute auf den Boden. War das noch wichtig?

Nur ein paar Fragen wollte er beantwortet haben. Dann würde er wieder gehen. Ohne sich umzudrehen.

»Theo.« Julia hatte sich zurückgelehnt und guckte ein bisschen im Raum herum.

Kornmaier war in das Besuchszimmer getreten, nahm sich einen Stuhl, drehte ihn mit der Lehne nach vorne und setzte sich. Die Lehne als Schutzwall.

»Julia.« Schweigen. Abwarten. Kommen lassen.

Hinter Kornmaier klingelte leise der Schlüsselbund der Beamtin, die von einem auf den anderen Fuß gewechselt hatte. Schweigen.

»Tja.« Jetzt musterte Kornmaier Julias Gesicht. Da waren sie noch, die Sommersprossen, die kleine Narbe, die grünen Augen, alles noch da und doch alles anders.

»Du wolltest meinen Freund töten.« Hatte er gar nicht sagen wollen, gleich würde sie im Schneckenhaus des Trotzes verschwinden.

»Welchen Freund?«

Kornmaier betrachtete Julia, wie die ihre Haarsträhne betrachtete. Echt jetzt? Frau Sollenhauer hätte gewusst, was das jetzt hier war. Irgendwas mit Dissoziation oder so.

Am liebsten hätte er was getan, was man nicht tat. Einer Frau eine reinhauen: streng verboten! Kornmaier stand auf, drehte sich um und lief bis zur Wand, hier mal mit der Stirn gegen die Wand schlagen, war auch verlockend. In den Hosentaschen ballte er die Fäuste und zählte bis zehn. Blaugraue Wandfarbe, schlampig gestrichen, drunter konnte man noch ein Grün erahnen.

Julia belauerte ihn, vergaß darüber ihre Haare, begann ein bisschen mit dem Stuhl zu kippeln.

Kornmaier drehte sich um, er musste die Strategie wechseln.

»Und? Wie ist es hier so? Das Essen? Okay?«

»Furchtbares Essen.«

»Das ist ja betrüblich, ganz und gar betrüblich.«

Schweigen.

»Ich könnte ja was für dich tun.« Kornmaier lehnte immer noch mit dem Rücken an der Wand.

»Ah ja?«

»Gibt so zwei, drei Sachen, die ich verstehen müsste, da kommt keiner drauf, die zu fragen, aber die könnten dich entlasten.«

»Entlasten?«

Kornmaier stieß sich von der Wand ab.

»Ja.« Er merkte, dass es da eigentlich gut war, er wollte gar nicht näher an Julia heran, also ließ er sich zurücksinken an diese trostvoll blaugraue Wand.

»Ich muss ja eh nicht mehr lange hier sein.« Julia hatte aufgehört zu kippeln und begann wieder mit der Haarwickelei.

»Jeder Tag, den du früher rauskannst, ist doch gut? Und, Julia, ich bin ja Anwalt, ich habe da einen gewissen Einfluss.« Mit aller Macht dachte Kornmaier an sein Dackelgesicht, das ihm schon immer geholfen hatte.

Dackel, ich bin ein Dackel, ganz im Hier und Jetzt.

»Na gut, was möchtest du denn wissen?«

»Das ist für den strategisch-empathischen Verteidigungsansatz von größter Bedeutung, verstehst du das?«

»Wieso denn verteidigen?«

Meine Güte, er hatte es immer noch nicht kapiert.

»Natürlich, ist bei dir ja gar nicht nötig.« Kornmaier schlug sich mit der flachen Hand gegen die Stirn. »So, lass mal sehen, wie kommst du schneller raus.« Kornmaier warf einen kurzen Blick auf Julia.

Die saß da und lauerte vor sich hin, mit schmalen Augen und einem unangenehmen Gefühl der Desorientiertheit.

»Erstens: Julia, warum hast du bei unserem, unserem …«, Kornmaier fehlten die Worte, »unserem Treffen, bei dem Angelika gestört hat, wieso bist du da weg, ohne mir was zu sagen?«

»Na, typisch Mann, immer so empfindlich.« Julia besah sich ihre Fingernägel und begann an einem der mickrigen Nägel zu kauen.

Kornmaier schwieg.

»Meine Güte!«, Julia guckte genervt.

Kornmaier wartete.

»Weil der dumme, dumme, dumme Stefan im Restaurant nebenan saß. Am Laptop. Der sollte doch nicht mehr online suchen!«

»Das verstehe ich natürlich.«

»Da hab ich ihn erst mal rundmachen müssen. Das war kein guter Abend. Ein Scheiß-Abend war das!«

Aber nur, weil Julia an dem Abend verschleppt worden war – eine immense Kränkung. Und weil eine Zweisamkeit in ihrem Haus mit Kornmaier mal wieder unmöglich gemacht worden war, dabei hätte doch Stefan endlich mal richtig suchen können in der Zisterne. Aber, und das war das Gute, Julia hatte ihren Bruder mal wieder anschreien dürfen, aus vollem Herzen, das war direkt eine Freude gewesen.

»Noch fünf Minuten.« Die Beamtin klapperte mit dem Schlüsselbund.

»Noch eine Frage: Wieso hat dir dein Bruder nicht geholfen, als dich der Typ mit der Knarre bedroht hat?«

Und jetzt sah Julia auf, hörte auf mit Kauen und Wickeln, schaute Kornmaier voll ins Gesicht.

»Weil Stefan keiner Fliege was zuleide tun kann. Und ein erbärmlicher Angsthase ist, der war eigentlich nicht einsetzbar, ein Versager, der Spiderman, der doofe. Ein Memmerich, komplett!«

»Aber ich dachte …«

»Ach Quatsch, nur Doro und ich, na ja, bis auf das eine Mal. Eine Memme, mein Bruder, ein Versager, ein jämmerlicher Waschlappen.« Julia war aufgestanden, begann auf und ab zu tigern.

»Hinsetzen!« Die Beamtin war wach geworden.

»Eine Nullnummer, ein Volldepp, ein Doppelwaschlappen, Spiderman, ha!«

Und schon hatte die Beamtin sich Julia geschnappt, Handschellen angelegt und verschwand mit der Lamentierenden in einem Labyrinth von Gängen, Schleusen und Zellen.

Kornmaier war im Besuchsraum geblieben, stand da und lauschte auf Julias Verwünschungen, dann klappte eine Tür und es wurde still.

Bei Lichte betrachtet war er in Julias Augen wahrscheinlich ein Doppel-Voll-Schaf.

Otto saß am Pool und reckte den Kopf, als Kornmaier auftauchte.

Wie guckte der jetzt? Vernichtet?

Irritiert guckte der. So nach innen gekehrt irritiert.

Jetzt merkte Kornmaier auf und sah Otto am Pool sitzen und auf einen Bericht warten.

Erst mal auf die Liege neben Otto setzen und die Gedanken sammeln, was gab es da zu berichten?

»Otto, das Schlimmste ist ja«, Kornmaier nahm ein Steinchen von den Steinplatten und warf es in den Pool, würde er nachher wieder rausfischen müssen, »das Schlimmste ist ja: Ich habe es nicht gerafft. Also, alles.«

»Ja, du warst eben benebelt.«

»Benebelt, ja, so könnte man sagen.«

»Und wer benebelt ist, der kann eben nicht, wie auch.«

Kornmaier nickte und warf noch ein Steinchen in den Pool.

»Mit den Frauen, das ist doch wirklich …«

»Meine Rede, Theo. Meine Rede.«

»Sie hat so getan, als würde sie sich an nichts erinnern.«

»Ui. Glaubst du das?«

»Weißt du, Otto, es ändert nicht wirklich etwas. Ich muss damit klarkommen, ein Satz von der da kann mich nicht retten.« Klang nach einem Spruch von Frau Sollenhauer, er war doch wirklich ein braver Patient.

Weil, so tief drinnen, konnte er das noch nicht glauben. Gerne wäre er irgendwie gerettet worden, aber nein, nicht mal das war ihm vergönnt.

»Rettung und Untergang liegen in uns selbst, Otto.«

»Hast du schon mal gesagt, Theo.«

»Weil's stimmt.«

»Kommen wir zu den wirklich wichtigen Dingen. Wie findest du meinen neuen Strohhut?«

»Du siehst damit aus wie ein Schnösel bei einer Ruderregatta in Oxford.«

Otto grinste und klopfte Theo sachte auf die Schulter.

»Ich seh schon, Theo, es geht dir langsam besser.«

Ein Totengräberchen kämpft sich über einen leeren Acker und möchte sich beschweren.

Ein Mann mit dem Hang zu teuren Autos ordnet seine Uhren.

In einer Gefängniszelle sitzt eine Frau und kämmt sich die Haare, sie denkt darüber nach, sich ein neues Kleid zu kaufen.

In einer anderen Gefängniszelle sitzt ein altes Kind und führt eine Schlacht zwischen einem Teller und einer Tasse, die Tasse gewinnt.

Ziegen leisten einer toten Frau Gesellschaft, die nie gefunden werden wird.

In einer Galerie klappt eine Frau einen Bilderrahmen auf und zieht ein paar Gefrierbeutel hervor.

Ein Kellner blickt über einen Platz und würde nie verraten, ob ihm der Club gehört, oder vielleicht noch ein paar andere Restaurants auf der Insel, nie!

Einige Frauen bemerken, dass der Kauf eines Bastprodukts ihre Ehe nicht verändert hat.

Einige Männer merken, dass der Kauf eines Bastprodukts nur kurzfristig die Laune der Gattin heben konnte.

In einer Speisekammer liegt eine Pistole, die wie echt aussieht, sie ist hinter ein Brett gerutscht. Eines Tages wird sie von einem Kind gefunden werden. Man darf froh sein, wenn nichts Schlimmes damit passiert.

In einer einsam liegenden Finca gibt es recht viele hübsch ausstaffierte Kinderstuben. Ratten und Wiesel haben sie liebevoll mit feinsten Geldscheinen ausgepolstert.

Und: Eine Katze ist zufrieden.

Mehr kann man nicht verlangen.